HUBERT HADDAD

# L'INVENTION DU DIABLE

*Roman*

ÉDITIONS ZULMA
*Paris • Veules-les-Roses*

La couverture de *L'Invention du diable*
a été créée par David Pearson.



Si vous désirez en savoir davantage
sur les éditions Zulma ou sur *L'Invention du diable*
n'hésitez pas à nous écrire
ou à consulter notre site
www.zulma.fr

# PROLOGUE

Appelez-moi Papillon, Marc Papillon de Lasphrise, ou tout bonnement le capitaine Lasphrise. Je suis le dernier immortel. Aussi n'ai-je plus de convoitise au sens ordinaire. Les profonds ennuis et les pires tortures me traversent comme les épisodes d'un même songe. On m'a attribué bien des noms sans que je m'en formalise. Pour moi qui ne ressens plus rien de vraiment tangible sur cette terre, la misère ou l'opulence s'équivalent. J'aurai vécu toutes les existences imaginables sans en être plus affecté qu'un de ces arbres pugnaces des zones irradiées, vieux épouvantails du temps dans les champs de mort. Suis-je encore humain autrement que d'apparence ? Pourtant né d'un père et d'une mère, il y eut un commencement à mon histoire avant que celle-ci ne sombre avec une effroyable lenteur dans l'éternité, dans cette éternité provisoire des créatures privées d'une brusque dégradation des processus vitaux (tels ce brin de méduse capable de réintégrer indéfiniment sa forme juvénile une fois sa maturité sexuelle aboutie, ou cette épinette agrippée depuis sept ou huit millénaires sur la montagne Fulufjället).

Pour l'heure, ma condition de captif d'une peuplade à peau laiteuse du centre de cette France – dont j'aurai attendu bien en vain, au grand jadis, la douce sépulture – me laisse quelques loisirs entre deux mises à mort indélicates. La Loire variée et méandreuse, et les nuages, avec le ciel étoilé sur l'ombre bleue des forêts, constituent jour et nuit la toile de fond de ma mémoire. Il faut être un simple mortel pour garder mémoire. Les dieux nés des dieux, si la fable était crédible, vivraient sur un seul plan d'éternité : leurs aventures ne sauraient logiquement s'accomplir que de manière simultanée, comme sur ces fresques d'église ou ces frises sculptées au fronton des temples. Si l'essentiel des anicroches et péripéties constitutives d'une vie a sombré dans le blanc chaos de l'oubli, je garde en moi la perspective trompeuse des siècles faite de souvenances et de paraboles, de chroniques et d'inscriptions, et j'aimerais maintenant et à jamais en restituer les gouffres d'ombre et de lumière au vent qui se lève, puisque l'on me promet pour ce soir ou demain l'impossible délivrance.

Chaque année, à date fixe, mes factionnaires s'emparent de moi au prétexte d'un sacrifice devenu rituel et, devant les foules rassemblées dans un périmètre fortifié où ont lieu foires et solennités, me livrent à des supplices divers : patte de chat, vierge de fer, chaise à clous, carcans et autres piloris agréés par des tourmenteurs experts avant la grande lapidation de clôture ouverte à tous. Certes, on m'épargne la décapitation, l'écartèlement et le bûcher pour des motifs qui ne sont pas de charité. « On peut mourir d'être immortel », disait un zoroastrien hérétique du précédent millénaire. Par chance cela m'arrivera bien un jour. On m'arrachera le cœur et je m'échapperai enfin du giron planétaire comme un nouveau-né qu'aucune réalité connue n'attend. Un autre philosophe, celui-là de l'ère atomique, défendait bec et ongles une théorie assez ingénieuse, fondant les sociétés sur la rivalité mimétique et le mécanisme victimaire : il faut toujours un bouc émissaire pour enrayer l'enchaînement sanglant des vindictes humaines, le maudit, le prince déchu, l'enchanteresse, l'étranger, le juif errant, l'immortel. C'est ainsi qu'un envoyé de Dieu, prophète ou messie, aurait pris sur lui toute la violence des hommes. Mais son calvaire n'aboutira globalement qu'à ranimer les haines au nom de l'espérance dans la perpétuation belliciste des siècles.

Comment en vouloir à des bourreaux sans avenir ? On se saisit de moi au solstice d'hiver, année après année, afin de me livrer à la foule des pères, des fils et des petits-fils qui, de conserve, par vagues successives, m'assassinent avec une sauvagerie calculée. Il faut quelques jours à l'immortel de bonne constitution pour guérir de son homicide. Et puis sa vie d'otage reprend au milieu des mortels temporairement pacifiés. J'en connus certains près du dernier soupir qui, chaque nuit, firent un cauchemar similaire et se crurent éternels au réveil. On ne sait à peu près rien du temps, sinon qu'il passe. Et encore moins de l'éternité. Depuis les premiers âges, l'histoire humaine semble n'avoir pour seule mécanique que la quête de l'immortalité. Par tous les moyens, de fable, de folie ou de raison.

# PREMIÈRE ÉPOQUE

# I

## Un jour le ciel était superbement ému

Délectable, sur la pierre de tuffeau des façades, du pigeonnier, d'une tourelle d'angle et des balustres entre jardins et terrasse, la lumière de juillet ruisselait, teintée d'un indécidable vermeil azuré au plus intime du faux relief des ombres et sur les délicats filigranes d'horizons des collines, par-delà le feuilletage ocré des prairies. Derrière les rideaux de peupliers géants qui balancent leurs nuques songeuses et les haies vives palpitant de mille essaims d'abeilles, s'étendaient les coteaux bouclés des vignes angevines et les forêts d'où jaillissent, comme la fumée d'une charbonnerie battue par le vent, d'immenses remuées d'étourneaux et de freux.

Le silence de l'été, en cette heure vacillante, ouvrait à un empire secret. Dans son immensité première, indivisible, le ciel avait remisé ses bannières et ses oriflammes, ne laissant plus paraître qu'une lune encore diaphane et l'impeccable azur. Au cœur étroit du fief de Lasphrise, parmi les vergers et les basses constructions d'un grand jardin étagé où cohabitaient une Aphrodite grêlée par l'usure et deux faunes d'albâtre gypseux mordus par la mousse, une forte bâtisse aux larges fenêtres à meneaux se ramassait sur elle-même sous les branches maîtresses d'immenses tilleuls, flanquée des écuries et d'une métairie avec son étable ouverte et sa belle grange à trois nefs.

Tout le monde y somnolait à cette heure, bêtes et gens, dans un chuchotis d'insectes et de fontaines. Seule alerte, une jeune paysanne assise à l'ombre de la tourelle d'angle de la gentilhommière veillait d'un œil sur le plus jeune rejeton des maîtres. Ce dernier, occupé à se distraire de l'indifférence générale, malmenait une tortue, cherchant à faire sortir la tête de lézard de cet étrange galet de cuir. À l'âge de quatre ans, on expérimente sans désemparer les hypothèses mystérieuses de tout ce qui, tour à tour, se dissimule et s'expose, de la présence et de la disparition, de la vie et de la mort. Marc, le cadet des Papillon, avait pu remarquer ce jour-là une entière gravité dans le beau visage de sa sœur Geneviève et quelque chose de ravagé chez leur mère, dame du Plessis-Prevost qui n'avait jamais voulu se résoudre à s'entendre appeler Marie Papillon par les gens d'écurie. Le clocher de l'église de Saint-Symphorien se mit à résonner sourdement dans la touffeur de l'air : c'était le glas, c'était la cloche d'éternité. À intervalles mesurés, par enchaînement de neuf secousses, comme un râle d'homme au rythme ralenti des viscères, le glas se répandit graduellement à travers les campagnes : au plus loin comme alentour, toutes les paroisses de Touraine et d'ailleurs s'en firent écho ; mais de l'autre côté de la Loire, entre la collégiale Saint-Denis et le château royal, on n'entendit plus bientôt que les clochers d'Amboise.

Sous l'ombrage immobile contrastant avec l'éblouissement du zénith, le bambin assis dans l'herbe rase contemplait d'un œil rond la subite agitation. La fille aînée des métayers s'était dressée d'un tel bond que ses jupes volèrent sur ses cuisses nues tandis que sa mère et une vieille rôtisseuse à la blouse luisante accourues au milieu du poulailler écoutaient les vibrations de l'air, bras écartés, tête penchée de côté, dans une attitude circonspecte d'aveugle inquiété. Anthoyne, bâtard d'un lit de traverse, se montra fourche en main, de la paille plein la tignasse, dans l'embrasure de la porte charretière d'une grange. Flamme rousse tourbillonnante, la jeune Geneviève surgit à son tour sur le seuil de la demeure, suivie de Lorette, lointaine parente à charge d'un bébé Papillon resté en huche.

Un bruit de galop à ce moment attira l'attention des uns et des autres du côté de la route des bourgs. Dans son grand deuil de cotonnades et de dentelles, en robe montante à collet, Marie du

Plessis-Prevost écarta les battants d'une fenêtre à l'étage, le visage bouffi de pleurs ou de sommeil. Elle reconnut à sa vieille chamarre et à son béret d'acier, un nobliau du second rang qui aimait courir en armes à toute occasion : filant par-dessus les haies, le chevalier de Louseignol arrivait à brides abattues de sa tour Borgne des bords de Loire. À hauteur du domaine, il brisa l'élan de son cheval qui, surpris, alla piaffer contre une clôture de bruyère.

— Le roi est mort ! s'écria-t-il en manquant choir de selle. L'hier d'hier, notre roi Henri est mort !

L'enfant sous l'arbre associa confusément la nouvelle au drame familial. Pourquoi détresser deux événements d'une même nature ? Monseigneur de Lasphrise, son père, qui ne s'appelait pas Henri, n'en avait pas moins été le roi de ce petit monde et des bois alentour. Pas plus tard que la veille, on l'avait informé que ni lui ni personne ne le reverrait plus, que la mort avait enlevé loin d'ici son bon papa.

Le singulier personnage, familier de la maison, sauta rudement de cheval, ses vieilles jambes écartées, abandonnant les rênes au premier domestique. Il se propulsa heaume en avant vers les bâtiments dans un cliquètement d'éperons et de rapière.

— Après dix jours d'agonie, notre bon roi a rendu l'âme !

Dans la cour, sous le soleil, les gens de maison et les métayers rassemblés considéraient leurs jeunes maîtres en silence tandis que les dindons et les poulardes échappées de leur gloriette de planches se disputaient le crottin du destrier enharnaché du visiteur. Intermédiaire entre la valetaille et ceux du château, le bâtard Anthoyne semblait rire aux éclats en mimant un chagrin de vieille femme. Sa tête de Goliath roulait, mal attachée sur un corps de nabot.

— C'est la faute aux religionnaires qui jettent des sorts aux sabots des chevaux ! Vous verrez que la malédiction trébuchera sur les autres fils de la Médicis. Celle-là nourrit un serpent en son sein !

Geneviève de Lasphrise haussa les épaules et courut vers son jeune frère qui s'était mis en tête de combattre un jars plus haut que lui à coups de gaule.

— Laisse donc cette méchante bête, petit Marc, dit-elle en le désarmant.

Si blonde sous un voile de lin, l'adolescente en deuil blanc s'était penchée comme une image de la Vierge. À ce moment, il y eut comme un bruit de crécelle au sommet des cieux. Était-ce l'absurde alouette dans son cantique de joie ? Quitte de sa mission de voisinage, le chevalier de Louseignol retraversa pesamment la cour et, dans un grincement de girouette, soutenu par le valet, remontait déjà en selle au milieu des caquètements. Ainsi dressé dans la lumière comme un Amadis de Gaule ou de Trébizonde, tenant d'une main la bride et de l'autre sa garde, le héraut de la tour Borgne impressionna durablement l'enfant. Déjà, le cavalier s'envolait dans un froissement de cape rouge et or, Papillon ne songeait plus à combattre le jars ou le coq d'Inde ; émerveillé, il tendit les bras vers cette vision épique comme devant le vitrail de l'église où l'archange en armure caracole au moindre feu du jour.

Tandis qu'Anthoyne, secoué d'esprits divers, s'en retournait à la grange, et les pâtres à leurs futaies, la basse-courière à sa chasse aux œufs ou les laboureurs à leur moisson, Geneviève troublée par l'augure entraîna rêveusement son petit frère vers les chemins lumineux, au-delà des barrières. Leur bon père tout juste enterré, on apprenait ainsi la mort du monarque Henri le Deuxième, l'œil et l'arcade éclatés sous la lance en des joutes pacifiques. Elle avait mal connu l'un et nullement l'autre, mais cette double tragédie sonnait en elle un glas d'autorité ; qu'allaient-ils devenir sans protecteurs, alors même que la Sainte Église perdait de son empire ?

La petite main de Marc brûlait, fondante, au creux de sa paume. Si elle s'était quelquefois inquiétée de cette fièvre, mieux valait croire qu'une combustion naturelle l'habitait. Pistolet, un mâtin folâtre du domaine, venait de les rejoindre en bondissant d'un talus à l'autre. L'enfant se débattit bientôt, désireux d'imiter l'animal.

— Va donc courir devant ! dit sa sœur.

Ils s'engagèrent dans la marne noire d'une cavée, suivis à pas traînants par Jonjon, la vieille chienne des métayers. La brise agitait doucement les claires frondaisons de trembles et d'ormes. Après l'heure torride, la campagne rafraîchie bruissait d'une foule d'oiseaux. Les parfums immaculés des fleurs des bois et ceux plus lourds de l'humus enivraient comme d'un verjus pressé aux lèvres. Ces amples soieries d'azur dans les ombrages brunis palpitaient d'un souffle si tranquille. À ce moment, quelque pâtre ou jeune bouvier invisible entonna un air têtu :

*Il est bel et bon, bon, bon, bon, commère !*

Un peu plus loin, entre bois et champs, tandis que Pistolet, Jonjon et le bambin folâtraient, Geneviève aperçut dans le contre-jour intense un moissonneur solitaire, sa faux à bout de bras, qui tranchait le blé tardif d'une parcelle. Haute et décharnée, l'ombre avançait avec un cliquetis d'horloge dans cette chair blonde. La jeune fille effrayée héla son petit frère juché sur un talus du côté des boqueteaux. Les deux chiens s'étaient précipités dans les futaies d'où de forts abois et grognements se firent entendre. Soudain jaillie, une énorme truie couleur de houille bouscula Marc dans sa fuite. Traquée par le mâtin fou, elle alla choir et détaler plus bas dans la cavée. Geneviève courut à l'enfant à peu près indemne mais que l'effroi enflammait plus que plaies et bosses.

— Petit Marc, es-tu bien sauf ! s'exclama-t-elle en le tâtant par tous les os, muscles et ligatures.

Un porcher qu'elle n'avait jamais vu dégringola à son tour le talus. Sa face disgraciée, mi-ours mi-bouc, les souches terreuses de ses mains et l'espèce de rapacité obscène émanant de toute sa personne n'effarouchèrent qu'un instant la jouvencelle.

— Ce n'est rien, dit-elle, retournez donc à vos bêtes !

— Mes pourceaux sont aux glands et celle-là n'ira guère loin, dit-il, en désignant le passage où la truie et les chiens venaient de s'égailler.

Le pâtre se pencha sur l'enfant à demi évanoui. Il remarqua tout de suite la plaie derrière le crâne et une pierre tachée de sang. Pistolet, de retour, grondait maintenant après ses basques.

— Faut lui laver ça à l'eau claire, dit-il sans prêter attention au molosse. Je vous le ramène de ce pas à Lasphrise…

Soulevé de terre, Marc avait rouvert les yeux sur la gorge de sa sœur que la lumière filtrée aux branches hautes des ormes baignait d'un chatoiement mauve ou parme.

— Vous connaissez notre domaine ? s'étonna la jeune fille tout à fait rassurée.

— Pardi m'selle, je suis de vos gens ! Mais on ne me trouve qu'en forêt où il ferait bon se méfier tant de nos bêtes en liberté que du gros gibier rendu farouche…

En levant les yeux vers la caverne grondante d'où sortaient ces mots, Marc entrevit le poil roux du géant qui le portait, avec sa denture jaune et ses narines plus larges que la serrure du grand portail. Il se souvint alors connaître un pareil ogre plutôt aimable mais depuis peu manquant.

— Ah, bon papa, bredouilla-t-il, guesi bobo, méchant couchin…

## II

## Ayant bravé les dures destinées

Disparaître a-t-il un sens pour l'écume et la neige ? Depuis les siècles antiques, par une franche moitié ou deux tiers souvent, les enfants naissent et meurent. Les fosses d'oubli, les champs de guerre et les charniers avalent ces coulées de jeunes vies soumises au fil aiguisé du faucard. Un angelot traverse les fièvres, insoucieux d'y survivre ; malade, il se laisse porter par un flot d'heures tour à tour bouillantes ou glaciales qui ne mènent ordinairement qu'aux limbes. Mais la Mort, distraitement, épargne l'un ou l'autre.

— Votre jeune frère est sauvé, par la grâce de Sainte Marie, mère de Dieu et de la docte Faculté, déclara maître Offroi d'Amboise.

Un mois avait passé depuis la rencontre d'une truie par les chemins du fief et les blessures du petit Marc eussent guéri depuis longtemps sans la manie des saignées du médecin qui ne connaissait guère d'autre remède pour équilibrer les humeurs. Dame du Plessis-Prevost s'était par chance opposée au dessein de trépanation de maître Offroi, lequel avait pour théorie que les dolents en pareil état, quitte à trépasser, devaient servir la science, et que n'ayant à espérer qu'un miracle, celui-ci adviendrait ou n'adviendrait pas selon la volonté divine indépendamment des risques et dommages.

— Cependant, ajouta le scieur d'os, l'avorton a les selles bileuses, sa langue est marquée de signes néfastes. Et voyez cette petite croix de mal augure inscrite entre les yeux. J'ai forte crainte que, sans saignées régulières, il ne survive aux énergies du développement…

— Cette cicatrice vient d'une serrure à crémone qu'il s'est pris en pleine tête l'an passé, dit Geneviève en poussant maître Offroi vers la porte.

— Brûlez donc des cierges à sainte Rita, et s'il passait l'enfance à gué, qu'on le fasse novice chez les frères prêcheurs !

À l'âge où joies et tourments ne s'adossent qu'aux distractions de l'instant, Marc Papillon finit par se remettre « d'Offroi comme d'effroi », mais ce ne fut pas sans d'alarmantes langueurs. Un cauchemar le poursuivait à peine sa tête dans les plumes. Ainsi gambadait-il sous une arche de verdure, défiant la pesanteur tant de soi que des choses en bordure d'un ravin, quand un démon de chair déboulait du coteau, un porc gigantesque qui se muait d'un coup en ogre à face humaine avant de l'entraîner dans les profondeurs de l'abîme sous l'aspect d'un guerrier couronné chevauchant une manière de formidable rapace au son de trompettes. Des mois plus tard, pourtant guéri, la seule pensée de ce rêve de fièvre suffisait à lui donner des suées. Quand le cauchemar récidivait, il poussait des cris et on le retrouvait pieds nus devant une porte ou l'autre. Une nuit, son demi-frère couché sur une paillasse derrière la cheminée des communs dont les braises rougeoyaient entre les dents d'acier d'énormes chenets le vit surgir tout affolé. Anthoyne se divertit à le voir circuler en petit spectre dans la lueur du foyer.

— Ben où tu vas de ce pas, joli Papillon ?

L'enfant doucement secoué rouvrit des paupières intérieures sur la scène horrifique.

— C'est le gros soldat à cheval sur un grand oiseau noir, avec une armure et des lances…

— En voilà une sacrée berlue, p'tiot ! dit Anthoyne en se grattant la nuque. Viens donc te réchauffer les petons par ici.

Après l'avoir installé sur sa couche, la tête calée dans un tas de hardes, lui-même s'enfonça dans l'encoignure des murailles, les genoux réunis entre ses bras.

— Est-ce que le soldat portait une couronne à huit fleurons ?

— Avec des pierres bleues, dit Marc qui ne savait pas compter sur deux mains.

— À cheval sur un vautour, hein ? Probable que ce soit un de ces barons des enfers ! Ah, je les connais, les grands ducs et les princes...

Le bâtard de Lasphrise considéra son frère consanguin d'un œil goguenard.

— Comme tu me le racontes, ton visiteur n'est autre que le sire Furfur ! Un diantre très savant qui fait apparaître n'importe quel trépassé d'un claquement de langue...

Les reflets d'un sursaut de flammes accusèrent les grimaces d'Anthoyne. Voyant l'intérêt subit de l'enfant, il s'en amusa par d'autres singeries, louchant, fronçant le nez, dardant en tous sens l'organe du goût et de la parole, si bien que le jeune Papillon, épouvanté, bondit à la fin hors de la paillasse pour regagner d'un trait l'étage. Cette course désordonnée éveilla Geneviève qui, le temps d'enfiler son linge de nuit, le trouva tout tremblant au fond de son lit. À son tour, elle l'interrogea, une main sur son front moite.

— C'est le baron Furfur et son oiseau-diable, put-il seulement répondre avant de s'endormir.

Au matin, dans l'éblouissement de juillet, une brise gorgée des parfums de mille fleurs accueillit le petit Marc sur le perron de la gentilhommière. L'orme de la cour était toujours à sa place et les grands tilleuls à leur habitude devisaient au vent, branches contre branches, au-dessus de sa tête ; la volaille picorait la poussière avec la même cocasse précipitation. Papillon semblait avoir oublié cette aventure nocturne et les assauts de diables en tous genres. Mais on manigança dès lors entre adultes la nécessité d'occuper son temps et son esprit, avant de l'envoyer à Tours ou à Blois étudier le droit, l'arithmétique et les langues. Madame du Plessis-

Prevost, sa mère, convoqua le curé de Nazelles afin de lui mander conseil ; c'est ainsi qu'elle donna créance à un jeune clerc répondant au nom de Cornu-Bouillette qui, afin d'accéder au service de l'Église, avait dû faire acte d'obédience publique à l'encontre des hérétiques et des sectaires. À l'initiative de l'évêché, il s'agissait de sauver la jeunesse d'une vicieuse indolence et de la prévenir de l'endoctrinement des anabaptistes, luthériens ou calvinistes, car les religionnaires ouvraient partout des instituts bibliques au tout-venant où l'on inculquait par manière d'appât la rhétorique et l'algèbre. En concurrence, les petites écoles du diocèse accueillaient volontiers les enfants laissés en gâtine, et il n'y avait pas de gêne à mêler une graine d'hobereau aux petits croquants et aux fils de marchands, compte tenu du peu d'assiduité, des maladies et de la mortalité ordinaire qui laissaient vacants bien des bancs d'une saison à l'autre.

Soumis naturellement aux volontés des grandes personnes, Papillon fut de la sorte présenté au regrettable maître Cornu-Bouillette en présence de madame sa mère, de sa sœur Geneviève, et du curé de Nazelles. C'était un personnage affable aux allures de dindon ; une tache de vin lui prenait la moitié gauche du visage derrière un nez proéminent dont il usait pour camoufler cette ombre. Mais la voix trompetait sans timidité, à la fois tonnante et précieuse en ses accents divers.

— Nous allons faire de ce petit monsieur un grand latiniste, nous lui enseignerons tout d'abord l'art de former les lettres et d'apposer les bons chiffres en face des quantités additionnées ou soustraites…

Papillon considérait cette face bicolore sans rien entendre de ses discours. Maître Cornu-Bouillette ne s'adressait évidemment pas à lui mais aux dames, l'imposante veuve en particulier, et il eût volontiers improvisé quelque rondeau en hommage à leur gracieuse tournure si son protecteur, le curé de Nazelles, ne l'avait tenu à l'œil.

— Notre maître d'école est bien jeune encore, dit ce dernier avec une pointe d'ironie, mais c'est un fervent catholique qui ne se mêle pas d'idées nouvelles...

Tous ces embarras de langue laissaient le cadet des Papillon désorienté. On souhaitait clairement bouleverser le déroulement paisible de ses journées, changer en discipline un ordre naturel jusque-là soumis au cours langoureux du soleil entre les méandres souriants de la Loire et les vignes des coteaux. Avec un compagnon des futaies justement nommé Agapet de Hureloire, Marc Papillon accomplit ses premières échappées cet été-là. L'expérience douloureuse du chemin creux l'avait plutôt aguerri. Les fièvres trempent un caractère ou le liquéfient, à tous âges. Maître Offroi, le funeste médecin venu d'Amboise sur sa mule, était quitte de ses saignées.

Bâtard d'un chevalier sans terre qui le confia contre rançon à une bourgeoise de Noiron nantie d'un moulin entre deux digues submersibles de la petite Loire, Agapet était un gaillard de huit-neuf ans qui gobait les œufs de caille à même l'arbre et pêchait le poisson-chat à mains nues. Armé d'une fronde, il se faisait un devoir d'abattre tout ce qui trillait et gringottait dans le ciel comme pour se venger de n'avoir ni bel empennage ni flûte en gorge. C'est à l'école de maître Cornu-Bouillette qu'il jeta son dévolu sur le petit nouveau, lors d'un moment récréatif où, chevauchant une cavale imaginaire, il fit de Papillon son écuyer ; tous deux prirent l'habitude d'échapper à la férule certains matins de beau soleil. Le grand Masère, tierce compère, s'adjoignit naturellement aux fugueurs épisodiques comme font les gosses qu'un jeu de billes ou de puces apparie pour une heure ou la vie. Ce fils de huguenot attendait sans hâte d'être envoyé à Saumur afin d'y apprendre la dialectique et le droit. Depuis que les siens s'étaient ralliés aux doctrines de Calvin, les chevriers des gâtines le traitaient de près ou de loin de rejeton de Satan, mais il n'en avait cure. Avec Papillon et Agapet, c'était d'erratiques razzias de boqueteaux et de fourrés ; la petite équipée pillait les nids, pataugeait dans les mares pour y piéger salamandres et grenouilles, ou s'empiffrait de baies sauvages et de fruits dérobés au hasard des vergers. À moins de sept ans, Marc devait trottiner quand les autres musardaient. Grâce à ses guides, il découvrit par le menu le vaste monde, bien au-delà du domaine de Lasphrise qui lui parut longtemps sans bornes mais que deux haies de ronces et un chemin creux suffisaient à enclore.

Tous trois dégringolèrent ainsi jusqu'au fleuve chevelu en bas des pâtures et des prés, avec ses ruisselets qui serpentent parmi les joncs, entre les chênes verts et les saules. De l'autre côté du vieux pont de pierre enjambant l'île d'Or, la cité d'Amboise s'arc-boutait, dominée par les tours crénelées du château royal et ses remparts surplombant les eaux et les toits d'ardoise aux reflets bleutés. Le fleuve mal endigué distribuait l'heureux paysage de part et d'autre de la ville, avec les pains de sucre des demeures seigneuriales et les blondes échappées fourragères entre les hardes de résineux et les alignements de peupliers infléchis comme des lanciers avant l'assaut.

Après s'être concertés d'un coup d'œil, Agapet et Masère dévalèrent le bas coteau à travers les bataillons de ceps aux pampres rutilants, jusqu'à la rive sableuse. Marc à les imiter s'érafla les bras aux treilles et s'écorcha les genoux. Ils parvinrent sur l'île d'Or au bout d'une sorte d'appontement qu'une passerelle de fortune rattachait à la rive. De ce point de vue, sur un tertre où deux saules enlacés frémissaient de toutes leurs feuilles, les fugueurs tendirent le cou, mains en visière.

— T'as vu ça ! s'écria Agapet. C'est tous les parpaillots pendus par le roi Charles !

Le grand Masère, yeux agrandis, considérait en silence les grappes de corps humains qui se balançaient par-dessus les mâchicoulis. À son tour sur le tertre, le petit Papillon remarqua aussitôt les étendards et les oriflammes claquant sur les tourelles entre les miroirs de ciel et d'eau. Il ne comprit pas à quoi jouaient tous ces gens suspendus là-haut au bout de cordes comme des poupées de chiffon. Parfois, dans une saute de vent, des rires fous se mêlaient aux cris des hirondelles. On entendit soudain tinter à toutes volées les cloches de la proche chapelle Saint-Hubert, tandis qu'un convoi de barques noires chargées de moellons et de pierres de taille glissait dans le mitan du fleuve.

## III

### La nuit fait admirer le jour qui nous éclaire

Le médiocre fief de Lasphrise n'était plus qu'une friche autour d'un castel aux allures de grosse ferme désaffectée. Il y avait bien une avant-cour à peu près rase, entre le portail rompant le mur d'enceinte et la triste façade de la gentilhommière, carré d'herbage où broutaient quelques brebis et un énorme mouton au comportement de chien fou, mais les fourrés et les futaies envahissaient le labyrinthe à terrasses du parc, le potager et les jardins comme les cultures partout ailleurs. On n'y distinguait plus les faunes et les sylphides sculptés dans cette pierre tendre couleur de beurre ou de fromage frais du Val de Loire, ni les parapets à balustres, le petit pont décoratif en dos d'âne par-dessus un bras de rivière tout envasé et la gloriette à usage d'oisellerie depuis longtemps enfouie sous un manteau de lierre. Les vignes et le chèvrefeuille ne couraient plus sur les galeries de charmilles transformées en épais tunnels de ronces. À part l'écurie où un vieux cheval bai à peu près sourd et aveugle prenait retraite en compagnie d'une mule que Liselotte, la domestique lorraine dévouée aux lieux depuis la Saint-Barthélemy, attelait à l'occasion pour la messe ou le marché en ville, les quelques dépendances et annexes menaçaient ruine, ouvertes aux renards et aux oiseaux de nuit, fenêtres battantes et portes descellées, jusqu'à l'espèce de lanterne où le capitaine aimait s'isoler avec ses cahiers et ses livres.

Réfugiée dans la région d'Amboise après la proscription de ses maîtres religionnaires, Liselotte avait trouvé embauche à Lasphrise et ne le regrettait pas malgré la disgrâce du fief et l'excès de bile noire du paladin. Sa retraite anticipée après plus d'un quart de siècle à guerroyer au service des ducs de Lorraine, fer de lance de l'indocile noblesse catholique, l'avait laissé échiné, goutteux, les membres déformés de nœuds cicatriciels, plus balafré que l'aîné des Guise, assassiné à Blois sur ordre royal. Les champs de bataille avaient jaugé sa bravoure. Il ne se connaissait plus d'adversaires, hormis le sire Bourbon converti à la diable qui faisait la sourde oreille à sa quémande légitime de pension, décidément buté dans sa rancune envers les conjurés de la Sainte Ligue malgré la paix des braves. N'avait-il pas assez servi la France ? Les Valois s'étaient éteints, occis au gré du tumulte par vindicte ou représailles, et lui, bon laquais d'armes à la solde des Guise, s'était retrouvé sans protecteur aucun après nombre de guerres inciviles dites de religion et quantité de vendanges sanglantes sur terre et sur mer, aux Açores, à Jarnac, Rouen ou La Rochelle. La quarantaine bien sonnée, presque vieux, il n'avait plus d'autre rival désormais que le sort, lequel lui avait hypothéqué la santé et arraché à demi le cœur.

L'autre moitié battait encore dans sa solitude qu'une angelote égayait. Il ignorait tout d'elle avant le jour où un méchant bourgeois tombé d'une carriole vint se présenter avec au bout du bras la mignonne créature ébouriffée qui tenait par un pied sa poupée de son. L'individu exigea un entretien et, dans la salle commune, sûr de ses droits, partit à raconter l'histoire : sa bonne épouse qu'il avait prise grosse par un généreux penchant eut l'heur, en mourant d'on ne savait quelle peste, de lui recommander la restitution de l'enfant à son père légitime contre un petit dédommagement pour sa peine, une consolation sonnante. La preuve, outre une prétendue ressemblance vertement constatée *in situ* entre le géniteur supposé et la petite, consistait en un pli scellé avec, tracés sur le verso d'une plume lasse, ses noms, titres et adresse. Papillon le décacheta et déchiffra au mieux le griffonnage :

*Très aimable seigneur de Lasphrise,*
*Souvenez-vous de la Belle d'Arcy comme vous m'appeliez, elle s'éteint et sera en terre avant que vous ne me lisiez, car je me meurs de vous, perdue en cette vie misérable par un noir dimanche de Quasimodo. Seul le souci de Marguerite a soutenu trois ans mon souffle, souvenez-vous, nous avons été amants en hiver, sous la neige, en Bourgogne, alors que vous meniez les troupes du duc de Mayenne au combat. Vous reparti, sitôt oublieux de l'aventure, l'enfant a grandi en moi et hors de moi : c'est la vôtre. Ainsi recevez votre fille petite, et par grande miséricorde, au nom des Saints et de la Vierge, élevez-la, faites-en une bonne catholique et peut-être, si la vie assez lui dure, une dame digne de vos lettres de noblesse.*

L'œil mi-clos sur l'enfant et son parâtre qui n'avait pas daigné se décoiffer, Papillon replia avec soin la missive et se gratta la tête. La Belle d'Arcy n'évoquait rien pour lui, nulle physionomie ou timbre de voix, mais il crut se souvenir de la neige et du sang. Et puis soudain la fillette partit à rire aux éclats à la vue du singulier mouton qui s'était mis à sauter comme un chien fou autour de la vieille mâtine venue renifler les basques du voyageur.

— Le croiras-tu ? lui dit Papillon tout déridé. Cette bonne chienne l'allaita à défaut de mère lorsqu'il n'était qu'agnelet.

Dès ce moment, il n'eut plus d'objection, et peu importait qu'il fût père ou dindon : ce rire d'enfant était une source de jouvence. Contre dix écus d'argent au mandataire, il fut bientôt riche de quelques sols de consolation. Marguerite s'acclimata au domaine comme une fleur de rocaille. Liselotte accueillit la fillette avec une joie inquiète, comme un chardonneret au balcon du chat, craignant un revirement du maître des lieux, coutumier des coups de tête. Les engouements du capitaine Lasphrise ne duraient pas. Le spadassin rompu n'avait de réel intérêt que pour ses livres rangés dans l'escargot de la tourelle et les bouts rimés qu'il rajoutait soir et matin à tous ces grimoires, en grand maréchal des muses.

De retour au domaine mal en point, désenchanté, renonçant à périr pourfendu après ses plus chers compagnons, il avait une fois pour toutes troqué son épée d'acier trempé contre une plume d'oie de Poméranie : libre au vent, la plume s'abreuve à l'encre et n'a nul besoin de casque à plumet.

Même après des années, la petite bâtarde ne cessait de le récréer, quand l'humeur s'y prêtait, mais il la négligea assez vite et céda à sa domestique ses parts d'obligation. Le cœur de cette dernière ne put que s'en réjouir ; dans son désert peuplé de désirs, malgré les abaissements et les jougs, Liselotte s'était affinée en de jalouses études. Elle avait jadis appris à lire comme à goûter la lecture chez les huguenots et ce fut pour elle un nouvel enseignement que d'entendre les lettres et les mots s'égrener sur les lèvres de Marguerite. L'esprit, chez les enfants, papillonne dans la lumière.

Le capitaine de son côté choyait ses rhumatismes aux flambées de l'inspiration ; tétanies, crampes et lombalgies lui passaient un tantinet à déclamer ses vers, à deviser avec le divin Ronsard, à invoquer Garnier, Rabelais ou Jodelle, à faire louange d'un chien ou, d'une voix tonnante, à filer la satire, l'épopée ou le Tombeau. Juché en son donjon, la nuit, à la clarté d'une torche, il en appelait aux spectres migraineux de ses veilles et jusqu'à l'aube provoquait l'abîme d'une voix sépulcrale :

*Vous m'en êtes témoins rencontre de Dormant*
*Ou je fus vu tuant, en pourpoint, pêle-mêle*
*Le Vernay, Vimory, Fosse de La Rochelle*
*Vous monde d'escarmouche, assauts de Lusignan*
*Damfront, Saint-Lô, Brouage, et Fontenay, Maran*
*Sainte, Mesle, la Meure et villes dauphinoises*
*La Gascogne et Thétis, vous honorables noises*
*Et vous cent mille hasards par miracle passés*
*Qui souvent m'ont fait mettre au rang des trépassés*

Papillon eût pu attribuer à chaque bataille la forme d'une de ses cicatrices. Sa couenne de preux, des pieds au visage constellée de blancs tatouages inscrits au fer ou à l'arquebuse, était comme un portulan des mers du sang, une carte d'état-major taraudée par les combats. Combien d'armures, combien de lances brisées ! Héros des ducs et des princes, jetant son corps un jour entre Charles de Mayenne et une horde ennemie, jamais on ne lui rendit grâce et d'aucune victoire il ne fut honoré. Le gendarme porte-épée ne plaît qu'à servir. Engagé à douze ans dans les troupes des Guise et revenu au bercail vingt et deux années plus tard tout envieilli de lésions, maux et brisures, il ne briguait pourtant nulle réputation au titre de cette pauvre vie d'estoc et de taille. Le renom militaire ne se prévalait que de son ombrageuse réserve. S'adonna-t-il jamais à vile courtisanerie ? Et que sollicitait-il de plus du roi Henri le Quatrième, magnanime *poulopot* – si grand et peu sage qui payait ses réceptions et ses fêtes des millions –, qu'une pension de neuf cents écus ? Une toute petite rente en récompense de longs et loyaux services à seule fin d'entretenir modestement ses menus fiefs et ses quelques gens. Le roi converti gardait-il rancune au capitaine ligueur ? S'il avait blessé et tué, c'est en lutte franche. Nul ne le surprit jamais en éventreur, comme le Balafré ou Gaspard de Saulx-Tavannes, son âme damnée, aux heures pourpres de la Saint-Barthélemy. Lui avait toujours exécré les exactions de quelque nature, ses vers en juraient hautement :

*Quoi ? violer, brûler, assassiner le monde,*
*Dérober, saccager troubler la terre et l'onde,*
*Nommes-tu telle horreur un œuvre glorieux ?*
*Il faut pour bon sujet une guerre entreprendre*
*Non détruisant le monde usurpément s'étendre,*
*Cela c'est outrager les hommes et les dieux*

Les papillons de nuit et les souriceaux nichaient aujourd'hui dans sa dernière armure çà et là percée et cabossée, quoique debout en garde au seuil d'une ancienne chapelle vidée de ses icônes, à part une Marie-Madeleine en pierre de Loire à la robe azurée ceinte d'or et aux yeux d'émail.

Les mois et les années passèrent ainsi à languir, désolément, sans pension ni legs d'aucune sorte. Il avait encore assez de biens pour vivre caché. « Nulle retraite n'est plus tranquille ni moins troublée pour l'homme que celle qu'il trouve en son âme », aurait dit un empereur romain. Papillon s'était complu à sa solitude jusqu'à l'ankylose ; mais l'armure tombée, sonore épouvantail au royaume d'Hadès, il songea sérieusement à faire imprimer son œuvre complète et enfin parachevée. N'avait-il pas vocation de poésie avant celle d'écuyer ou de porte-rapière ? Dès lors, il ne rêva plus que de gloire littéraire et, sûr de son nouveau destin, fourbit une ultime élégie en forme de déclaration d'amour d'un genre nouveau, avant de confier l'objet de sa flamme à l'imprimeur-libraire :

*Puisqu'il faut t'augmenter, mon LIVRE, mon mignon,*
*Mon tout, mon œil, mon cœur, mon seul compagnon*
*Âme de ma pure âme*
*Apprends donc, ô mon LIVRE, enfant de liberté*
*Tandis que ton LASPHRISE est au monde arrêté*
*Que j'ai nom PAPILLON, que je suis de TOURAINE*

L'imprimerie, cette formidable artillerie de l'esprit, avait révolutionné l'accès aux places fortes de la gloire où somnolaient les poètes de cour. Du fond de son terroir, un quasi-inconnu pouvait en faire le siège à ses risques et périls et s'en trouver vainqueur ou bouffon, au gré de la fortune et parfois du talent. Bon cœur, Papillon admirait ses rivaux et ne doutait pas que ses pires ennemis allaient baisser leur garde devant son génie. Quand après quelques semaines il eut en main l'ouvrage tout frais encré et cousu, il le cajola longtemps et le contemplant jusqu'au plus délié des lettres grises d'en-tête, des filets et des vignettes, il l'apostropha d'une voix rieuse : « Holà, mon LIVRE, holà ! que dis-tu de moi ? »

Cependant la réponse, qu'il espérait voir bientôt jaillir, unanime et vibrante, se fit indéfiniment attendre. Le commun lecteur qui n'a souci que de se complaire dans les songes est un corps heureux tant que la lubie d'écrire et de publier ne lui vient pas en tourment. Les toutes dernières années du siècle seizième furent pour le vieux soldat une pénible disputation avec la renommée qui le tenait fermement à distance. Ses *Diverses Poésies* circulaient certes, mais en d'étroits et forts discrets manèges. Le roi, la Cour, les universités et les cénacles ne voulaient pas l'entendre, ou alors pour s'en distraire d'une oreille ou d'un œil. Vaincu par ses traîtreuses blessures, il s'appuyait sur sa naissance pour ferrailler avec le sort : capitaine Lasphrise pour les uns, Marc Papillon pour les autres, il implorait chacune ou chacun alentour, Liselotte, un vagabond, n'importe quel porteur d'auricules, afin qu'on l'écoutât déclamer ses épigrammes – mais le silence était sourd et les murs de moellons jointoyés de la tour semblaient résonner en écho d'un ricanement caverneux.

Un matin de bel été, point trop courbatu, il s'en alla seller son cheval bai, qu'il appelait Veillantif en souvenir du neveu de Charlemagne. Promptement rejoint par Marguerite, petite princesse d'argent toujours soucieuse des foucades de son bon papa, c'est avec elle assise en amazone qu'il parcourut au petit trot ses anciennes terres sur la rive gauche de la Loire et jusqu'au-delà de la Cisse, mol affluent distrait en vue du château d'Amboise. Pénétrée d'une douce senteur de fenaison, de brûlis et d'eau marneuse, la lumière tourangelle semblait garder inscrite en elle, où que cheminât l'étalon, cette flamme frissonnante des blés mûrs et toute l'ardeur des cieux d'un bleu rayonnant de chapelle palatine. Les blonds cheveux de Marguerite dans les yeux, la bride en main, presque heureux soudainement, Papillon s'étonnait de sa nature insatisfaite, toujours inassouvie, devant l'immense paix des champs et des forêts. Un bonheur à sa portée s'enfuyait comme l'eau vive ; il eût fallu simplement lier ses enlacements. Le cours du fleuve au loin s'évasait jusqu'à se mêler au ciel. D'un lavoir en bordure, un chant clair montait, porté par la brise.

*Réveillez-vous, belle endormie,*
*Réveillez-vous car il est jour.*

## IV

## Pleurez, pleurez, pleurez, mes tristes yeux

La parole est donnée à celui qui la prend, du moins pour un spadassin cajoleur des muses, *combattant, composant au milieu des alarmes,* désormais en grande solitude et ruiné de bourse, de corps et d'âme, se réchauffant le soir venu aux braises clignotantes de la mémoire.

Les hivers aujourd'hui tant étirés, loin du tumulte des combats et des rumeurs de la Cour, Papillon les occupe à corriger ses poésies en vue d'une seconde édition in extenso et à soigner ses lombalgies entre deux mélancoliques flâneries à pied ou à cheval jusqu'au bord de la Loire. La mort de la jolie Margot l'an passé, emportée par une fièvre maligne qu'aucune saignée ne sut éteindre, a ouvert en lui une ultime fosse, cette fois impossible à combler.

Des averses intarissables avaient rendu les pleurs dérisoires. Papillon s'était tristement complu dans la contemplation de cette houle aux fenêtres. Les nuits passées au chevet de la jouvencelle lui furent une suprême leçon : son enfant naturelle, sa vierginette, s'en allait sans peur vers l'oubli du monde, plus brave qu'un guerrier trempé de sang au cœur de la bataille. Si menue demoiselle, elle s'en allait le regard franc et les joues ruisselantes comme après une escapade éperdue, la Margotin de quelle cession échue ! Et lui, impuissant à sauver ce brin de vie, fleurette sous des sabots d'enfer, il n'en menait pas large après tant d'affrontements victorieux contre force ennemis mortels, ceux des Guise et de France.

À son chevet, muni d'un broc d'eau et d'un linge pour rafraîchir le front de faïence et les petites mains, le capitaine fut longtemps perdu dans une songerie amère. On avait installé Marguerite à l'étage, dans une chambre claire, sur un haut lit d'ange, par crainte des ragondins, belettes ou autre long musel tout affamé, et Papillon laissait vaguer un regard trouble entre le sombre miroir du trumeau de cheminée que les lueurs des braises animaient de fantasmagories, l'épée d'un reflet de lune sous la cape de tentures mal closes aux fenêtres, le grand crucifix cloué au mur et l'enfant gisante au mitan, celle-ci sans effroi, si menue, et bientôt livrée aux charpentiers et fossoyeurs. Cœur endurci aime dire « de petit enfant petit deuil », mais il savait ne plus pouvoir trouver consolation malgré sa longue pratique des fins dernières : combien de frères d'armes, combien de compagnons rendirent l'âme avec des flots de sang entre ses bras vainement secourables. Et puis sa mère, dame du Plessis-Prevost, sa jeune sœur Geneviève, aussi l'Anthoyne, moitié de frère et corps entier, maints camarades, des écoliers de buisson chacun selon sa destinée, le grand Masère brûlé vif au faîte d'une meule des champs avec sa famille partie de nuit quérir protection chez Calvin et Théodore de Bèze, lequel avait promis « l'universelle proximité du ciel » aux parpaillots malgré tout empêchés, nul n'ayant ici-bas droit de cité perpétuel.

Penché tout près du souffle ténu de Marguerite, le vieux soldat se prit à prier non le Médecin suprême occupé aux plaies et bosses mais la Fossoyeuse elle-même, gageant qu'on obtient davantage d'une distraction obscure que de la force d'espérance. Mais cette supplique sécha vite sur ses lèvres : le visage translucide de l'enfant s'éteignit d'un coup. Il vit distinctement l'haleine mauve de la mort glisser sur ses paupières. Par un fond d'incrédulité, il ne voulut rien penser ni admettre encore, il était seul et maître des secondes. L'instant ne pouvait s'accomplir sans créance.

Cependant l'inacceptable prend vite le pas et voile de deuil jusqu'aux fleurs du chemin. Le capitaine voulut conduire seul Marguerite au cimetière distant d'une demi-lieue. Il avait donné ses instructions aux manouvriers, porteurs et enfouisseurs d'occasion qui l'attendraient avec la boîte. Une dernière fois, malgré la pluie, il sella Veillantif, le destrier de ses dernières campagnes. Efflanqué et branlant comme un tas de vieilles planches, le cheval parut hennir d'approbation dans sa stalle. Imaginait-il, n'y voyant plus goutte et presque sourd, devoir une fois de plus mener le paladin tout revêtu de ferraille au combat ? Ou alors, s'agissait-il d'une simple trotte sur les sentiers de grande randonnée avec la joyeuse enfant chantant à tue-tête…

*As-tu point mis ton haut bonnet,*
*petit, petit, petit bonhomme*
*As-tu point mis ton haut bonnet,*
*petit bonhomme, bonhomet*

De fait le capitaine Lasphrise menait son enfant en flânerie funèbre, grande poupée revêtue d'une ample robe blanche cousue de dentelles par-dessus le vertugadin et, corolle autour du visage poudré d'abondance, d'un immense col Médicis qui oscillait comme un éventail. En l'absence de la vieille Liselotte partie soigner son Salut dans un cloître, il avait dédaigné le secours tardif d'un voisinage guère empressé quand rôde la mort blanche. Ce jour-là, comme il faisait joyeusement naguère, il promena sa fille par les chemins des coteaux, sa jolie tête bringuebalante sur son avant-bras et les jambes par-dessus la crinière. Tandis que clopinait en toute confiance le cheval aveugle, il l'emmenait aux plus discrètes funérailles. Ce serait trahison de manquer à l'aimable contentement d'un ange : il faut bien jusqu'au bout lui accorder la joie d'aller dans la lumière vivante sous le vitrail des arbres où résonnent mille claviers d'écho. Pour quelques minutes encore sous le grand ciel d'immortalité. Ma fille, mon amour, je t'emmène en terre. Ce n'est pas vrai que nous passons. Je t'emmène en terre étrange avant la nuit, avant l'obscurité. Ni dieu ni diable ne saurait faire que ce qui a été ne soit plus.

Au cimetière de Nazelles, deux croquants effarés accueillirent chapeau bas le cavalier solitaire. En tenue de campagne, plumes au vent et l'épée au côté, il maintenait d'un seul bras la défunte, scandaleusement accoutrée comme pour une sortie dans le monde, les mains ballantes, le visage nu au soleil. A-t-on jamais transporté de la sorte un cadavre à la fosse ? Lasphrise considéra le cercueil de sapin sur leur charrette et plus loin, sous un jeune saule, l'excavation bordée de terre noire. Il apostropha les bougres sans descendre de selle.

— Venez la prendre et couchez-la avec délicatesse dans votre sarcophage avant de l'ensépulturer. Calez bien la planche, et j'interdis d'y mettre des clous ! Dieu vous observe !

Les croque-morts s'empressèrent et, dès que la boîte fut close, considérèrent par en-dessous le capitaine prêt à tourner bride.

— Et nos émoluments ! s'écria le moins couard. D'abord, votre seigneurie l'admettra aisément, on n'a pas tantôt creusé pour planter des choux ! Et puis, sans médire, il y a du sortilège dans vos manières. Nous jeter à la tête la trépassée, comme qui dirait une brassée de belles-d'un-jour ! D'ailleurs, où sont les prêtres et les enfants de chœur ?

Marc Papillon de Lasphrise s'acquitta à l'obole près des frais de funérailles puis tourna bride aussitôt, sans attendre que la terre avalât la jeune fille. Il galopa longtemps au hasard, d'une rive à l'autre du fleuve en crue, découvrant depuis la crête plantée de vignobles l'infini miroitement des champs et pâtures inondés, tandis qu'en amont un fort réseau de haies, de talus et de portes marinières brisait l'image du ciel en autant d'arpents de noues, de gâtines et de chenaux avec, épars au gré de maigres affluents changés en lacs, les moulins ailés qui semblaient naviguer sous un épanchement de nuages. La Loire charriait dans ses méandres tout ce qu'elle avait pu arracher à la terre, des arbres et des cahutes, divers animaux, une génisse, quantité de volailles, un couple de vieillards étrangement enlacé. C'est du moins ce que put observer le cavalier d'un pont l'autre. Serrant les rênes, le poids léger d'un corps toujours inscrit entre l'épaule et la cuisse, il remonta les coteaux de la rive sud dans cet esprit d'abandon quand vous déserte le goût même de vivre. Le bruit des eaux multiples l'accompagnait avec des inflexions mêlées d'orgue et de harpe.

Épuisé après des nuits de veille, il s'assoupit, presque consolé à leur écoute. Plus rien des choses humaines n'aurait su l'affecter, cependant les images de sa vie passée refluaient en lui par vagues incertaines, brouillant sa vigilance, tandis que Veillantif trottant sans voir ni entendre, poursuivait son chemin vers l'écurie dudit fief de Lasphrise.

Tant affligé sur un cheval aveugle, le vieux soldat parfois s'endort et rêve sans fléchir aux mille combats perdus. Le courage est de durer dans l'enfer des batailles. Chaque campagne fomente sa moisson de tueries. Il se souvient des assauts en armure sous la hache du soleil ou la mitraille d'étoiles, son épée tournoyant contre les essaims de lansquenets hérissonnés de piques et de mercenaires d'élite à double solde brandissant sabres et hallebardes. Qu'en demeure-t-il dans l'âme percluse autant que toute cette viande noire ? Oui, j'ai bravé et frappé de part et d'autre et des sources de sang m'ont oint de mort violente dans la venaison des champs de guerre.

Le plus étrange est que, revenu indemne ou mutilé, on garde un cœur affable pour les bluettes. Les béguins du capitaine palpitaient toujours dans son souvenir sans qu'il pût en ressusciter un seul, comme aux beaux jours ces pluies de pétales blancs et roses des cerisiers en fleur. Sermonnaires en jupons, prestolets de procession, vieilles pies de promenoir, rentiers à perruque, tous et toutes bien médisants et pareillement transis de glaçante morale l'avaient pour si peu jadis accusé de débauche. Est-ce un si grand mal que de jouir de la beauté du jour ?

*Si c'est cela qu'on appelle vice,*
*le vice ainsi joie peut se nommer.*

Mais comment oublier la tant distraite gravité d'aimer, quand l'âme avec la chair se laisse empoigner ou tordre d'extase et lancinement. Comment oublier son alme Neuvaine, sa Théophile, la liturgique Renée Le Poulchre en son couvent du pré au Mans, toujours à la récitation des heures nocturnes,

*Afin de voir au soir les Nymphes et les Fées*
*Danser dessous la lune...*

comme l'eût évoquée un fin poète de cour. Et, cousine follement cousinée, Noémie la Tourangelle, certes moins roide en vertu. Sans compter la Nouvelle Inconnue qui ravage ses rêves et les désole encore.

Le vieux cheval avait tranquillement regagné l'écurie du domaine. Son maître le bouchonna longtemps malgré un accès de goutte et ses crampes abdominales, songeant qu'il partageait avec Veillantif les supplices de l'âge ; qui d'autre que lui gardait mémoire des heures sauvées, à bondir et caracoler à travers les contreforts ombreux de la vallée angevine où serpente un fleuve tentaculaire faussement impassible, parmi les échines de sable peuplées d'oiseaux, les archipels de javeaux enracinés où frémissent les trembles et les vastes prairies bocagères que bordent çà et là des courtines de platanes colossaux, de saules pourprés ou argentés et de peupliers noirs.

Le capitaine Lasphrise s'était allé coucher tout vêtu, à jeun et sans boire, dans le lit de Marguerite. Il ne s'endormit pas aussitôt mais guetta cette lueur folâtre qui traverse les murs et volette parfois la nuit dans la chambre mortuaire, comme un feu follet sur une flache en lisière de forêt.

## V

## Espoir me désespère

Migraineux et podagre, le crâne envahi d'atrabile, les charnières et gonds de l'ossature goutte à goutte infiltrés de bile jaune, Papillon soupira de dégoût et de faiblesse. Lors, sa jeunesse brave et robuste lui semblait d'une autre vie, presque d'un autre monde ; l'avait-il rêvée pareillement comme dans ses stances le grand bal des amours ? Par chance ou seul mérite, il lui restait ses vers.

Dans sa librairie à l'étage d'une tour, où sont moult poètes hébergés, de Virgile à Belleau, Jodelle et Marot, Ronsard, l'inégalable Rabelais, gargantuesque génie de ses veilles, et Michel Eyquem – comme lui perché sur la docte enfourchure d'une tour, au château de Saint-Michel-de-Montaigne –, lequel prétendait mieux se distraire de l'inexorable *déclinaison d'âge* dans son jardin et sa basse-cour, après avoir subi à satiété les incommodités de l'étude, vrai gavage d'oie savante aux pâtons de citations.

Papillon considérait les liasses de placards imprimés sur sa table de travail, toutes ses poésies revues, maints sonnets, les élégies et les satires, les blasons érotiques et les chansons.

*Je suis en Amour volage*
*Comme cher enfant des Dieux*
*Qui ont pris divers visages*
*Pour aimer en plusieurs lieux*

Mais aussi les méchantes épigrammes, les folâtreries à la mode de Ronsard et puis en manière de dithyrambe, les déclinaisons de sa généalogie, et enfin pour apothéose les testaments repentis et signés de bon sang : tout ce qui manquait à la première édition faite à Paris voici deux ans par Léger Delas, maître imprimeur de la rue Saint-Jacques. Il s'agit pour l'heure d'amender par endroits quelques tournures fautives ou malhabiles, voire délictueuses, de ses entières poésies et d'en augmenter un peu le volume. L'ouvrage, si Apollon l'Oblique en acceptait l'augure, rendra justice à sa muse soldarde par un déluge de gloire et d'honneur qui noiera les haineux déloyaux, les injurieux gloseurs et toute cette courtisanerie infatuée dont s'enfièvrent les cours et salons du Louvre.

Un sourire douloureux aux lèvres, Papillon crut entendre un cri éperdu de mouette ou d'enfant et laissa là sa paperasse ; à sa fenêtre, respirant l'air pénétré de senteurs automnales, il vit tourner au vent la girouette en forme de dieu Triton sur le toit conique du pigeonnier. L'appel de la mer, songea-t-il un instant, se revoyant tout jeune officier au service du cadet des Guise, louvoyant entre Majorque et Minorque à bord d'une caraque à trois ponts armés, aux trousses des pirates barbaresques qui pullulaient dans les parages des îles Baléares. Plus que les canonnades et abordages, restait inscrite en lui la complainte de la houle, immuable. Ses yeux suivirent l'élévation d'une feuille de charme ou de hêtre très haut par-dessus les toits d'ardoise et les ramures. Est-elle déjà morte ou encore vive, la feuille qui se détache de l'arbre et vole au vent ? Mais à la perdre de vue on l'oublie aussitôt, visage au ciel, seul théâtre éternel que les mortels, le regard noyé dans les nuages, n'auront cessé de contempler depuis la Genèse et pour la fin des temps.

Papillon revint à ses placards d'imprimerie étalés sur la table, les pages d'épreuves rajoutées pour la seconde édition résolument complète. Une bourrasque y avait mis quelque désordre. Il s'empressa de ramasser une feuille chue dans la vaste cheminée, si près des braises qu'elle en devint toute noire et craquante. À voix haute et presque de mémoire, comme un oracle manigancé par les éléments actifs de l'air et du feu, il lut les vers épargnés :

*Démon témoin de mon jurement*
*Au risque d'en perdre âme et sang*
*Une plume à ma veine trempée*
*Scelle un contrat d'immortalité*
*Tant que gloire enfin me soit donnée*
*Jamais irai-je en l'ombreux tombeau*

Une faiblesse le prit au dernier mot. Les cicatrices durcies, entailles, brèches et coutures, qui lézardaient son corps, se contractèrent jusqu'à la brûlure par un effet de tétanie. C'était, entre vingt maux si longtemps médecinés tant du haut que du bas, l'un des plus pénibles, par crises heureusement transitoires qui se prolongeaient en crampes et fourmillements, avec à coup sûr à la clef un de ces cauchemars qui vous trouvent tout encordé et cimenté au meilleur du sommeil comme une statue de Pallas, figure de proue d'un navire en perdition tantôt projetée aux abysses. D'empire durable, la paralysie en songe est bien pire que la mort, si frêle instant d'instant qu'on ne saurait obvier. Sur les champs de bataille, il avait vu tomber en nombre ses frères et compagnons d'armes et l'un d'eux même, tête tranchée, eût le temps de lui sourire des yeux, l'espace d'un clignement, comme ces pavots des chemins qui s'empourprent au bout des doigts et fanent à peine cueillis.

Affalé sur un coffre, celui où s'amassaient ses lettres et manuscrits, Papillon sentit l'ombre cassante d'une main d'os saisir son cœur et le tordre à travers pourpoint et chair de brume. Mais ce n'était qu'un trouble, l'âme s'accrochait, du moins le pensait-il, tout comme on croit rêver sous le fil éternel de la hache. D'un sursaut relevé, le capitaine Lasphrise adjura l'ombre aux mains d'os forcément embusquée entre portes et fenêtres.

— Mort, halte-là ! s'écria-t-il. Recule au moins d'un pas ! Aussi vrai que je m'appelle Papillon, ne détruis pas mon corps précaire ! Pas avant que mes œuvres diverses soient imprimées et cousues ensemble et que je reçoive l'amoureuse faveur de mes amis chers ou ignorés !

Mais il n'y avait personne, les tulles des rideaux flottaient aux fenêtres de la tour. Le chevalier perclus se traîna d'un mur à l'autre, inquiet des lueurs mouvantes. S'il n'y avait ni dieux ni démons, le dérangement de ses humeurs y subvenait amplement pour le pire. Le monde à ses yeux déclinait en fumant comme une chandelle de suif. L'absence avait remplacé l'attente et ses muses étaient au tombeau. La plus jeune, sa vierginette tout emmiellée de bienfaisance, avait quitté son bon papa avant d'avoir connu le printemps de son âge. N'avait-il pas écrit ses plus honnêtes vers à son intention par idée testamentaire :

*Or si à cette fois le ciel m'ensépulture*
*Reçois ma volonté, qu'entière je te jure*
*Honore ma mémoire, ayant l'âge discret*
*Et çà et là regrette en tout temps mon regret ;*
*Mais mon doux agnelet, ma mignarde Angelette*
*Je te prie et conjure, ô ma chère fillette*
*(Non point désespéré avisant ton espoir*
*Par ma perte perdu) durement me douloir*
.............................................
*Car je te jure, Dieu, que sa dolente atteinte*
*Sur toutes mes douleurs est ma plus grande crainte*

Saisi d'un doute, Papillon chercha autour de lui une psyché ou quelque heaume bien lustré pour s'assurer de son image. L'idée d'avoir franchi l'air de rien le Styx sur la barque des âmes perdues le foudroya comme une de ces évidences qui renversent d'un coup les sabliers des astres et vous enflamment de tous les miroirs ardents de Syracuse. Il n'était lui-même qu'une apparence pleurant après des ombres ! Pourtant, du plus profond du deuil et de la désespérance, à côté de sa requête éperdue de gloire, quelque chose d'un désir fou, charnel, spirituel, pénétré de la plus délectable et gracieuse émotion, l'aiguillonnait encore. Celle qu'il nommait sa Nouvelle Inconnue n'avait pas de traits distincts, seulement un sourire à travers un doux halo de lumière, elle n'avait pas vraiment de corps, mais une vague silhouette inondée de reflets, comme un mouvement ineffable de chair nacrée peint par Titien ou Véronèse.

Au bord de l'égarement, le capitaine Lasphrise palpa nerveusement son visage et sa poitrine. Il était bien réel, fait de nerfs et d'assidue présence, aucune incertitude sur ce point ne saurait le distraire du parachèvement de son œuvre. L'édition princeps de 1597, fautive en bien des points, lui avait laissé un goût amer d'inachèvement. Cette seconde impression modifiée par courtes soustractions, copieuses variantes, longs ajouts et pointilleuse révision de grammaire et de signifiance, sans compter la muante orthographe, saurait accomplir ses vœux les plus chers et couperait le caquet des contempteurs, dénigreurs et médisants, vraie gale du poète. Papillon qui crut expirer un instant plus tôt d'un transport au cerveau, se remit à sa table de travail, ralluma sa vieille pipe de terre et, distrait par la visite d'un bourdon, suivit longtemps des yeux son vol tapageur.

## VI

## Mon âme est en tous lieux

Brumes givrantes, pluies noires et bientôt crayeuses, coups de vent en traque des croix de bois, nids de freux et clochetons, l'hiver débuta aux glanures de la Toussaint jusqu'à la Pentecôte de l'année 1599, porte battante sur deux siècles : on gela comme jamais et creva d'abondance sous les basses chaumes. Les fossoyeurs creusaient la terre à grand-peine comme des carriers mal outillés. Devant l'embarras, on gardait les grands pains de glace dans les granges et les greniers d'église en espérant le dégel, comme au grand naguère à l'heure de la Saint-Barthélémy, patron des bouchers et tanneurs, où faute de place la carne huguenote s'entassait dans les tours du silence, au fond des lacs et des saloirs à viande.

Après trente ans de tueries, la guerre civile s'était conclue par l'édit de Nantes et, en conséquence, par la répudiation d'une reine très savante, davantage tournée vers d'oiseuses amours platoniques que par les travaux de gésine. Si la loi salique n'avait écarté les filles, Marguerite de Valois eût sans doute régné seule en paix et en grâce tandis que le Vert Galant, converti ou pas, aurait jusqu'à ce jour gavé les palmipèdes dans son royaume de Pampelune.

À dos de cheval depuis l'aube, profitant d'une accalmie d'organes et de pièces vitales, Papillon réfléchissait à son triste sort en tout résiduel. L'exercice indolore de la pensée s'épanouissait au grand air. Cette opaque blancheur au sortir de la nuit semblait d'un autre monde. Pareillement heureux de la balade après des semaines d'écurie, Veillantif allait bon train dans l'épais brouillard ; le manteau de neige qu'une nuit glaciale avait durci en surface craquait sous les quatre fers comme des coquilles de noix. Papillon laissait sa monture cheminer à sa guise. Quand nul n'y voit goutte l'instinct animal prévaut.

Dans l'apaisement d'un paysage d'hiver, au point du jour, seul le cri étranglé des corbeaux rappelait l'époque batailleuse. Après huit guerres obscures, davantage de blessures dont deux ou trois qui lui purent être fatales, le capitaine Lasphrise promenait son haridelle, tout comme lui sauve mais pas indemne, au sein d'une brume immense, condensation de météores aqueux ou nuée mystique. Tout se tut soudain, bâillonné d'effroi ; même le craquement du gel s'estompa. Le silence peu à peu s'approfondit dans l'insondable vacuité hivernale, pareil au battement d'un cœur de verre.

Le doute de nouveau assaillit Papillon, une sorte de panique sommeilleuse, presque alanguie. N'aurait-il pas, l'air de rien, franchi le Rubicon, tranquillement, au petit trot, ou plutôt quelque Styx affluent de la Loire ? Que la mort est chose étrange ! Serait-ce la fruition du néant ? Papillon eut le sentiment de chevaucher son polochon. Il rêvait hors du temps, sous une élévation d'aigrettes, la face plongée dans un duvet séraphique impalpable. Quel mal y a-t-il à jouir du sommeil éternel ?

C'est ainsi que l'ancien lieutenant des Guise fut retrouvé au grand jour à demi enfoui dans la neige par un peintre d'enseignes en route pour la bonne ville d'Angers. Ce dernier, intrigué par les braiements désespérés d'un vieil équidé qui n'avait rien d'un âne, descendit de sa mule en bordure de chemin et pataugea jusqu'au blanc catafalque. Le bûcher éteint couché là avait les yeux grands ouverts sous un voile de gel. Le peintre en lettres se signa, ennuyé de la rencontre, devait-il s'en aller perdre son temps à quêter Dieu sait quel secours ou s'enfuir loin d'ici avec de négligeables vanités, bague de ligueur et médaillon de vétérance, au risque d'être repéré et mis en cage ? À ce moment, penché sur sa découverte, il crut voir toupiller le feu de deux prunelles et sourdre des profondeurs ces éclats gutturaux :

*Démon témoin de mon jurement*
*Au point d'en perdre âme et sang*

Sans ruse ni raison, l'épouvante s'empara du peintre d'enseignes qui, voulant s'échapper, fut saisi au col par deux mains osseuses jaillies d'un linceul de neige.

— Drôle ! s'écria le gisant. Aide-moi donc à me remettre sur mon séant au lieu de m'escrutiner comme un tas de vieilles nippes !

Terrifié de voir s'animer le masque de glace, l'homme s'exécuta rondement. Une fois remis en selle, le capitaine voulut s'informer du monde, ce à quoi l'ambulant juché sur son âne répondit avec complaisance et perplexité, l'œil sur le cavalier roidi et sa monture drapée de givre.

— On parle fort à Paris d'une possédée du nom de Marthe Rosier, fille seyante d'un tapissier de Romorantin, un satan caché dans sa rate lui ferait accomplir des bonds de carpe sur le dos, qu'en trois mesures la voilà depuis l'entrée de l'église pile au milieu du chœur. On dit qu'elle tire une langue de chamelle devant la Sainte Croix et qu'elle se met à gronder comme la forge de Vulcain sans même ouvrir la bouche quand l'exorciste du diocèse lui ordonne de chanter le psaume cinquante, vous savez : « Pitié pour moi, mon Dieu, dans ton amour, selon ta grande miséricorde, efface mon péché. »

— Rien d'autre dans le monde ? gronda Papillon, les brides relevées, en recouvrant peu à peu humeur et facultés.

— On raconte que le bon roi Henri a trouvé son Henriette...

— D'Entragues, qui l'ignore ? répliqua le cavalier.

Qui l'ignorait en effet, à la Cour comme chez les gentilshommes ensevelis de son espèce ? Un pucelage négocié cent mille écus, quand on refusait au vieux soldat chargé de glorieuses blessures une misérable pension du millième ! Papillon n'eut pas à saluer le discoureur qui avait jugé opportun de lui sauver la vie ; à la croisée des chemins, craignant sans doute que la rosse du diable mangeât son foin, Veillantif partit au galop sans révérence pour gagner à l'instinct l'écurie du domaine.

Les jours qui suivirent, preuve et certificat de sa survivance, l'accès de goutte, les migraines et tétanies convoyèrent son funeste désœuvrement. Discret dans ses murs, errant de la tour aux communs, la seconde édition de ses poésies toujours en main pour lire et déclamer ce qu'il savait par cœur, le seigneur de Lasphrise se sentit comme désuni du genre humain, irréparablement délaissé par l'espèce chevaleresque, cette noblesse d'honneur qui, tel Bayard au siège de Padoue, n'aurait jamais admis tomber de selle pour se mêler aux fantassins et autres piétons de guerre, même si c'eût été la seule chance de survie. Ses pairs désormais mendiaient la faveur royale au Louvre, tandis qu'il menait un combat désespéré dans la solitude et le dénuement. Son invincible ennemie comme par jeu faisait durer la bataille tout en murant l'une après l'autre les voies de repli. Scipion eût, dit-on, bâti des ponts d'or pour la retraite des vaincus. Moins tacticienne, la mort aux griffes de chat laisse fuir le souriceau et d'un bond le rattrape à sa guise.

La veille de Noël, son livre serré tout contre lui, Papillon se lamentait d'en avoir si maigre écho, lui qui avait imaginé, lors de la précédente édition, l'excellence de son génie unanimement couronnée :

*De Palmes, de Lauriers, de Myrtes, et de Charmes*

Il était tard. Trois rondins de chênes flamboyaient dans la cheminée de la salle grande. Dehors, l'ombre de minuit s'étendait sur les champs de neige. Distinctes malgré les épaisseurs de silence, les cloches de Nazelles venaient d'appeler à la messe des Anges. Des cendres tombaient par masses floconneuses sur ces ténèbres. Pris soudainement de frissons, Papillon avait saisi une dague de vénerie au tranchant double suspendue entre deux piques sous le massacre blanchi d'un cerf dix-cors. Il se souvenait de l'hallali lors d'une chasse princière avec le frère du Balafré venu honorer la maison de son jeune lieutenant. Le grand cerf acculé s'était campé face à la meute et aux veneurs accourus pour le forcer. « Voilà comme tu dois combattre la foule de nos ennemis ! » lui avait lancé joyeusement le duc de Mayenne avant d'épauler son arquebuse puis d'aller planter un épieu à croisette au cœur de l'animal. Était-ce la manière du cerf royal qu'il fallait imiter, indomptable jusqu'au coup de grâce, ou celle inexorable du seigneur de guerre ?

La Mort, quand elle s'infiltre armée de pied en cap dans la citadelle du corps, se combat sans épée ni arquebuse, mais avec de savantes mixtures consignées dans quelque grimoire. Les pommades de saindoux mêlé de suie de cheminée, de poudre d'ardoise et de farine de corne de sabot, les poires et le fenouil cuits ensemble dans le miel guérissent assurément des inflammations et de la migraine, mais, outre les saignées et les purges à la base de tout honnête traitement, seul un subtil mélange d'écume d'argent, d'huile de pierre et de vitriol vert eût permis de faire résistance. Cependant Papillon avait congédié apothicaires et barbiers venus à la rescousse du génie des chaudrons hérité des sorcières et sorciers. C'est ainsi, le commun des mortels ne jure que par sa survivance. Passé la septantaine, égrotant et quinteux, ne subodorerait-il pas le secret de l'immortalité ?

En remarquant la dague à son poing, Papillon se prit à rire de lui-même. Jamais assaillant ne l'avait effarouché, sur les champs de bataille comme dans les coupe-gorges des villes, la nuit, par temps de guerre fratricide, et voilà qu'il brandissait un poignard à dépecer les bêtes sauvages pour se défendre du soleil de justice ! Dans son autre main, il y avait son Livre, les *Diverses Poésies* — « de qui l'acier du temps n'aura jamais victoire », comme le postule dans un prologue versifié son cousin germain, le bon Philippe Prevost, sieur du Plessis. Son livre joli, beau rejeton à joues d'ange ou d'agnelet, pur enfant d'âme, réel archimignon de couchette, avait-il autres espérances, fors mortaille et douaire ? Non, c'était bien là tout son legs, son cœur de chiffon ardent !

Une fois la plénitude de ses jours consommée, nul ne saurait mettre, ne fût-ce qu'un doigt, une seule phalange, ni même l'ongle de l'index, au-delà du temps compté. Le pendule de chair en passe de s'arrêter, les frimas du puits ouvert des limbes montent et s'insinuent par les orteils jusqu'aux organes vitaux, dissipant ainsi l'équilibre des humeurs. Le dieu Janus allait ouvrir sa porte avant matines…

Le nez pincé, la respiration sifflante, le cœur criant pis que la meule d'un pressoir d'olives, Papillon en était à l'évocation de *L'Agonie dans le jardin*, lorsqu'en un sursaut résurrectionnel il se jeta hors du lit de camp installé l'avant-veille devant la cheminée de la salle grande pour brandir son livre tout imprégné d'une sueur de trépas. La nuit autour de lui s'épaississait sous les lueurs des braises. Un voile d'ombre l'entourait de mouvants caprices tandis que les chats-huants et les hiboux ululaient on ignore quelle chanson grelottante en écho d'une louve aux yeux pers connue dans les légendes pour noyer dans la Loire toutes les louvettes de sa portée. Doit-on saisir quelque occulte intrication et résonance entre les Actes croisés des démons et des saints ? Ainsi pourquoi Charles IX, ordonnateur d'un monstrueuse tuerie deux ans après la paix de Saint-Germain-en-Laye, aurait-il décrété dernier jour de l'année celui de la Saint-Sylvestre, du nom de l'évêque baptiseur de l'empereur Constantin, lequel, atteint de la lèpre après sa victoire du pont Vilmius, préféra dit-on sa conversion lors d'une onction chrétienne à l'immersion dans le sang de trois mille enfants prescrite par les prêtres du Capitole ? La fièvre ouvre des abîmes de perplexité à l'heure du dénouement. Cependant debout, dressé comme au combat, tenant ferme la margelle instable de son livre tandis que le sol vacillait, le capitaine Lasphrise interpella d'une voix étouffée les Puissances.

*Sel semad ed truoc, enqleuq erteau rocné*
*Tois cnud elliv gruob egaliv*

Il y eut un grondement sourd, comme un ronflement de cent chouettes brisant quelques vitres et toutes les stalactites du silence. Un vent glacé vint ranimer les brandons et une main dansante de flammes crépita, illuminant l'acier d'un faisceau de hallebardes et les cuivres des armoiries et blasons suspendus aux murs parmi les trophées hérités d'un ancêtre rescapé des croisades. Dans l'embrasure du seuil, une cuirasse de tournoi coiffée d'un casque crapaud et dressée sur des jambières de fantassin gardait de guingois la porte cochonnière blindée de linteaux et d'énormes clous d'acier brut.

Dans un trouble intense après cet arrachement de gisant de pierre à son socle, Papillon crut distinctement recevoir par retour d'écho la suite de ses vers sentencieux en langue jargonesque :

*Va ertuof et riselp nud l'rutan sert Xuod*
*Te sulp ruop Ucel no ervuo el uc*

L'apôtre Paul disait que l'Esprit Saint inspire son idiome à celui que nul ne comprend, mais il n'y avait guère d'exemple qu'on reçût réponse idoine de vive voix. Était-ce là un tour de l'ange dégénéré, gnome au museau de chien et barbe de bouc ou dragon aux sept têtes cornues jetant à terre d'un seul coup de sa queue fourchue le tiers des étoiles ? Infidèle à la foi de ses nobles aïeux, Papillon n'avait plus rien à perdre. Il lui était arrivé de chevaucher sans frayeur les champs de mort, peuplés de croix, ou les belles ouailles au jour des Cendres, préférant à choisir un admirable séant de nonne au fade partage du Corps du Christ. Les choses saintes étant pour les saints, il s'était depuis longtemps résigné à son indignité. Adieu missels ! Adieu passions ! Et vous, muses flâneuses, accordez-lui avant trépas la foi et l'espérance, pour que son chant ne fût vain…

À force de gestes éperdus, Papillon qui n'avait pas lâché sa lame se blessa l'autre main. Il s'étonna quelques instants de cette vivante pourpre ceignant son poignet gauche et, soudainement, comme si le vent en rafale, quelque branche brisée ou le diable en personne frappait à coups redoublés à sa porte, il s'exclama, saisi d'étrange effroi :

— Parais ! Parais ! m'en coûtât-il l'âme et la vie éternelle !

Mais les coups ne cessèrent point et Papillon, inquiet, exaspéré, s'en fut ouvrir enfin. Frappé au visage par la bourrasque, il ne vit d'abord qu'un buisson de givre chu du chambranle, puis, à la lueur ravivée des flammes, une silhouette tout emplâtrée de neige, spectre de prélat ou d'ours blanc couronné d'une espèce de mitre d'hermine qu'ornait un diadème d'épais joyaux.

— Mon bon sire ! supplia l'apparition. Le souffle me manque ! Partout, d'une porte à l'autre, on me rejette. De grâce, laissez-moi me réchauffer les mains à votre feu…

Dubitatif, comme on s'écarte d'un tourbillon de poussière, Papillon laissa entrer l'inconnu. Celui-ci se déplaça d'un pas incertain jusqu'aux chenets, se délestant en chemin de son arroi de misère, peaux de lièvre, frusques et autres balluchons. Une vision de débâcle fit ciller l'habitant des lieux : le phénomène, du moins son apparence de congère ambulant, se liquéfiait peu à peu. Les épaisseurs de neige de la chasuble et de la mitre, les glaçons en guirlande de la couronne fondirent dans un ruissellement de fontaine. Quand il fut réduit à un maigre échalas couleur de cendre, les deux pieds dans une flaque, l'individu tourna vers son hôte une face d'animal des bois. Son œil de renard ou de fouine remarqua le poignard et le sang à demi coagulé qui formait comme un sceau de cire rouge entre paume et doigts.

— Votre seigneurie aurait-elle un ennemi ? susurra-t-il, l'air chafouin.

Accaparé par un événement considérable et cependant fugitif comme peut l'être le passage de l'état de veille au profond sommeil, Papillon considéra distraitement le personnage. Le vent gronda alors dans le conduit de cheminée et il lui sembla n'avoir devant lui qu'une fumée jaillie des braises. Une fois la dague remise en place, tranquillement, le vieux soldat déchira un pan de sa chemise blanche à jabot afin de bander son poignet. Une tache en forme de croix infiltra presque aussitôt l'étoffe. Il songea avec une indicible frayeur mêlée d'innommable joie : « Ceci est ma signature ! » et perdit incontinent conscience et discernement, du moins eut-il le sentiment de rouler au sol tel un sanglier éperonné au cœur par l'épée inverse de la Mort. Ou serait-ce plutôt le sol qui bascula dans ses orbites au fond desquelles tourbillonnait une neige noire ?

Instant sans secours ou tournante perpétuité, le choc fut d'une durée formellement inappréciable. Papillon traversa des nébulosités galactiques entre deux essaims de chimères. Sa vie entière lui revint en détail par cercles et hyperboles dans un vertige alenti, seconde de bascule contenant toutes les amours, tous les voyages, aussi les fêtes et les batailles, intolérables afflictions, tournebroches des deuils, duels en épingle, lardoire des noces, mystères et choses de rien, contes en l'air et coquecigrues ! Et la tragédie de la dent de lait que sa sœur Geneviève vint un soir apaiser. Et ses terres mises en blé d'hiver. Et Jonjon, sa chienne belle et bonne, sa mignonne turquette morte en couches, et la gentille Margoton, sa fille d'âme enfantée qui seule lui manque à l'encontre de la femelle adversité qui le fit naître à mort...

Mais l'instant durait et il lui sembla être accompagné par la Lumière vivante, comme incarnée, et seule encore distincte au milieu d'une houle ténébreuse, et cette présence filtrée d'il ne savait quel astre portait sur sa frêle épaule une jarre. Porteur de signes et porteuse d'eau, tous deux cheminaient vers un monde ignoré, l'un inondé par cette fraîcheur puisée au plus secret des sources, l'autre allant comme l'ange ou la flamme, feu follet des étoiles. Angelia, souvenez-vous ! dit-il sans que le silence en fût troublé.

— Oh ! Angelia, Dame au Renom, mon Antigone, j'ai vécu

l'ennui à flots perdus et l'aventure sur la crête ! Soyez pour moi la sœur jamais déplorée, l'inconnue de terre grasse et de vaisseau noyé…

Délivré du souci de mémoire, Papillon n'avait plus d'épouvante. Peut-être était-il mort ou sur le point de l'être, ou alors rêvait-il hors des noirs bouillons du chaudron crânien. Dépouillé de ses attachements et propriétés, titres, goûts et penchants, il eût été comme Hermès, le dieu nouveau-né, si renaître se pouvait. Est-ce que le Temps ressemble au Temps ? Et qui sont-elles, les âmes damnées, *fantômes et ombres légères* ? Sans fin la vie enchante et la mort initie.

Inerte, déjeté sur le ventre, les bras écartés, Papillon entendit monter des profondeurs du ciel ou de la terre un mystérieux tumulte d'une beauté inouïe. C'était un entrelacement de mélodies et d'accords pareil au cours silencieux des nuages. Petit à petit, l'idée de musique et de chant prit corps en lui, ses tympans vibrèrent et il sut que l'esprit lui était revenu.

Le réveil fut laborieux comme une mue de cigale ou l'arrachement, hors de son lourd harnois, du chevalier désarçonné. Défait de son ordinaire apparence, Papillon demeurait parfaitement analogue à son enveloppe charnelle. Dès lors, il lui fallut prudemment quitter les abords d'Amboise afin de mettre une saine distance avec l'espèce malveillante des baillis, sénéchaux, lieutenants à robe courte et petits seigneurs hauts justiciers.

C'est ainsi qu'il prit retraite en son fief déserté de Moissy, colline coiffée d'une gentilhommière en grand délabrement. De l'Épiphanie au jour des Cendres, les frimas de Noël se perpétuèrent. La neige bâtisseuse élevait partout des escarpes et des remparts comme pour contrarier la destruction des défenses des âges ténébreux prescrite par les conseillers du roi. Moissy n'était pas Chambord ni même Montpoupon, mais on y pouvait tenir un siège ou plutôt s'en garder, dans une solitude à peu près inabordable. Papillon n'évalua pas d'emblée la réalité de sa nouvelle condition. Un événement inexplicable avait dû l'arracher au sort commun. Il se souvenait assez clairement avoir été fort dolent et même malade à en mourir au dernier jour de l'an 1599, au point d'invoquer la Vierge et le Démon.

À la plus haute fenêtre de la tour de guet, assis dans l'embrasure de pierre, il contempla des heures entières les étendues immaculées. De minuscules avalanches à la cime des peupliers, le vol noyé d'un freux dans une nappe de brume ou les variations subtiles de la lumière pénétrèrent son attention d'un sentiment étrange de réminiscence – comme s'il avait bu au Léthé la gorgée d'oubli qui n'efface que les accablantes vacuités de la mémoire au bénéfice des fragiles arcanes de la sainte nature –, laissant indemne en amont Angelia, sœur de l'ombre, dont le devoir au gré des temps et de la bonne fortune serait de porter son Livre jusqu'au seuil de la postérité.

Les vers d'un foudre de guerre de jadis, nommé Othon de Grandson, fier compagnon de la gent de rixe et de poésie, lui revinrent si bien aux lèvres qu'il sut que rien des choses vaines ne lui serait en manque :

*Mon seul désir, ma joyeuse pensée*
*Ma vraie amour, de tous bien la fontaine,*
*Belle par qui la joie m'est donnée*

Dans son extrême esseulement, sans autre distraction qu'un grand feu qu'il alimentait de vieilles planches et de chaises entassées dans la salle de garde, Papillon se prit à donner à l'Océanide, figure de la Renommée, le visage tremblé de ses folies, nobles dames, gredines ou belles érudites tour à tour dépeintes et chantées. D'avoir tant aimé et perdu lui rendait l'espérance ineffable. L'avenir désormais serait son éternité.

# SECONDE ÉPOQUE

VII

## Le cœur caché des lointains

*Absence, absence, absence, ô cruelle divorce,*
*Pitié des affligés, maison d'obscurité.*

CHRISTOFLE DE BEAUJEU
*Les Amours*

Aucune neige n'est éternelle, serait-ce au sommet des montagnes et, plus haut, dans le ciel des comètes porteuses de présages, mais il garderait à jamais par revanche la mémoire de ces jours de stupeur blanche en son fief ruiné de Moissy, après l'adieu au domaine de Lasphrise où s'étaient effeuillés les siècles de l'enfance. Personne, même un saint ou ce christ d'homme, n'eût imaginé que l'invocation d'une puissance diabolique pût, d'un simple mot, endiguer la mort, si l'ambition l'emporte au point de *signer le pacte*, selon la commune expression.

Aux abords de Paris, Papillon chevauchait sans la moindre impatience du côté de Juvisy et de Draveil, dans la région d'Île-de-France, comme une tortue pèlerine. Il avait traversé la veille les villes de Bonneval et de Chartres d'une même allure, l'esprit vide, tenant les rênes inutilement. Veillantif semblait devancer d'une seconde ses intentions. Avisé par son instinct, le cheval suivait la direction induite d'un pas tranquille ; parfois même, pressé d'esquiver quelque encombrement, il allait l'amble comme un bidet breton. Hormis son Livre, Papillon ne pensait à rien du monde. Il gardait l'ouvrage dans une poche de son habit en témoignage du prodige de vivre encore, d'être présent sur cette terre étrange où ses vers à tous inaudibles résonnaient toujours en lui. N'avait-il pas défié Dieu et ses Anges au bénéfice d'un des leurs, cornu et puant comme un roi déchu ? Trois années s'étaient écoulées depuis cette nuit de tourmente visitée par un indigent à l'œil de renard ou de fouine. *Mais qui est mort, qui est toujours en vie ?*

Parti l'avant-veille de Touraine, il atteignit par la grand-route les faubourgs de Paris. Sa pensée presque éteinte s'attachait si distraitement aux minuscules incidents du chemin. En bon ordre alentour, les vignes de Montrouge couvertes de givre semblaient une armée de fantassins cagneux toute hérissée de piques et de fléaux. Comme l'échine de bêtes de somme au repos par grand froid, les toits de chaume des fermes miteuses de Villejuif boucanaient par tous les interstices et conduits. Aux labours d'hiver, prés brûlés et pâtures, succédèrent bientôt les lopins par milliers des maraîchers, les carrières de plâtre et, çà et là, un campement de nomades, le bivouac de bergers au milieu d'un nuage bêlant, d'indécises bourgades sans clocher, refuges de bannis d'espèces variées où transitent les miséreux erratiques, mendiants, pèlerins égarés, vagabonds, piétaille des drames et calamités. Guère plus loin, d'abord fondus dans le ciel bas, les remparts de Paris se détachèrent des fumées de l'aube et la route bientôt s'encombra de voitures de poste, de négociants à dos d'âne, de charrettes de charbonniers et de minotiers, d'autres chargées de futailles ou de fruits et légumes, de paysans sur leurs mules convoyant des meulons de fourrage, de cavaliers en armes allant et venant autour de lourds fardiers tirés par des bœufs. Veillantif a franchi au pas la poterne. Aussitôt immergée dans la remuante multitude, la monture se laisse conduire de ruelle en venelle. Quel sens donner au vacarme ordinaire, abois, cris d'animaux, chants aigres des écoliers, disputes de bras-nus et de journaliers en quête d'embauche, appels des échoppiers et ambulants ?

Tandis que sonnaient les cloches de Notre-Dame, Papillon s'engagea sur le nouveau pont qui enjambait désormais la pointe de l'île de la Cité et menait dans les quartiers nord dits d'Outre-Grand-Pont, où la courtisanerie affluait vers le palais du Louvre tandis que les bourgeois et roturiers à privilèges, prévôts, procureurs, échevins prospéraient à l'opposite, du côté de l'hôtel de ville et de la place de Grève. Libre de ces vis-à-vis de bâtisses marchandes donnant aux autres ponts de Paris l'aspect de ruelle ou de galerie, le Pont-Neuf, commandé par le rancuneux Vert Galant, « empereur des Gaules et roi de Navarre », offrait grande vue vers l'aval de la Seine. Aux premiers jours de décembre, sous un ciel de cendres, quand l'énorme chaudron de la ville fume par toutes ses fissures, le fleuve couleur d'étain s'ouvre à la mer lointaine. Toujours juché sur sa monture qui inclinait l'échine pour lécher le sel de pierre du garde-corps, Papillon n'ayant plus hâte de rien demeura immobile à mi-parcours, à contempler les thyrses d'argent au gré du remous. La liturgie des heures, que ponctue la prière des anges sonnée au proche clocher de Saint-Germain-l'Auxerrois et reprise sur maint étage de la ville par l'airain de l'écho, cet irréel alliage de bronze et d'éther qui semble vibrer en accord continu de Laudes à Vêpres, emplissait la vacance de son esprit d'une sorte de tournoiement stellaire. Cerné de rumeurs, des mots lui vinrent aux lèvres inexplicablement : « Nous qui sommes errant sur les bords des rivières et par les monts ombreux... » Tant l'absorbait le passage de gabares et autres barques de fret, les yeux perdus sur l'enlacement d'arc-en-ciel qu'un rayon de soleil faisait miroiter entre les pâles flottaisons des nues et de l'onde, il ne prit pas garde au ralliement des curieux autour de lui. Écoliers de l'université et oisifs en tous genres s'amusaient bruyamment de l'espèce de statue équestre qui se campait à l'endroit même promis à l'imminente érection d'une monumentale effigie royale.

— Il faudra bien qu'on l'écarte du socle ou qu'il y grimpe ! s'exclama un jeune clerc en habit noir de répétiteur.

Attirés par l'attroupement, des gens d'armes casqués d'une bourguignotte et vêtus de l'épaisse jacque faite d'un empilement d'étoffes sous une peau de cerf vinrent compliquer l'incident de leur coutumière brusquerie. « Le milieu étant plus honorable entre trois qui marchent ensemble », aux dires d'un fameux *Traité du rang*, le sergent en place idoine se détacha du lot et déclara haut et fort :

— Au nom du Roi...

Mais la parole se brisa, comme ravalée, devant l'immobilité sépulcrale du cavalier et la foule des badauds, écoliers et commères auxquels venaient de se joindre un cocher de louage et sa clientèle, tous partis en risettes et brocards.

— Mieux vaut peu que rien ! ironisa un marchand de lacets.

— Serait-il défendu de sommeiller sur son cheval ? s'étonna une solide engraisseuse des barrières qui portait sur l'épaule un porcelet vivant.

— Grande merveille ! pérora à son tour un élégant tombé du coche. L'amour enflamme-cœur visiblement l'embrase...

Sans doute inquiété par l'indifférence altière du personnage, le sergent reprit mainmise, cette fois à l'adresse du plus grand nombre.

— Au nom du Roi, circulez sans plus d'entraves, ou j'en appelle à la garde ! Avant midi passeront sur ce pont les charrettes de justice et les carrosses du faubourg Saint-Germain...

À l'écart, bien en selle sur un petit cheval barbaresque, un homme au port martial portant casaque et bonnet de cuir, un bandeau noir sur l'œil gauche, observait la scène avec un air d'effarement qui par instant disloquait d'une grimace ou d'un rire douloureux sa face maigriotte couturée de balafres. Quand le trio de pandores eut convaincu l'assemblée à se disperser et remis en branle la monture de l'obstiné rêveur à coups de fourreau sur la croupe, le borgne fit de même et interpella ce dernier plus loin, sur le quai de la Saunerie où ferrailleurs et mégissiers faisaient désormais concurrence aux commis de la gabelle. Mais Papillon n'entendait guère, ses songeries l'égarant entre ciel et terre, tandis que le vacarme du jour s'amplifiait. Le cheval arabe, brides serrées, vint se placer à hauteur d'encolure de Veillantif et l'homme cruellement défiguré put à loisir détailler le profil du seigneur de Lasphrise, l'écuyer du dernier des Guise, compagnon de jadis et ennemi de naguère.

— C'est bien toi ! s'exclama-t-il avec force postillons. Je te croyais cent fois mort. Tu me reconnais ? Masère ! ton voisin de Nazelles…

— Le grand Masère ? s'étonna vaguement Papillon.

— N'en doute pas ! Même si les sabreurs de ton bord m'ont rendu méconnaissable. J'ai combattu les tiens à Jarnac sous les ordres de Condé que les Manteaux rouges ont assassiné lâchement d'un coup de pétoire et brinquebalé sur un âne, à Pradelles aussi et à Chartres sous les ordres de Coligny où nous avons vaincu ton chef, le duc de Mayenne. Y étais-tu, Papillon ?

Un temps mercenaire au service de sa foi, Masère ne regrettait pas les corps-à-corps acérés sur les champs de guerre, les retraites éperdues dans la nuit étincelante ou la terreur des longs sièges, mais la foi avait sombré en temps de paix avec les reniements et l'apostasie des princes et chacune de ses blessures inutiles brûlait aujourd'hui d'un feu d'enfer sous les cicatrices.

— Le malheur ne dure pas ! lança-t-il sans y croire. Tu te souviens de nos amusements ? Les vignes du curé de Nazelles qu'on pillait dans le bec des grives, la pêche aux écrevisses sous les gibets d'Amboise et nos courses de capucins avec l'Agapet qui doit courir encore par les bois. On dit que les guerres l'ont rendu fou, mais qui ne l'est pas aujourd'hui ?

Un chant rauque de batelier où il était question d'un fleuve de sang et de pétales de rose domina à ce moment les bruits de ferraille et d'essieux témoignant d'une soudaine affluence à l'ombre des tours sinistres de la forteresse du Grand Châtelet où tous les rats de Paris, descendus du charnier des Saints-Innocents, venaient s'enivrer d'effluves abominables. Les carrosses affluaient à l'angle de l'église Saint-Jacques-de-la-Boucherie ; le peuple des barrières convergeait lui aussi vers la place de Grève déjà investie par des meutes louvoyantes. Plusieurs compagnies de la maréchaussée s'étaient positionnées en bon ordre autour de l'échafaud dressé face au portail de l'hôtel de ville pour satisfaire gentes dames et gentilshommes venus se divertir. En amont de la grève où les débardages venaient d'être interrompus, laissant les barges des transporteurs s'encombrer à l'amarre, des valets de justice achevaient d'édifier un large et haut bûcher de fagots et de rondins alternés bourré de paille à la base et arrosé de poix entre les planches de l'estrade. Il y eut soudain une clameur du côté de la Seine où s'étaient amassés les besogneux, filles des rues, manouvriers, domestiques, colporteurs, marmiteux, claque-faims et va-nu-pieds. Sortis du lot, les détrousseurs dégringolés de la place Baudet s'infiltraient dans la foule qui se pressait entre gadoue et pavés, plèbe et frotte-manches du palais des Tuileries. Les bourgeois de hauts bancs – magistrats, intendants, affairistes vêtus de sombre, juges et fonctionnaires accointés à la prélature roturière – s'affichaient en majesté sur les marches de la chambre des requêtes. On entendit rouler le tambour. Quand approcha le tombereau des condamnés, les ondes modulées d'une sourde clameur parcoururent le public, depuis les bords de grève jusqu'aux carrosses garés le long des ruines de la maison dite aux Piliers : toutes les tonalités de la surprise s'y purent entendre, du grognement haineux à la plainte miséricordieuse en passant par les soupirs extatiques. Mais les plus stupéfaits restèrent sans voix, pénétrés d'une émotion inavouable : si près du fleuve, dans la lumière blanche de décembre, on allait mettre à mort l'innocence incarnée.

Alors que le bourreau et ses valets s'apprêtaient au supplice, Papillon sortit de son trouble dans un souffle :

— Mais qui sont ces jeunes gens qu'on pousse sur l'échafaud ? Ils n'ont pas vingt ans !

Masère, toujours raidi sur son Barbe, hésita entre déférence et raillerie.

— L'engeance seigneuriale des Ravalet, dit-il enfin. Une vieille famille normande couveuse de criminels. Ceux-là sont des amants…

— Et quel mal y a-t-il ? Ils ont la beauté du lys et de la rose…

— Marguerite et Julien de Ravalet. L'une est la sœur, l'autre est le frère.

— Marguerite ? murmura pensivement Papillon.

— Le Vert Galant eût bien pardonné l'adultère, puisqu'on a forcé la fille à prendre un vieil époux, mais point l'inceste, l'inceste fâche le plus impudique des renégats !

Requis par le bourreau Jean Guillaume, grand barbier des supplices, le silence s'étendit sur la place de Grève et par cercles jusqu'aux quartiers riverains de Saint-Langry et de Notre-Dame. Un crieur de mort proclama la sentence connue de tous tandis que les confesseurs, croix brandie, semblaient vouloir trancher dans le vif l'invisible lien de chair, la flamme d'ivresse, comme envoûtés par la splendeur du mystère en passe de s'accomplir. Les valets entravèrent un peu plus les deux jeunes gens et précipitèrent le rituel, pacte de meurtre ou partage de malédiction, vaine tragédie donnée en repentance. L'extrême pâleur des condamnés répondait à la lividité du bourreau, signe chez ce dernier d'une brouillerie d'esprit. Incapable de malveillance dans son office, c'est à contrecœur qu'il s'apprêtait à faire loi. Mais ceux-là étaient des enfants trompés par leur image, des anges égarés entre le monde de la grâce et celui de la faute. À l'instant où les valets ployèrent le corps de Julien sur le billot, il croisa son regard, ses yeux noyés d'effroi qui du fond de l'âme cherchaient à sauver l'image de son amour dans celle de la lumière, de la neigeuse lumière du jour. Mais la nuque fut découverte et la hache d'un coup détacha la tête des épaules, laissant jaillir en révérence la gerbe pourpre qu'aucune vernale effloraison jamais ne saurait célébrer. Les valets dégagèrent la dépouille parcourue de frissons avant d'amener la fille qui avait été maintenue pour ne rien voir de son sort. Mais son sort venait d'être accompli à la seconde où la hache frappa ses tympans : on l'avait tuée déjà et le bourreau n'eut plus qu'à trancher dans l'âme morte. Comme la rumeur enflait sur la grève où la plèbe s'indignait du massacre après s'en être délecté, les cadavres encore chauds de Julien et Marguerite de Ravalet et leurs belles têtes furent précipitamment conduits au bûcher. Les valets firent la chaîne, l'un d'eux juché sur l'échelle, un autre alignant les restes humains sur la plateforme. Une torche glissée dans la paille embrasa d'un coup l'entassement de fagots et de bûches. Avant de refluer vers les palais et les bouges, la foule rassemblée en hordes, factions et coteries attendit de voir les flammes jaillir au-dessus du bûcher et répandre des cendres et l'âcre odeur de la chair brûlée.

Papillon qui s'était dérobé avec à l'esprit l'image vivante de sa Margoton, pour un instant encore, une seconde éternelle, chevauchait en direction du port au foin. Un feu de forge grondait derrière lui tandis que le *Salve Regina* s'élevait des gorges : l'enfer sur terre se recommandait de Dieu ! Il se dit que même le diable n'avait de prise sur la férocité des hommes.

## VIII

*Le temps habite une lumière inaccessible.*
AUGUSTIN D'HIPPONE

Dans la rue aux Oues longeant le rempart, entre les portes Saint-Denis et Saint-Martin, l'hostellerie du Murmure des fées ne payait pas de mine au premier abord mais il s'y trouva bien. Une matrone jargouineuse flanquée de deux jeunes servantes au doux babillage tenait l'endroit qui était propre et sentait l'huile d'œillette. Depuis sa chambre à l'étage, d'aube à crépuscule, les bruits de la rue diffractés par le rempart et montés par vagues du ressac de la mémoire, prenaient un tour étrange. Par la voix des anges, des oisons et des pijons, un habile vielleux tirant carriole par des sangles proposait de belles serrures, de bonnes clefs, un marchand d'oublies effeuillait son antienne :

*Lundi pur, mardi gras*
*Mercredi des cendres*
*Jeudi absolu, samedi de Lazare*
*Dimanche des rameaux*
*Et vendredi qu'en fais-tu,*
*Ventrebleu, j'en fais du bois tendre*
*et de la hure au lard, tralala*

On entend les appels, les abois, les ululements des sondeurs de gouffres. *Où es-tu ? Où es-tu ?* Tard dans la nuit, les insultes font de rugissants bouquets. À l'heure des brousses crissent les crinières des belles estourbies. Puisque la misère les y contraint, maints criminels huchent au coupe-chant :

*Peaux d'lapin, peaux d'lapin*

Quand la dernière lanterne s'étouffe, un faux calme s'étend sur la ville ; le veilleur, satisfait, lance alors sa complainte :

*Dormez, le guet veille*
*Il est minuit, bonnes gens*
*Dormez, le guet veille*

Papillon ne s'endort jamais vraiment, somnolant le plus souvent entre deux eaux contraires au mascaret des songes. Dormir serait s'abandonner au grand large, comme un esquif désamarré, et la veille soutenue tourne assez vite à l'égarement ; il s'agissait pour lui de tenir un fragile équilibre entre abysses et berlue. Le néant s'essaye dans le sommeil. Parfaitement seul, la nuit, Papillon s'efforçait d'étudier son nouvel état avec la même stupeur qu'au lendemain du premier soir en Touraine, lorsqu'il s'était relevé comme Lazare, non pas du tombeau au quatrième jour, mais de cette seconde outrepassée pareille à l'éternité des morts depuis le bannissement de l'Éden. Onze ans après un trépas ajourné, il continuait d'expérimenter une très curieuse impression, cruellement indolore, de perte irréparable. Le monde autour de lui vacillait avec sa conscience dès qu'il se laissait distraire. Un carrousel d'ombres tournoyait en permanence sous les paupières et à travers les cils. Des cohues de souvenirs affluaient parfois avec une force d'évocation sauvage, larmes, joie et sang, le laissant fracassé comme d'une chute de cheval. Il eût aimé, non pas tout oublier, l'oubli donnant de l'air à la mémoire, mais ne garder au cœur que les visages aimés, les plus beaux poèmes, la première neige au seuil de la maison, les rires pétillants de Margoton, seule enfant d'âme vraiment, et la voix câline de Geneviève, *sa sœur, chère sœur, son amour*.

Alors qu'il rêvassait dans sa chambre vide qu'une lampe à huile sujette aux courants d'air balayait de fluorescences, le museau d'une souris blanche capta toute son attention. La menue chicoteuse qui s'était engagée sous le battant éjointé de la porte trottinait maintenant de droite et de gauche. Le locataire légitime toussota de sorte à l'avertir de sa présence. Il n'aurait qu'à tendre la main pour saisir son épée et l'estoquer d'une pointe experte. Au lieu de déguerpir, après un coup d'œil sur l'espèce de grand fauve en position assise, la bestiole tranquillisée chercha un moyen de grimper sur l'une ou l'autre des éminences, lit, coffre, table basse avec son broc d'eau pour les ablutions où l'attendait peut-être quelque croûton de pain ou rognure de fromage. Affalé dans une lourde chaise en bois d'yeuse au siège matelassé et aux accotoirs garnis de manchettes capitonnées, Papillon se laissa gagner par une torpeur ensorceleuse. Cette minuscule créature moustachue aux yeux de nonne manifestait un intellect capable de mesurer à bon escient les périls, de sonder les notions d'altitude et d'ascension, et même, lui sembla-t-il, de converser avec Dieu. Aux limites instables où s'agitent les chimères, il s'interrogea sur l'intelligence de plus frêles organismes, araignée à tête de poulpe, scorpion portant en casaque l'écritoire de la mort, scarabée des prés devenu tourneur à force d'étudier les planétoïdes, punaise des bois mémorialiste… À ce moment de désordre mental, la porte s'entrouvrit et parut un autre museau blanc, celui-ci imberbe et tout en fossettes : l'œil malin, une fillette se faufila par l'entrebâillure et désigna la table basse de l'index.

— C'est ma tite souris ! s'exclama-t-elle, d'une voix fluette et dégourdie.

Papillon se montra immensément curieux de l'événement. Le rongeur avait réussi sa grimpette et tenait entre ses deux pattes lutines le croûton rescapé d'une morne fringale.

— Où y a pain, y a souris ! dit-il, histoire de se concilier l'enfant.

Elle eut le geste de s'en emparer puis, voyant son plaisir à ronger, écarta les bras dans un soupir.

— La tite ne lâche pas sa croûte, faut comprendre…

— Ah oui, dit l'homme, elle avait grand-faim.

— Je la nourris de peu, les bonnes mères veulent me la tuer, alors je la cache dans la boîte à musique de la matrone ou dans une panière à linge sale, mais elle est finaude, elle s'échappe, et je dois la retrouver…

— Quel âge as-tu donc, demoiselle ? Quatre ou cinq ans, au bas mot ! As-tu un nom ?

— Ni âge ni nom ! dit-elle dans un éclat de rire. Je m'ai coulée dans la maison comme une tite souris…

— Es-tu sûre de ne pas t'appeler Marguerite ?

Papillon avait dit cela en aparté, à nouveau submergé d'images perdues. Ce qui l'étourdissait, plus que d'avoir survécu à son heure contre toute raison, était l'extravagante puissance évocatoire du moindre détail qui s'offrait, ces minuscules incidents du temps qui passe, autrefois dégagés du regard, au mieux considérés dans un bâillement d'indifférence. La blanche souris et l'étrange fillette sans nom le sollicitaient comme hier les ruses de *l'outrageant démon* qui lui avait laissé entrevoir le fol héritage de l'immortalité. Ce qui se présentait à lui prenait force de l'entière réalité. La souris maintenant bataillait avec l'enfant en langue inconnue. En manière d'exorcisme, il déclama ces vers acéphales écrits par hâblerie il ne savait plus quand mais tout à coup pénétrés d'évidence :

*Cerdis zerom deronty toulpinye*
*purois harlins linor orifleux*
*tictic falo mien estolieux*
*leutfiditons lafar redassinye ;*
*ervidion tecar doludrieux,*
*gesdoliou nerset bacincieux*
*arlas destol osart lurafirie…*

Le dernier mot proféré dans un râle, Papillon rétabli sur son séant ne put que constater la disparition de la diablotine et du souriceau.

IX

## La damnation blanche

Que valent jours, mois et années pour l'insensé qui, ajournant son Salut au profit d'une hypothétique gloire, se sera lui-même condamné à la survivance ? Marc Papillon, sieur de Lasphrise, empli de cette candeur phénoménale que partagent ou cumulent les soldats et les poètes, avait trop de morgue pour en convenir. De tout, fors l'orgueil, on admet l'emprise.

Les ans passèrent dès lors sans qu'il entrevît le moindre indice d'apothéose. On ne le bouquinait guère, les libraires n'en avaient cure et les plus doctes jongleurs de mots le moquaient avec une ostensible désinvolture. Si peu lisaient ses *Diverses Poésies* qu'on eût pu se passer de la forme plurielle. Mais il ne pouvait admettre avoir signé sa perdition pour un lièvre de papier qui s'attrape avec des louanges. La postérité adviendrait en juste délivrance un jour ou l'autre, demain ou dans un siècle ! Combien de fois avait-il investi en sa librairie du Palais, rue Saint-Jacques, à l'enseigne Saint-Martin, galerie des Prisonniers, son imprimeur et dépositaire, afin de prendre le pouls des siennes muses. Le bonhomme bigle et tortu se décatissait à vue d'œil ; muni de grosses loupes, béquillant et pituitant, il se montrait à chacune de ses visites un peu plus désolément confiant. « N'ayez souci, messire de Lasphrise, lui contait-il hier encore avec un maigre rire avarié. N'avez-vous pas l'avenir en provision ? Je tiens votre livre pour merveille, patientez donc avec votre serviteur ! L'espoir doit nous servir à tous de lanterne… »

À peu de jours de là, il advint que le Vert Galant succombât à une énième tentative de régicide, la plupart fomentés par une prêtraille nostalgique de la Ligue et cette fois accompli par un fanatique intermittent au service de la divine Providence. Lorsqu'il apprit la nouvelle dans un cabaret de l'impasse Tirechappe, à l'enseigne des Trois Écus, Papillon en fut étrangement affecté. Un charbonnier titubant et sale avait surgi, pareil à l'éclipse du soleil. « Enfer ! Enfer ! On a tué notre bon roi Henri rue de la Ferronnerie ! » s'était-il écrié, enivré de sa nouvelle et provoquant un branle-bas parmi les tables. « C'est signé ! lança un arbitre des augures. Hier, on couronnait l'Italienne à Saint-Denis ! » Les chaises culbutèrent entre les jambes des buveurs solitaires et des joueurs de dés. À l'écart, dans le fond de la salle, Papillon n'avait pas cillé, mais quelque chose du temps tremblait en lui dans un bruissement lointain de crécelles ou de grêlons. Il tendit l'oreille par-delà les murs. Funèbre autant qu'un chœur d'ombres, le glas retentit bientôt à Notre-Dame, rejoint au fil des minutes par les sonneurs de tous les clochers et beffrois de Paris. La gorge serrée, il se dit absurdement que la pension royale ne lui serait jamais accordée, ni pour ses blessures de guerre ni pour son Livre mignon. Trop tard pour la clémence ! la mort étant plus rancuneuse que le droit divin. N'était-il pas, lui, Papillon de Lasphrise, bien abusé en son affliction…

*De chercher des amis en terre si sauvage*
*Où les Loups affamés exercent leur carnage :*
*Car ce ne sont que bois d'étrange vision*
*Que déserts sablonneux qui n'amènent rien bon.*
*La source du NÉANT en porte témoignage.*

Son plus grand regret, il le comprit à sa peine imprévue, tenait davantage en la certitude que le roi, quatre fois relaps de son vivant, ne réviserait pas davantage son jugement quant au renom d'un poète inconnu et nonobstant rude guerrier, une fois franchis les sombres bords. Il s'en était toujours douté même si la corne d'abondance du rêve fut et demeurait sa seule aubaine. On ne se leurre jamais que d'espérance.

Le cabaret se vida à son insu. Il pouvait être minuit. Sans attaches réelles, les heures lui étaient des minutes. Il avait dû boire deux ou trois carafes d'un vin noir *à l'assiette* sans en être réellement arsouillé. L'ivresse n'était qu'un approfondissement du sommeil. Entre les piliers roussis de l'entrée, dans un coin, un buveur impénitent jusque-là invisible semblait se débattre contre un essaim de guêpes. Son agitation de plus en plus tapageuse attira l'attention du cabaretier, un colosse sans doute occupé aux cuisines qui se souvint de l'heure tardive.

— Holà, vous autres, toujours à lamper ! dit-il, en découvrant ses deux derniers clients bâillant à s'arracher le chef ou se contorsionnant, d'un bout à l'autre de l'endroit. Faudrait bien vous rentrer avant la ronde, c'est qu'on arrête tout ce qui rôde, punaises et noctambules, des fois que l'assassinateur du roi aurait fait des petits...

Lesdits clients souffrirent de bonne grâce l'injonction et se retrouvèrent sur la chaussée. Papillon avait détaché Veillantif de l'écurie et alla à pied de compagnie. Évitant les contrôles de la garde royale, les deux hommes s'engagèrent à l'aveuglette dans les rues voisines du pilori des Halles et du secteur pestilentiel de la Petite et de la Grande Truanderie que les compagnies d'arbalétriers s'abstenaient d'investir après le coucher du soleil. Mais la nuit devint craquante d'étoiles et le clair de lune démarqua au couteau, par coins et recoins, l'épaisse obscurité d'étroits boyaux bourbeux où les façades à encorbellements s'accouplaient aux étages. Le plus jeune des deux intempérants, vingtenaire à la face vérolée souffrant de haut-le-corps et soubresauts comme un de ces pendards vicieusement pendu et dépendu pour faire durer la récréation d'une noble assistance, estima par subite inspiration devoir soutirer la bourse, le cheval et la vie de son récent collatéral. Au même moment, juché sur un auvent de fontaine, un énorme chat noir se découpla de l'ombre en râlant une sorte de plainte presque humaine d'où les mots *Timor Inferni* se firent confusément entendre. Sur le qui-vive, s'écartant par réflexe d'un pas, Papillon vit étinceler l'éclair d'une lame au poing du convulsionnaire. Plutôt que de parer et d'occire en retour, il toisa ce dernier de pleine face, tout étonné, avec une pointe de gratitude. Quelqu'un de vivant en ce monde pouvait donc avoir l'idée d'attenter à ses jours ! Il balaya d'un geste le coup porté, désarma l'assaillant et le plaqua contre le torchis d'un mur à colombages. Ce visage de malandrin ocellé des estampilles de la vérole lui devint subitement agréable.

— Quel est ton nom, fugace ami ?

Déconcerté, le jeune homme resta coi, guéri illico de sa danse de Saint-Guy. Papillon lui rendit son poignard par le manche.

— N'en as-tu point ou crains-tu pour ton col ? Puisque la langue te manque, je te baptise Timor Inferni, et te consacre mon écuyer, tes gages seront d'un écu d'argent, largesse de ma longanimité, et d'une soupe au gruau quotidienne. Maintenant trouve-toi un couchage dépourvu d'insectes malveillants et occupe-toi gentiment de mon destrier. Je te conseille de ne pas aller le brigander à quelque boucher de carême pendant mon repos.

## X

## Un jour voulant combattre une amoureuse Dame

*Veux-tu par un doux privilège*
*Me mettre au-dessus des Humains ?*
*Fais-moi boire au creux de tes mains*
*Si l'eau n'en dissout point la neige.*

TRISTAN L'HERMITE

Pénétrée d'une même lumière, la vie s'était démesurément étirée comme une paraison de verre en fusion au bout de la felle du souffleur. Un matin, las de l'auberge de la rue aux Oues, le capitaine Lasphrise se remit en selle avec son Livre pour seul paquetage. Délivré de l'écurie, Veillantif exprima son contentement par un braiement incongru à l'imitation d'une mule presque aussi vieille et bigleuse dont avait hérité une blême recrue issue de valetaille. C'est ainsi que Papillon, flanqué d'un peu sûr écuyer, quitta Paris pour Amboise, barbe pleine et plumes au vent, dans l'idée d'aller visiter la part vive de sa mémoire. Les deux montures trottèrent longtemps côte à côte. Le buste raidi sous un gorgerin d'acier, la face parcourue de tics, Timor Inferni jouait son rôle d'utilité avec une feinte complaisance. Son maître souffrait du mal de damnation. De sa vie guerroyante et altière ne demeuraient que sarcasmes et risées de lui-même, « les douleurs, les ennuis, les regrets, les oppressions, les désastres cruels, la dure affliction… » Comment distraire un pareil corps ?

Le cheval et la mule prirent les voies forestières de Fontainebleau, passant des rivières à gué, longeant aux clairières les feux sourds de charbonniers. Un grand cerf à face blanche parut leur montrer le chemin. Ils croisèrent d'étranges figures, vieilles fagoteuses en robe de futaine, goitreux et cagots à tête de renard, tous fuyant l'ombre sur une route à ornières. La nuit fut précipitée par le grand pleur des loups.

— Faudrait mieux s'abriter à quelque hôtellerie, suggéra Timor.

— À peine venons-nous de quitter Paris ? s'étonna Papillon.

— Voici tout de même dix bonnes heures ! J'aperçois des lumières et des toits, on trouvera bien par là une chaumine où reposer nos bêtes…

Faute d'accueil, c'est bien plus loin, en terre désolée après des lieues de palus où la danse des feux follets semblait attiser des essaims d'étoiles, qu'une rude voie pétrée les conduisit à l'enseigne de la Folie Gruante, auberge solitaire sur un tertre enclos de fascines comme on en dresse lors des sièges militaires. Les voyageurs y furent reçus sans empressement par un vieil ours en livrée qui les jaugea l'un après l'autre une fois ceux-ci tombés de selle et crut bienséant de s'adresser au domestique dans le dédain du maître.

— Le gîte et le couvert ! répondit Timor en serrant d'une main les rênes des deux montures. Une bonne table pour nous et l'abreuvoir pour ces pauvres bêtes, ainsi qu'un bon lit pour mon seigneur. On ne vous demande pas une suite royale !

L'espèce de plantigrade qui de face montrait une gueule joviale et de profil une figure tragique acquiesça sans un regard, la bouche querelleuse.

— Entrez donc ! Mais pas de rires ni d'éclats en ces lieux. Il ne faut point déranger la Folie Gruante ! C'est qu'il y a grand deuil au moment où je vous cause…

Timor Inferni se faufila de l'écurie aux communs, laissant le maître à son rang. Surpris par sa mise, les tenanciers de l'endroit invitèrent le voyageur à prendre ses aises. Une jeune femme éplorée se dédia à son service. On versait des larmes à tous les étages sans que le motif apparût nettement. Le chagrin muet a quelque chose de liturgique. Était-ce là un cabaret de campagne ou quelque chapelle monastique d'un genre sacrilège ? Des rôtisseurs d'anges dévolus aux Sept Douleurs de Marie, peut-être ? Papillon avait eu vent de ces nouvelles modes qui essaimaient jusque dans les tripots. La servante l'avait installé près d'une énorme gueule d'âtre toute noircie où s'entassaient des monceaux de cendres. Un tison y fumait encore, lançant des escarbilles. Sur le linteau de la cheminée, une inscription calligraphiée à l'ancienne en partie effacée par d'éternelles suies accapara son attention. Papillon hésitait entre *Sol Grasso* et *Sola Gratia* quand un jeune individu somme toute ordinaire se détacha de l'ombre, un pistolet à rouet dans chaque poing.

— Qui vous envoie, vous et votre chien d'enfer ? lança-t-il assez crânement.

Papillon s'esclaffa.

— Ne serait-ce point le hasard des chemins que l'on appelle aussi le dieu de la nouvelle lune ?

— Pas d'esquives bavardes ! mugit l'autre en agitant son artillerie. Nul n'ignore que la Folie Gruante est interdite de visite par ordonnance seigneuriale.

— Fi donc ! riposta Papillon avec une narquoise affabilité. Mais tout ceci ne saurait une seconde me concerner. Apprenez donc, blanc-bec, que le capitaine Lasphrise, si on l'irrite exagérément, d'une pointe savante embrocherait d'un seul coup d'un seul sept mouches à viande voletant sur une charogne de pendu ou autant de grains d'infâme beauté ornant le nez des sept saints de Bretagne. En conséquence, rangez sagement vos arquebuses et venez boire sans gêne à mon outre. Je ne suis pas l'ami du Prince…

— Vous ? L'auteur des *Diverses Poésies* ? s'étrangla d'émotion le jeune homme qui en lâcha ses pistolets.

L'un, heurtant le sol, tira sa charge à travers le bord relevé du chapeau de Papillon. Le maladroit tout esbaudi se confondit en excuses sans rien comprendre à la joie sombre du poète. Aurait-il pu seulement soupçonner ce que la contumace au tribunal de la Renommée signifiait pour lui d'errance et de proscription ? Comme le Juif de saint Jean, désigné au petit bonheur dans l'entourage, nul ne l'ignore, parfaitement judaïque de Jésus de Nazareth, Papillon était condamné à un sempiternel exil au milieu des existants tous plus ou moins assurés de leur trépas. Jusqu'au jour béni qui verra son obscure survivance transmuée en glorieuse immortalité. Sa mort dérobée lui serait alors rendue comme un diamant noir, fruit des étoiles ou larme de Dieu...

Débusqué de sa rêverie par de proches sanglots, il releva le front sur l'homme désarmé qui venait de lui rendre un soupçon d'espérance.

— Je reviens de suite, monseigneur ! assura l'inconnu tout à fait réjoui qui s'éloigna dans une virevolte.

Resté seul, Papillon eut un sursaut d'allégresse. On le lisait encore ! Sa muse soldarde ne l'avait pas trahi. Voilà des années qu'il n'avait ouï pareille clameur d'agrément. Depuis l'assassinat du Vert Galant, le siècle s'était détourné des marotiques et autres pétrarquisants. Aussi des musiciens orfèvres de rimes à images. Qui se souvenait de la Belle Cordière ou de Christine de Pisan, de Sibylle de Scève de rare esprit et de Maurice, son admirable frère, du ténébreux Jean de Sponde et de l'incomparable Pernette de Guillet ? Tous les laquais de cour verdoyants, les meilleurs de la Pléiade et de l'Académie de Baïf avaient perdu leur renom comme avant eux troubadours et trouvères, *gracieus galans si bien chantans*.

— Voilà du vin vieux et du cochon fumé ! s'exclama l'homme revenu les mains pleines des cuisines avec un livre coincé sous l'aisselle.

Après avoir avalé coup sur coup deux pintes d'un vin épais comme le sang, Papillon considéra d'un œil nouveau l'endroit. Il y avait bien une table garnie et deux flambeaux, mais rien qui évoquât l'auberge ou le caboulot, plutôt la salle commune d'une gentilhommière impécunieuse, avec ses écus d'armes entre deux hallebardes croisées, son armure complète à casque fermé, brigandine et jambières datant des Grandes Compagnies, ses portraits en pied d'ancêtres à barbe fleurie bitumés par des siècles d'enfumage, un sobre mobilier bourgeois datant des premiers Valois. Bien visible au sein d'une chasse de cuivre sous un crucifix de bois sculpté à taille d'homme qui cognait aux poutres plafonnières, une fiole sertie de fils argentés mobilisa toute l'attention du capitaine. Le jeune homme au livre avait suivi son regard.

— Cette relique contient une Sainte Larme authentique, non pas de celles répandues par Jésus sur le tombeau de Lazare, mais une larme versée par Marie mère de Dieu au Golgotha la nuit de la crucifixion et qu'un ange recueillit avec la rosée du matin…

— Soit, mais qui se lamente ainsi ? marmonna Papillon subitement tout ouïe. J'entends des soupirs, des gémissements mal étouffés. Dans quel repaire de forcenés suis-je donc tombé ?

Gêné par l'aimable rustrerie du visiteur, le jeune homme parut vouloir éluder, il brandit haut l'ouvrage tenu des deux mains comme une croix d'exorciste.

— Papillon ! Marc Papillon de Lasphrise, ce recueil fut ma bible, sachez-le, avec quelques autres bien en place dans la librairie de notre père prodigue en aventures. Ci-devant, voyez l'illégitime, le bâtard, celui que le curé inscrit à l'envers du registre des naissances, le valet de ma sainte sœur la folle Igrenue, déclarée morte à la naissance mais élevée en catholicité par une tante déshéritée, elle-même bâtarde de bâtards interdite à son baptême de carillon, mais qui nous éleva noblement, moi et la folle Igrenue…

— Votre bible ? Par qui donc léguée ? Et qu'est-ce que cette folie Grenue, un lieu-dit, une allégorie ? Bougre d'embrouille ! Votre père, disiez-vous…

— Grand érudit et neveu du vaillant Loys Doffignée, mon aimable père repose sous ces dalles avec toute notre lignée…

— Doffignée, le sieur du Ronchoy ! s'exclama Papillon. Preux Ronchoy, perle unique au monde, âme de ma belle âme ! Un soudard le pourfendit à Broüage. J'étais là ! Doffignée aussitôt vengé par mon bras, j'escortais ses mânes, les yeux noirs de pleurs. Juste postérité ! Pour lui fut écrite ma plus digne complainte…

— J'en sais tous les vers du bout des ongles ! se récria le jeune homme éploré. Chaque nuit, je veille dans vos poèmes jusqu'à l'aube ! Rappelez-vous :

> *Portons le deuil au cœur, et en habillement*
> *Si bien que nos Neveux plaignent notre tourment*
> *Qu'ils jeûnent comme nous d'immortelle mémoire…*

À cet instant, une porte gémit, le concierge vint se positionner, nuque raidie, devant les deux phraseurs fort affectés, l'un par la poignante joie d'être enfin lu, l'autre par un redoublement mystérieux d'affliction. Il s'adressa d'une voix faussement soumise au second.

— Enfant, dit-il, c'est trop de bruit ici pour le sommeil de votre sœur…

— Retournez à votre loge ! Igruante serait descendue si nous l'avions troublée…

Campée dans l'ombre sur le palier de repos, à mi-étage d'un massif escalier de basalte, une main sur la rampe d'appui, une jeune femme se manifesta par la claire cascadelle d'une plainte.

— Trop tard ! murmura le concierge en gagnant la porte palière à reculons comme s'il craignait pour son échine d'ours.

C'est à la lumière mouvante des torches battues par le souffle du dehors, en même temps que sa chevelure dénouée et les voiles amples de son déshabillé, qu'Igruante dévala l'escalier, flamme détachée des flammes. La cire neigeuse de son beau visage baigné de larmes s'illumina sous de farouches jeux d'ombre. Saisi de stupeur, Papillon vit venir à lui cette brume errante peu à peu changée en sculpture de marbre quand les voiles et les cheveux retombèrent. Mais la statue pleurait sans que s'embue le bleu céleste du regard posé sur lui.

— Je n'ai pu faire autrement que vous entendre, dit-elle d'une voix étonnamment calme. Non, je ne suis pas folle. Est-ce folie que de garder le deuil ? La vie n'est qu'un fugace reflet d'étoile et tout s'est éteint autour de moi, la parentèle aux heures où l'enfant joue à se cacher, mes chères amies au souffle de papier et tous mes possibles amants dans les batailles et les duels…

Le jeune homme au livre rendu muet, jusque-là d'une discrétion de factionnaire, manifesta soudain un trouble inavouable. Ses mains grêles tremblèrent et une grimace d'effroi fit saillir sa denture.

— Ne l'écoutez pas ! supplia-t-il. Au nom de la Sainte Croix, partez, rentrez chez vous, partez vite avant que ne se produise une nouvelle crise ! Ma sœur est malade, c'est terrible à dire, les nerfs vous comprenez ?

Curieusement, ni lui ni plus tôt le concierge à la double figure ne s'opposèrent autrement à l'aplomb de la diaphane demoiselle, laquelle commanda à son parent de quitter les lieux.

— Le valet du diable fait plus qu'on lui demande ! lança-t-elle ironiquement dès qu'il eut rejoint les communs. Ce garçon à la Cour se prendrait pour le neveu du roi ! Chez moi, comtesse Igruante, il se prétend de même engeance mais nous n'avons en partage qu'une librairie…

Elle plongea son regard d'abîme dans les yeux assombris du capitaine Lasphrise qui, en fait d'heureuse coïncidence flattant sa vanité d'auteur, avait très vite soupçonné quelque manigance fourbie dans le profond sommeil et se délitant avec les premiers indices d'incrédulité. Que de fois s'était-il éveillé les mains et le cœur vides sur une promesse de renommée ! Il se souvint cependant combien sa muse, jadis, l'incitait à la galanterie. Comme feuilletant ses pensées, la comtesse Igruante toujours à son chagrin esquissa un sourire.

— Je vous ai lu aussi, déluré capitaine ! Votre ouvrage n'est pas encore en enfer, mais on peut compter sur nos Jésuites et nos Frères prêcheurs.

— Vos yeux profonds ont donc touché à ma langue ?

— Oui, ce sonnet de bons conseils, je cite de mémoire :

*Enfile le milieu sans chercher le recoin*
*Enfonce fort tes coups, et poursuis ton voyage*
*Ne crains point d'aborder au port du cocuage*

Et cet autre si peu clair pour l'esprit d'une pucelle :

*Cousinons la cousine, elle est cointe et jolie*
*Elle aime à cousiner, et ne refuse rien*
*Au cousin cousinant, qui la cousine bien*
*Car il a bouche à cour, et la chambre garnie*

« La chambre garnie », dites-vous, mais garnie de quoi, grand Dieu ! de sucre et de miel, de testons montagneux, du lierre marié avec la belle vigne ? Ah ! me voici trempée de larmes, je pleure à me noyer ! Allez-y donc, furieux capitaine, fourbissez-moi, bougrez-moi, faites folie de toute ma venaison !

Disant cela, la comtesse Igruante arrache ses voiles et lacets et, tantôt nue de maints côtés, se pâme follement et tombe en arrière – décousue, déchirée, comme écartelée sur la table remuante, elle crie au pillage de tous ses sens, au sacrilège délicieux et à la curée des lambeaux de son vœu charnel, déclamant soudain un fameux couplet :

*Baise m'encor, rebaise-moi et baise ;*
*Donne m'en un de tes plus savoureux,*
*Donne m'en un de tes plus amoureux :*
*Je t'en rendrai quatre plus chauds que braise.*

## XI

*Frere li joli, frere li joli, joli, joli,*
*Et fa ri ra ri ron*
*Frere li joli, frere li joli.*
*Tu, que dis tu, que dis tu ?*

CLÉMENT JANNEQUIN
*Le chant des oyseaulx*

La folle Igruante s'empara pour longtemps des fonctions vitales de son amant, d'ailleurs indemne en son désordre malgré cette dévoration arachnéenne à tout bout de champ et en tous lieux de Dieu. On le sustentait de vin d'opium safrané et de moût de gruau, nourriture tenant bien aux tripes, qu'il fût d'orge perlé, de blé, d'avoine ou de fruits rouges dulcifiés au miel vert. Lui, toujours raidi dans son effort comme un incube muni du considérable os pénien des morses ou de l'ours lippu, ne voyait pas l'époque passer. La belle Igrenue, plus endeuillée que jamais par la vague pesteuse venue du nord et qui, des villes, se propageait de clocher en clocher jusqu'au moindre hameau, ne lâchait guère la queue du diable malgré les rivières de larmes qu'elle versait par le haut comme par le bas de sa personne. Entre ébats et sommeilleux délassements, Papillon reprenait conscience de son état tel Ulysse dans les délices de l'île d'Ogygie ou l'enchantement de celle d'Ææa. La disparition de son substitut d'écuyer, sans doute lassé de tenir une si inextinguible chandelle, puis la mort naturelle de Veillantif, qui par fidélité était allé bien au-delà de la longévité commune aux équidés, l'avaient certes rembruni, moins toutefois que l'ardente mélancolie d'Igrenue devant son miroir d'ossements et de simulacres. Il conçut avec un morne effarement que le castel des prétendus neveux du chevalier de Ronchoy, d'abord pris pour une auberge, n'était qu'un monument funéraire, une chapelle commémorative dressée par les huguenots au milieu d'un champ d'épouvante. Ainsi qu'un mort-vivant s'arrachant du sépulcre, c'est sans un adieu aux ombres errantes qu'il prit la fuite un matin d'épais brouillard.

Même abusé et malmené, sans avoirs ni crédits, un chevalier tombé fantassin et qu'aucune guerre n'entrave laisse venir à lui l'inconnu. D'être âne bâté ou portant mitre s'équivaut pour celui qui lambine au hasard des bois et des haies vives. Papillon avait fini par rejoindre les chemins de pèlerinage sous la protection de statues de saint Roch ou de la Vierge au Laurier et tout au long balisés de calvaires poissés de sanie infectieuse qu'attouchaient au passage ladres et repentants en guise de protection. Quel méchant pérégrin postula que la marche à pied mène au paradis ? Il ne trouva nulle part un bon lit sur ces routes bocagères et jusqu'aux méandres de la Loire, et plus d'une fois mis en joue par de vieux forbans d'eau douce, il dut renouveler l'exploit de sa jeunesse quand, en rescousse au duc de Guise, la pointe de son épée retrancha de l'engeance assassine sept estafettes du baron de Ghona.

Un soir, traversant un boqueteau de grands platanes tortus après s'être égaré en des parages nauséabonds de brandes et de marécages que survolaient des nuées de charognards, il aperçut en lisière l'ombre d'une bourgade que le soleil couchant découpait dans la nuit. Au clocher de l'église seul encore illuminé flottait une bannière noire signalant l'infection. Peu soucieux d'un avenir relatif aux seuls mortels, il s'aventura d'un pas tranquille dans les rues désertées où s'accolaient les chaumines et les granges. Pas un bruit, aucune lueur derrière les carreaux de papier huilé. Sur la place de l'église, des charrettes à hauts bâtis fleuraient cette même odeur putride émanant des gâtines. Quand les derniers feux du contrejour s'éteignirent, il crut deviner une lueur à travers un vitrail du transept. Où il y a lumière, becquée ne manque, songea-t-il, prêt à boire le sang et le corps sous les espèces liturgiques. De fait, c'était l'heure des complies qu'un prêtre en aube célébrait en tapinois devant l'autel. « Oui, près du Seigneur, est l'amour ; près de lui, abonde le rachat », prêchait-il dans sa langue italique. Ouaille occasionnelle, Papillon attendit la fin de l'office pour se manifester.

— Que se passe-t-il ici, l'abbé ? demanda-t-il sans ambages. Où crèchent vos brebis ?

Le prêtre passablement ivre ôta son aube en silence. Sa vieille soutane luisait comme un pennage de freux à la clarté mourante des chandeliers. Il se tourna enfin vers l'importun et haussa les épaules. Le lupus qui masquait la moitié basse de sa figure lui donnait un air de conspirateur aux abois.

— Partis au diable ! dit-il enfin. La peste les emporte tous ! Le berger a-t-il besoin de courir après son troupeau ? Je célébrerai les offices en commensal de l'invisible jusqu'au jour du Jugement s'il le faut ! Les rescapés reviendront, ceux qui ne pourrissent pas dans les marécages. Ils reviendront la queue entre leurs courtes pattes !

Le prêtre tout à coup se pencha vers l'intrus, l'air suspicieux, sa face presque entièrement noire à force d'en froncer les linéaments.

— Et vous d'où sortez-vous, comme ça ? fulmina-t-il. Drôle d'oiseau de nuit avec votre rapière et vos plumes ! Un papiste sans foi ni loi ? un dépeceur de nonnes ? un damné parpaillot ? La plus odieuse révélation, c'est que le diable loge en chacun de nous ! Allez-y, tuez-moi, vous aurez gagné un frère !

Les flammes des cierges fondus en larmes expiraient l'une après l'autre. Papillon considéra tristement l'ecclésiastique qui gesticulait maintenant à l'adresse des effigies, saints martyrs et chérubins. Ce corps-là est un rien fou, admit-il en tournant les talons avant l'invasion des ténèbres.

Dehors, coupole adamantine sur la grand-place du village

déserté, les cieux débâclés des basses nues brasillaient d'une éclaircie d'étoiles. Papillon aperçut entre deux fourragères, sur la foi de longues oreilles, des yeux de mule ou d'âne miroitant d'un reflet du cosmos. Ce n'était certes pas Pégase ni Orion, destrier immortel plus rapide que la lumière, mais un authentique chevalier pouvait bien, en certaines circonstances, promettre du foin d'or à la pire des carnes.

C'est ainsi qu'il parcourut à hue et à dia les territoires de son enfance, des rives de la Loire, du côté d'Amboise, à celles, parallèles, de la Cisse qui traverse Nazelles. Paysans et bourgeois s'amusèrent de son équipage sans lui chercher querelle. Peut-être imaginaient-ils, à quelques subtiles accointances de port et de vêture, un noble ligérien ruiné rentré d'exil, voire de déportation. Papillon allait d'un vestige à l'autre de sa mémoire, calvaire ou moulin, grange, chemin creux bordé d'yeuses, tour foudroyée soutenue par les branches basses d'un chêne tricéphale, rivière sableuse au cours versatile, allée de noyers cendrés menant à la chapelle du sacristain pendu ; il lui semblait reconnaître la rousseur bleutée des sous-bois et jusqu'aux nuages, à leur roseur pommelée évoquant des fesses d'angelot. Trois jours durant, au pas de l'âne, il visita les lieux et voisinages comme un vieil animal las d'exister. Ainsi apprit-il sans grande émotion que ses fiefs de Moissy et de Lasphrise tombés en déshérence avaient été mis à l'encan par le prévôt seigneurial après moult enquêtes et sommations : mal en point selon maint témoignage, le sieur chevalier Marc Papillon de Lasphrise s'était volatilisé aux derniers feux du siècle seizième. À la grande surprise du ci-nommé qui avait toute sa vie tenu la gent doctorale à distance, fût-ce sur les champs de bataille, il existait un constat de décès par procuration signé du médecin régulier, maître-chirurgien et apothicaire empirique au service de la prévôté tourangelle, qui laissait accroire sa mort de maladie en dépit de soins intensifs, avec force vésicatoires, sudorifiques, purgations et abondantes saignées, mis en œuvre pour combattre un épuisement nerveux général et des fièvres purpurines à l'origine d'une propagation fatale de « sucs bilieux mêlés de flegmes et d'humeurs crues ». Ces personnages d'autorité n'étaient plus de ce monde, comme la plupart de ses contemporains d'alors. Épiant au hasard de ses flâneries les visages des barbons quadragénaires ou quinquagénaires et des rares patriarches ayant atteint un âge quasi abrahamique, Papillon se trouva fort embarrassé de n'en point reconnaître un seul. De retour à Amboise, pénétré d'une impression funèbre comme s'il parcourait les divisions d'une secrète nécropole, il s'étonnait que la vie ordinaire, humaine et animale, se perpétuât sans rien laisser paraître de l'universelle sénescence, quand soudainement quelqu'un chevrota son nom à l'ombre d'un porche.

— Pa pa, pa… Papillon !

Le vieil homme sur son seuil manifestait une surprise qui tourna vite à la perplexité puis au rire incrédule.

— Pardonnez-moi, monseigneur, dit-il, mais cette extraordinaire ressemblance… J'étais un ami d'enfance et de jeunesse de votre père, car il ne peut s'agir que de votre père, quoique j'ignorais que Marc eût une géniture. Nous nous étions perdus de vue les dernières années…

Effleuré d'un doute, Agapet de Hureloire se retint de finir sa phrase et se présenta comme un cas d'espèce, énonçant ses pâles titres nobiliaires de seigneur banneret trois fois ruiné, honni de la Cour et dégradé pour offense aux principes et symboles de majesté. Plus que ses qualités détaillées sans nom en partage, c'est l'excitation tant verbale que nerveuse du personnage au teint et à la physionomie d'asperge ou de poireau, avec sa tignasse postiche en bouquet de radicelles et l'étroitesse étirée de sa figure, qui éclaira d'un trait Papillon.

— Agapet ! Mon bon compain griveleur de pommes !

— Ah, c'est donc bien toi, mon pauvre Papillon ! Mais que t'est-il arrivé ? J'ai cru voir ton fils, ou alors…

Le hobereau habitait seul au rez-de-chaussée d'une vieille bâtisse de torchis à colombages. Ça pépiait partout dans la vaste pièce où régnait une méchante odeur de fiente et de poisson avarié. Agapet prit deux gobelets de métal argenté et les emplit du vin d'un tonnelet de table ; toujours à sa surprise, il convia le sieur de Lasphrise à réfléchir sur les mystères de cette vie.

— Ma logeuse demeure au-dessus, une brave femme, elle attend depuis vingt ans le retour de son mari parti combattre les Turcs, et c'est toi qui reviens ! Il existe une légende locale qui prétend l'homme mortel. Suis-je bien réveillé ?

Papillon but à longs traits le vin noir, songeant à la folie douce enfouie en chacun comme la vermine dans un cercueil. Distrait, il dénombra dans la pièce vingt-trois cages d'osier ou de fer, dont une petite volière à barreaux en forme de dôme et une autre, grillagée, de piégeur, munie de lanières dorsales, les unes suspendues aux solives du plafond, les autres alignées sur des bancs d'église. Toutes n'étaient pas occupées, un drap de velours en recouvrait plusieurs. Une sorte de passereau se mit à émettre un de ces chants *joui jouissant* qui s'accordent avec le parfum des roses, certains soirs langoureux d'avril ou mai. Papillon en fut ému, comme d'une fragrance d'esseulée doléance.

— N'est-ce pas le rouge-gorge qu'on entend ?

— C'est le rossignol philomèle, corrigea Agapet. Mais ne t'offense pas, Aristote lui-même pensait que ces deux chanteurs étaient un même oiseau changeant de tournure et de partition selon les saisons…

Encouragé, il fit le tour de ses cages, évoquant tout ce qu'il avait pu apprendre au grand soleil depuis ses jeunes années à travers les sylves et les buissons de Touraine ou d'Anjou comme plus tard à la chandelle dans les ouvrages savants des Belon, Rondelet ou Gessner.

— Moi qui chante si incorrectement, je note, je compile, je rédige ma *Grande & Très Véridique Histoire des Oisyaux mélodiques* en les étudiant ainsi de bien près, d'ouïe à bec, oserai-je dire. Avec mes dernières rentes, j'appointe un vieil oiseleur qui piège au leurre ou au filet, à la glu, aux fruits collants de pisonia.

Du bout des lèvres, d'une cage à l'autre, il se mit à susciter ses fluets otages par maints bruits de bouche, sifflets, claquements de langue ou fins roucoulements.

— Celle-ci, l'entends-tu ? C'est la sitelle torchepot, un doux chant de novice, sans afféterie. Et cet autre qu'on appelle troglodyte mignon, il s'exalte presque aussi étourdiment que l'alouette qui s'égosille au plus haut du ciel. Et la rousserole effarvatte qui babille à n'en plus finir. Sa cousine verderolle sait imiter tout ce qui niche et couve.

Sans se taire un instant, Agapet de Hureloire soulevait le drap sombre recouvrant certaines cages d'où partaient aussitôt de nouvelles vocalises, cris d'alarme, trille flutée, gazouillis. Un loriot miauleur réveilla un vieux matou rouquin, jusque-là tapi au plus profond d'une cheminée charbonneuse, et qui vint tournailler autour de Papillon. C'est avec précaution qu'Agapet délivra de sa chape un superbe mainate au pennage lustré.

— J'ai appris que dans un espace naturel, marécages, rivières et forêt où l'oisel abonde, les espèces modèlent leurs chants en concurrence, chacune voulant se faire ouïr au mieux de ses amours, et cet effort du fond des âges a fini par s'harmoniser par la grâce même de ses disparités ainsi que les instruments dans l'orchestre…

Comme pour moquer cette théorie, le mainate s'ébroua, considéra son monde et partit en criardes imprécations : « Agapet méchant clapet, biotte conie, doge tristétu, dardre foudre, loir hurlant, gapet gapet, brigand, yvrogne goulu, tu dis donc noble monsieur, œil aveuglé, nez punaisé, à la mette on lura ta biotte conie… »

— Comment se peut-il ? s'étonna Papillon. Cet insolent corbeau connaît donc mes vers ? J'en crois distinguer certains accents railleurs…

Fort embarrassé, Agapet rabattit vivement le drap et s'employa à extirper de la cage voisine un volatile mort qu'il jeta négligemment au chat. La mine sombre de Papillon l'engagea à s'excuser, à la manière désastreuse du médecin qui soigne selon les règles.

— Il ne s'agit pas d'un vulgaire corbin, mais d'un mainate religieux ou *Gracula religiosa* importé d'Inde par des missionnaires jésuites. Dans sa fripouillerie, ma vieille logeuse, cette rouée ogresse qui sait où dénicher mes précieux livres, lui apprend sans relâche tes poésies pour que j'en fusse tout assommé et anéanti.

Aurore du soir ou malignité, le rossignol couvrit le tapage ambiant d'un chant sublime tandis que l'énorme chat roux disparaissait, la gueule emplumée, dans les profondeurs de la cheminée.

## XII

## Le perruquier du pont Notre-Dame

*Ma plume, changez de langage,*
*Tout beau.*

VINCENT VOITURE

Quand seules les frondaisons agitées des grands arbres préservent le frémissement des choses vécues dans un recoin du souvenir, rien ne vous retient au pays des morts, surtout pas les vivants. Papillon cherchait désespérément à se raccrocher à ses amours perdus, amantes, collatéraux, bons chiens, compagnons de campagnes. L'écrasante majorité de ses contemporains s'était émiettée puis dissoute sous la roue fatidique, des jours aux nuits et des solstices aux équinoxes. Il n'y avait plus un visage de confiance pour lui sourire ou cligner de l'œil à travers ses larmes.

Papillon se laissait désormais porter par le Temps comme autrefois, lorsqu'il traversait en boulet de fonte les lignes ennemies soutenu par un destrier plus efficace qu'un train de canon. Vers quelle cible inaccessible ? Lui revint une pensée affligeante de Montaigne, le bibeloteur d'apophtegmes : « Et si vous avez vécu un jour vous avez tout vu, un jour est égal à tous les jours, il n'y a pas d'autre lumière ni d'autre nuit. »

Dans un cabaret de clercs et d'étudiants, joueurs chevronnés d'échecs ou de dames de la rue Saint-Denis, le foyer encore tiède d'une pipe d'argile au creux de la paume, il eût pu hiberner là jusqu'au retour des Enfers de Perséphone. Un grand poêle allemand de céramiques émaillées à trois étages trônait entre deux belles futailles vernies cerclées de feuillards de cuivre, massive ornementation au milieu d'une salle sans autres apprêts, avec ses bancs noircis comme des sarments et ses tablées turbulentes tout enfumées par les lampes au suif de mouton et les bouffardes à pétun.

Adossé dans un coin, près d'une fenêtre basse aux carreaux de verre teintés, un buveur de sirop élégamment vêtu l'observait d'un œil embué où flottait un vague air de surprise et d'ennui. Papillon fronça les sourcils et se détourna ; la cabaretière, dame de poigne de fière constitution que la clientèle respectait autant qu'une dresseuse d'ours, vint doucettement s'inquiéter de lui.

— Rien ne vous manque, mon bon monsieur ? Désirez-vous un autre pot de vin ? C'est que la nuit tombe sur la Chrétienté…

À peine lui eut-elle tourné le dos, les hanches roulantes comme la poupe de la *Mary-Rose*, Papillon découvrit le siroteur installé à sa table et l'observant, un poing sous le menton. C'était un petit monsieur maigrelet de vert vêtu, d'organsin et dentelles, fort bien troussé de pied en cap, une fine épée à la hanche.

— Messire ? s'enquit-il. Car vous m'avez tout l'air d'un chevalier égaré…

— Et vous sire, d'un jeune importun. Sire vous sied-il raisonnablement ?

L'homme eut un rire coquet et vingt façons charmeuses de s'accorder l'étonnant personnage. Quand la cabaretière revint avec un pichet, il cueillit de sa bourse trois pistoles qu'il fit sonner sur la table.

— Laissez-moi vous offrir cet honnête cru qui vient des caves de mon père. Mon père en effet fournit en bouteilles cachetées la Cour et en fûts les caboulots, cela vous étonne ? Mais permettez que je me présente à vous : Vincent Voiture, sans particule, Voiture, oui, comme ces caisses montées sur roues et tirées par quelque bestiau pour les transports les plus variés, marchandises, manants, marquises, barriques, ah que dirais-je de la bonté du vin…

Il s'interrompit dans son élan, troublé par le regard vide ou plutôt dépeuplé du quidam, par l'air inconsolable de toute sa figure qui trahissait cette espèce d'opiniâtreté ou de détermination qu'on voit chez les fous, les tueurs et les poètes. L'idée lui plut assez.

— Mais à qui donc, monsieur, suis-je en train de me conter impudemment ?

— Vous ne sauriez m'entendre, bougonna Papillon.

— Allez-y ! dit Voiture, tout à fait émoustillé. Je n'aime rien plus en ce monde que me complaire à croire…

— Je tiens que pitié ou moquerie bafouent l'honneur et demandent réparation.

— Ah non ! point de duel, Richelieu nous ferait trancher le cou ! Saviez-vous que le cardinal forge ses sentences sur l'enclume ? Écoutez : « La mort n'a qu'un instant et la vie en a mille. » D'ailleurs on ne moque pas un chevalier, car vous l'êtes, n'est-ce pas ?

— Pour vous servir, Marc Papillon, seigneur de Lasphrise, répondit dans un souffle son vis-à-vis. Et je fus noble écuyer à la solde des Guise.

— Le capitaine Lasphrise ? s'exclama Voiture, l'esprit traversé d'une confuse arithmétique des probabilités. Vous voulez dire le poète, l'auteur des *Amours de Théophile* ?

Papillon but d'un trait le pichet, comme ondoyé d'ineffable gratitude : on ne l'ignorait pas, ses noms et qualités circulaient encore ! Fallait-il négliger une occasion de faire éclore sa renommée afin d'entrer en délivrance ? Oui, c'était bien lui, Marc Papillon, auteur immortel des *Diverses Poésies*, l'irréligieux en quête de salut. Il lui fallait vaincre l'Orgueil, tare capitale, pour que s'ouvre à lui et s'éclaire la Gloire en paradis.

Le coquet personnage l'observait tête en arrière, comme s'il voyait par les narines, tour à tour amusé au point de se mordre les lèvres, fâcheusement contrarié à l'idée qu'on pût vouloir le mystifier, ou sur la défensive, redoutant, qui sait, un brusque mouvement d'humeur. Parler de duel avec un inconnu pouvait certes lui donner à penser.

— Cependant vous ne me paraissez point trop chargé de saisons, dit-il, sans appuyer sur l'accent interrogatif mais avec un soupçon d'inquiétude.

— J'ai moins d'années, monsieur, que de taillades, plaies rassies et stigmates. Il est des automnes qui durent une vie…

— Papillon de Lasphrise ! Je n'en reviens pas ! insista Voiture, exalté par sa divertissante quoique très suspecte découverte. Il paraît que vous étiez bien en cour au siècle dernier, on vous y voyait plein d'allant et de panache ! De vieux poètes, comme Ogier de Gombauld, me l'ont raconté. Gombauld ! l'auteur d'un fameux *Endymion* où il est dit si joliment du teint divin de la jeunesse qu'il s'y mélange certaine clarté qui semble accorder les feux avec les fleurs…

Tandis que la faconde de l'importun perdait toute consistance à force d'emphatique emmêlement, Papillon fut saisi d'un de ces accès de distraction qui, de manière imprédictible, s'insinuaient en lui jusqu'à le décoller du monde. Un froid intense montait peu à peu des orteils jusqu'au fondement avant de lui glacer les entrailles et de rigidifier tout le haut de sa personne : précisément ce qu'éprouvent les moribonds au moment de rendre l'âme. Mais ce n'était qu'un malaise. La voix stridulante recouvra un seuil audible après s'être mêlée aux bruits ambiants. Vincent Voiture s'était levé et saluait avec empressement.

— N'oubliez pas, j'ai mes entrées à l'hôtel de Rambouillet ! Vous y serez le bienvenu. Tout le génie, l'élégance et la grâce de l'époque s'y donnent rendez-vous. D'ailleurs nous irons ensemble avant peu, n'est-ce pas ?

Papillon ne tarda pas à quitter la rue Saint-Denis, s'interrogeant sur ce que pouvait valoir, à l'aune de la renommée, l'appréciation d'un faquin poudré à l'épée de sucre, un écornifleur de table comme aimait dire Ronsard de ces frotte-manches rimant et lampant, l'avant-bras plié, crochetés par de piètres acrostiches aux nobles maisons où tout exhale plaisirs, singeries et vanités fleuries. Lui-même n'avait-il pas été de ces vains commensaux, cependant à la Cour des rois, au titre de preux écuyer d'un Guise.

C'est à bord d'une espèce de grosse brouette attelée à une vieille rosse qu'il gagna son logis à l'enseigne d'un perruquier, sur le pont Notre-Dame, au deuxième étage d'une des maisons en double alignement. Emportés dans une crue à la fin du siècle dernier, le pont de bois et ses habitations avaient été rebâtis en bonne pierre. Maître Pigritia, le perruquier qui l'hébergeait pour quelques écus d'argent payables à la semaine, était d'une discrétion à la mesure de sa curiosité : il semblait ne rien voir, sans rien perdre de vue. Fort prisée, sa boutique où l'assistait un commis volant et une demoiselle fileuse présentait des modèles pour dames disposés sur mannequins de couture en rotin. D'autres perruques, coiffant de viriles têtes de cire, attiraient une clientèle de courtisans et de bourgeois présomptueux depuis que Louis le treizième, dit le Juste, en avait lancé la mode. Des vitrines exposaient des masques de bal en tissu, certains richement rehaussés de pierres taillées, représentant divers animaux sauvages, des allégories, les noirs démons des reines ou la simple face humaine ; des masques bouffons de carnaval aussi, en pâte de bois peint, occupaient tout un rayonnage, et de plus inquiétants, présentés à l'écart, en métal brut, avec brides et chaînes, évoquaient les masques de honte ou d'infamie, jusqu'à ce jour en usage hors du royaume, dans le Saint-Empire ou en Écosse, et destinés à l'humiliation publique des contrevenantes.

Alors que son locataire poussait la porte de l'escalier accolée au magasin, maître Pigritia le nez dehors l'avait convié à le rejoindre un instant.

— Rien qu'un instant, dit-il.

Sirène portant flambeau en bois de cerf et corne de buffle sculptée, un lustre mural composite à fond de miroir éclairait encore la boutique, d'autres luminaires semblables venaient d'être mouchés par le commis muni d'un éteignoir. Le perruquier lui fit signe d'épargner le dernier.

— Je m'en occupe, drôlet, tu peux prendre congé. Et toi aussi Mariette, dit-il à l'adresse de l'employée qui attendait son bon vouloir dans l'obscurité.

Devant le comptoir à l'entrée, Papillon observait avec une indifférence fascinée tout ce petit commerce de gestes et d'intentions. Si rien n'échappait à sa vigilance de tortue ou d'iguane à trois yeux, tout se contrebalançait à peu près, choses et créatures en morne interférence, mais certains détails prenaient pour lui l'éclat du blason, comme cette tache de vin en croissant sous l'arcade sourcilière du vieillard ou la fausse tête de mort en bel ivoire sur un établi. Un peu effrayée par les jeux d'ombre sur cette face balafrée, la jeune façonnière fit un écart pour gagner la porte.

— Bon, nous voilà tranquilles, dit maître Pigritia derrière une pile de registres. Je suis perdu dans mes comptes et devoirs, excusez-moi. On nous inflige des obligations et des charges diaboliques, à nous perruquiers, comme d'ailleurs à tous les métiers. J'ai sous l'œil le « Recueil des édits, déclarations, lettres-patentes, arrests et réglemens » fourni pour instruction à ma corporation. Laissez-moi vous lire tel extrait au hasard : « Ordonnons que pour la coiffe et perruque de valeur de dix livres et au-dessous il sera payé dix sols, pour celles au-dessus de dix livres jusqu'à trente il sera payé quarante sols, pour celles de valeur de trente livres et au-dessus, il sera payé trois livres dix sols. Défendons aux perruquiers de monter sur une coiffe de dix sols une perruque de valeur au-dessus de dix livres et ainsi des autres coiffes et perruques, sous peine de confiscation de trois cents livres d'amende… » Et il y en a comme ça quatre-vingt-dix grandes pages imprimées à nos frais et mille motifs à rendre fol et pelé ! Mais je vous ennuie…

Le vieil homme parut soudain embarrassé, comme si l'oubli collait sa langue. Il sortit de son gousset une tabatière d'argent et prisa du pouce et de l'index avec le soin minutieux d'une merlette donnant la becquée à ses oisillons. Cette pause eut l'étrange effet de relâcher d'un coup ses nerfs, muscles et volontés. Son visage se plissa de toutes les fronces de l'âge et son pourpoint de serge noire parut rétrécir, collant à sa bedaine.

— J'ai eu de la visite à votre sujet dans l'après-midi, avoua-t-il sans ruse. Un officier de la maréchaussée voulait des renseignements sur votre condition et les motifs de votre séjour. N'étant point aubergiste, je fus fort déconfit en constatant que j'avais négligé ces formalités d'usage…

Papillon haussa les épaules et lui tendit son Livre, un exemplaire défraîchi trouvé chez un marchand de vieux papiers après avoir eu le désagrément d'apprendre la faillite et fermeture de son libraire-imprimeur.

— Voici ma vie, monsieur. Elle y est toute en vers rimés. Prenez le temps d'en extraire émoi et instruction…

— Seigneur de Lasphrise, déchiffra le perruquier avec déférence.

— Quant aux motifs, ils sont d'agrément, j'aime à goûter aux longueurs de temps. S'il me fallait vivre toujours, c'est à Paris qu'il ferait bon…

— Ce n'est pas tout. Une jeune dame aussi s'est présentée…

— Une jeune dame ? Pour moi ?

— Oui, bien élégante et d'une rare beauté ! J'en vois pourtant défiler des comtesses et des comédiennes…

— Et son nom, son nom, quel est-il ?

— Elle ne me l'a pas donné, enfin pas vraiment. « Dites-lui que je suis la Nouvelle Inconnue », c'était ses mots.

Papillon, agité de sentiments divers, salua et quitta l'établissement. Dans sa chambre sous les toits, confiant dans la pénombre, il s'accouda à la fenêtre. On ne voyait guère le fleuve bordé partout de murailles et maisons que par les lucarnes des ponts bâtis comme des caraques de bois et de pierre ou depuis la place de Grève qui mêlaient l'agitation portuaire à la kermesse marchande et aux tueries de justice. Paris étouffait dans ses murs, dédale encombré sous le grand ciel, mais il aimait bien le soir, à force d'attention, respirer les effluves charnels du vent et entendre les voix fluentes venues des lointaines campagnes. Des barges accotées par dizaines s'amarraient à la rive. On y buvait de compagnie le vin du sommeil sur des tas de sable ou de charbon, on y braillait en chœur des chants aimables :

*Les mariniers n'adorent qu'un beau jour*
*Quand plein d'espoir s'en vont courir fortune*

Encore à cette heure nocturne, d'ombreuses chalandes munies de fanaux glissent en silence de pont en pont. Papillon alluma sa pipe de terre à la flamme d'une chandelle ; l'étoile palpitante du fourneau imitait, minuscule, les braises éparses des cieux. Le cours d'une rivière, la nuit, reflète un flux d'images coruscantes – des heures et des années passées – comme s'il ne demeurait de ce qui fut qu'une éponge engorgée du fond des mers du songe pareille à la cervelle. Tout est submersion et noyade à l'estuaire où vont se mêler les rêves à la mémoire.

Mais il est tard. Les aboyeurs publics appellent à l'extinction des feux. Les lumignons de sécurité disposés aux parapets des fenêtres peu à peu s'éteignent. Sur les quais, des torches çà et là halètent avant de céder aux ténèbres. Troublé, Papillon tend l'oreille, une voix mélodieuse de femme ou d'enfant s'insinue entre les chuchotis d'eau vive et l'ultime clameur d'une ville qui s'endort. En se rapprochant, la voix semble trouver sa matière dans le ruissellement cristallin du remous. Sans en avoir une claire conscience, Papillon n'a cessé de se remémorer les mots de la jeune élégante rapportés par le perruquier : « Dites-lui que je suis la Nouvelle Inconnue. » Les yeux errant d'un bord à l'autre du fleuve, il voit glisser alors en direction du pont Notre-Dame une longue barge à fret à peine dissociée des ombres. Avant qu'elle ne disparaisse sous l'arche de pierre, la voix quelques instants s'éclaire, enfin audible :

*La Seine pleure sa source à jamais*
*D'amour ma vie tout endeuillée*
*Sans fin trépasse et renaît*

## XIII

## Jeu de l'oie au royaume du Tendre

*Roses, retirez-vous, j'ai le nom d'Immortelle !*
*Il n'appartient qu'à moi de couronner les Dieux.*

OGIER DE GOMBAULD
*La Guirlande de Julie*

Un carrosse à Paris doit se perdre longtemps en détours s'il veut tromper l'étroitesse tortueuse des rues et leur encombrement de guerre civile. Voiture, qui s'était engagé à ramener sa trouvaille à l'hôtel de Rambouillet pour l'occasion d'une fête de poésie tournée en mascarade, vint à l'heure quérir Marc Papillon à son logis du pont Notre-Dame et s'enchanta de le voir tout entier vêtu à la mode des Valois, avec au côté un baudrier rustique soutenant la garde chantournée d'une rapière digne des maîtres d'armes italiens. En chemin, échauffé par cette présence soldarde fleurant le vieux cuir, la poudre noire et la graisse d'arquebuse, Voiture s'étourdit de paroles à son habitude. Lui revinrent à l'esprit les lectures héroïques de sa prime jeunesse, Renaud de Montauban, Amadis de Gaule, Damoisel de la mer devenu chevalier de la Verte Épée, Gauvain sur les chemins d'Avallon, l'Orlando de l'Arioste…

— Ne raconte-t-on pas que le roi Salomon aurait lui-même transmis à Galaad, le fils de Lancelot parti en quête du Graal, un baudrier d'or doublé d'organsin tissé avec les cheveux d'une vierge et muni d'un fourreau appelé *Mémoire de sang* sur lequel s'enchâssait un rameau de l'Arbre de vie…

— Balivernes ! grommela Papillon. Pour vaincre les sept frères geôliers du castel aux pucelles, je n'ai besoin que de ma seule flamberge qui oncques ne mentit !

Vincent Voiture, réjoui de la riposte, se dit que la marquise et sa fille Julie seraient ce soir aux anges et qu'il régenterait sans trop d'efforts la bagatelle dans les salons menant à la chambre bleue.

Rue Saint-Thomas du Louvre, le cocher reçut l'ordre d'investir la cour pavée de l'hôtel. « Et en bordure d'escalier ! » précisa Voiture, avant de rajouter à la discrétion de l'autre passager :

— Galant crotté ne vaut pas perruque !

Des flambeaux éclairaient les murs de brique et de pierre ornés de frises à l'antique, d'architraves et de pilastres. À l'intérieur, le feu des lustres illuminant des salons en enfilade projetait le dessin des hautes fenêtres à croisillons sur l'ombre frémissante d'un rideau de sycomores. Tandis que leur patache de louage quittait les lieux, deux carrosses d'apparat dûment armoriés et parés de clous d'or vinrent se ranger dans la grande cour. Instruits des préséances, les palefreniers de l'hôtel accoururent. Voiture pressa le coude de son protégé.

— Entrons sans attendre ! Il n'est pas de bon ton de saluer un Gilles de Souvré, maréchal de France octogénaire, entre queue et sabots.

— De Souvré, le marquis de Courtenvaux ! se récria Papillon. J'ai combattu à ses côtés les huguenots à la bataille de Coutras…

— Voilà un demi-siècle ou presque ? feignit de s'étonner Voiture.

Il fut un peu désappointé de voir une nombreuse compagnie déjà à ses facéties dans le troisième salon, où trônait une épinette en aile d'oiseau au coffrage immaculé entre les miroirs en trumeaux, les statues porte-flambeaux et deux admirables Carrache, *Vénus endormie* et *Portrait d'homme tenant un crâne*, d'ailleurs acquis sur ses conseils par le marquis de Rambouillet. De nobles adulateurs entouraient la très piquante et virginale Julie d'Estangues qui, bien aise d'être fêtée par sa caste, déployait habilement l'essentiel de ses égards à la basse cour des plumitifs, jaloux idolâtres picorant aveuglément les petits riens et menuailles de la gloire. Bon public trié sur le volet, les bourgeois du faubourg Saint-Antoine s'extasiaient la bouche pleine d'être reçus en si prestigieuse assemblée ; ils appréciaient à leur avantage les trésors de bon goût exposés sous leur nez, quitte à surenchérir chez eux en décors peints, revêtements de marbre, torchères à girandoles, dorures à la feuille ou au mercure. Leurs écus après tout avaient même sonorité aux oreilles des peintres de cour et des tapissiers des Tuileries.

Laissant à regret Julie à ses adorateurs, Voiture entraîna son phénomène au bout de cette suite salonnière, croisant au passage le seigneur de Vaugelas, noir corbin cherchant à calmer sa pépie, mais qui ne sut cacher sa surprise :

— Est-ce mardi gras ? dit-il en jaugeant Papillon. En deçà de l'Euphrate, jamais ne vis-je pareil accoutrement ! La nature animale serait-elle à court d'avantages ?

— Laissons le fâcheux ! lança Voiture à l'attention du chevalier assombri.

— C'est cela ! s'enferra Vaugelas qui, pincé, prit son air grammatical. Courez de pied ferme à l'antichambre, la marquise vous le fera débrutaliser…

De petits groupes saluèrent à leur passage en échangeant mines et œillades, parmi eux des aristocrates de vieille souche, ancêtres béquillant pétris de mondaine aversion et demoiselles maladives plus proches encore du saint viatique, d'ancestrales épistolières comme ensachées dans leur renom, des tenanciers d'académie en mal de particule, des dramaturges paternes, des scoliastes grands châtieurs de muses, des brochettes d'élégantes faussement alanguies au creux de voluptueux sofas tendus de satin.

Voiture se pencha à l'oreille de l'impétrant :

— Remarquez comme les belles s'encadrent de vilaines mouches pour gagner par contraste en appâts…

Blanches et pourpres, dans de hautes corbeilles de bronze et de vastes tulipes de cristal posées sur des colonnes de porphyre, entre les fenêtres immenses touchant les diagonales entrelacées du parquet et les corniches moulurées d'inaccessibles plafonds, des gerbes de lys, d'orchidées et de roses fraîchement coupées embaumaient au point d'étourdir les trop pâles jeunes filles raidies sur des bancs à tournis. De souples laquais aux airs de mauvais garçons vêtus en princes de comédie dansottaient entre les convives en jonglant presque avec, au bout des doigts, leurs plateaux de boissons fraîches. Voiture cueillit deux verres de vin blanc glacé, souhaita bonne fortune à Papillon, puis l'entraîna à sa suite dans la chambre bleue.

Il y avait là, belle et blonde, couchée à demi sur un lit à baldaquin richement drapé de taffetas, une dame encore jeune, dignement parée, en robe de réception, un sobre collier de diamants sur une gorgerette blanche, qui semblait à cet instant attendre les saints sacrements. Peu coutumier de ce genre d'effraction, Papillon se figea à hauteur d'une vaste cheminée où soupirait un feu d'enfer. Balayées de lueurs, les tentures de brocatelle à fond d'or, les peintures murales alliant Vénus ou Adonis à la Vierge à l'enfant ou au Christ en majesté, les porcelaines de Chine et autres bibelots perchés sur d'immémoriales crédences, les traîtres paravents brossés de prudes nudités pastorales, les cabinets de bois précieux, l'horloge de bronze et d'argent au cadran d'émail finement ornée d'un enlacement de Grâces comme pour suspendre la trop volage seconde, les tables d'ébène et les consoles d'albâtre, toutes choses baignaient dans un éther céruléen où dominaient le bleu cobalt et le pigment d'outremer, outre les incrustations de lapis-lazuli et le vitrail aux encoignures des miroirs et des fenêtres à cette heure crépusculaire. Dans la ruelle du lit, large en fait comme un bastion, des fauteuils à dossier bas donnaient à voir comme autant de castelets l'agitation de perruques huppées et de coiffes à aigrettes et toupillons. Car on riait aux éclats dans cette chambre mortuaire fleurant les aromates et la cannelle où Catherine de Vivonne, marquise de Rambouillet, concentrait l'attention en phénix battant des ailes de flammes pour à tout instant renaître de ses cendres.

— Voiture, enfin ! s'exclama-t-elle. Seyez-vous vite ! Contentez, s'il vous plaît, l'envie que ce siège a de vous embrasser.

Aussitôt grisé, ce dernier négligea de se poser et fusa au milieu des étincelles du bel esprit, parmi les fines cajoleuses à l'école de la Cour, les grisons idolâtres et autres héros du Pinde.

— Mais je vous entendis rire sans moi…

— Je perdais mon sérieux, mais point mon humeur sombre. Vaugelas vient de nous apprendre que son maître, et le vôtre, se trouve au plus mal.

— Malherbe ? s'étonna Voiture, vacillant d'incrédulité une demi-seconde. Va-t-il si mal ? J'ai croisé un Vaugelas sépulcral tout à l'heure.

— Il s'en retourne à son chevet.

— Dans l'empire où tout le monde est maître, il fut certes un excellent conseiller en versification, expert dans la force des mots et le friand du goût, quoique un peu discourtois, rustre même hors du cercle royal. Sauf bien sûr à vos pieds, madame : vous l'eûtes piétiné extatique !

— Cela est constamment vrai, opina en riant la marquise. Mais avouez que le grand doctrinaire, le purgateur des muses, a beaucoup fait pour rendre la langue séante, claire enfin, compréhensible même par la foule de nos obligés.

Cambrée sur son siège, une dame de belle ampleur battit un éventail à ses lèvres pour attiser quelque bon mot.

— Il tarderait à rendre l'âme pour corriger un tour fautif, fût-ce de son confesseur !

Une autre salonnière, à qui l'on accordait toutes les distinctions en plus d'une certaine joliesse, marquise de Sablé – fille du maréchal de Courtenvaux qui s'alcoolisait dans les salons – s'excusa d'émettre des réserves.

— On sait de lui quelques beaux vers :

*La moisson de nos champs lassera les faucilles,*
*Et les fruits passeront la promesse des fleurs.*

Et celui-ci encore dans *les Larmes de saint Pierre* qu'il a pourtant renié :

*Ô désirable fin de leurs peines passées.*

Il y a aussi bien sûr cette *Consolation à Monsieur du Périer,* qu'il n'a guère su mettre en usage lorsqu'il perdit son propre enfant. Mais je n'imiterai point son exemple à ne pas pardonner, à biffer, sabrer, rayer les vers de ce malheureux Desportes comme d'autres saignent et découpent un cochon avant de le mettre au saloir. Et puis, un poète censeur, nourrisson des muses et valet des princes, peut-il régenter tout seul une langue en nautonier outrecuidant qui voudrait dompter la mer ?

On s'agitait autour de la maîtresse des lieux qui, fort divertie, se retenait de mettre de l'huile sur le feu et d'y brûler du genièvre aux quatre coins. Papillon était modérément séduit par l'audace un tantinet ridicule de ce précieux parler, il doutait fort en revanche que sa poésie pût être audible par les « portes de l'entendement » dans une pareille serre d'ouïes poudrées où plusieurs dames et quelques gandins portaient un miroir à la hanche, sans doute pour ne pas perdre la face.

Présents dans la ruelle, deux disciples de la première heure se dressèrent, oubliant l'alacrité et l'obligeance réglant les mœurs de la maison. Honorat de Bueil de Racan, ancien page de la chambre du roi, tortu et mal fagoté, ravala sa salive et bafouillant, renâclant, se mouchant, il s'écria :

— François de Malherbe nous a sauvés des barbares par la discipline, l'instruction et la correction, il faut une seule langue à la France, un seul roi et une seule armée !

Autre lieutenant en atticisme, François Maynard vint à la rescousse appuyer son compère malhabile.

— Il y faut de la grâce aussi, de l'harmonie, une musique que notre cher rêveur assoiffé de retraite sut si joliment mettre au diapason du génie de son maître. Écoutez donc cela :

*Ô bienheureux celui qui peut de sa mémoire*
*Effacer pour jamais ce vain espoir de gloire*
*Dont l'inutile soin traverse nos plaisirs,*
*Et qui, loin, retiré de la foule importune,*
*Vivant dans sa maison content de sa fortune,*
*A selon son pouvoir mesuré ses désirs.*

Racan à l'écouter versa une larme de gratitude qu'il voulut dédier méchamment aux mânes du moribond.

— Prions tous pour notre cher Malherbe, prions pour sa survie et son éternité ! Vous, Voiture, comme nous autres, lui devez à peu près tout. Rien qu'à écouter votre *Belle matineuse* ou tel autre sonnet ou rondeau, vous fûtes pour lui un fils. On ne peut plus lire aujourd'hui les fatrasies des Jodelle, Du Bartas, de Sponde ou Maurice Scève, et par priorité Ronsard, pourrisseur du Parnasse, et cette Pléiade surannée qu'étouffent ses molles et envahissantes fabricatures !

— Ces drôles vouaient un culte à l'inspiration ! renchérit Racan. Qu'est-ce que l'inspiration, un misérable grillon dans une toute petite cage de plomb. Le lyrisme est un instrument qui demande l'étude des gammes, pas une extravagante au logis mal famé de la négligence et de l'irréflexion ! Notre maître aimait dire joliment que, s'ils s'y mettaient, ces âmes d'ancienne mode feraient de leurs fautes, lourderies et impropriétés des livres plus épais que leurs œuvres complètes !

La marquise débordée se souvint que, bien jeune encore, lorsqu'elle répondait au doux nom de Catherine de Vivonne, il fallait chez son père mettre au pas les félibres de buissons qui se chamaillaient pour un avantage en gelée de groseilles.

— Allons, messieurs les poètes, prions pour le retour triomphal de notre cher doctrinaire. En bon cardinal, Monsieur de la Valette fera donner des messes.

— Autant qu'il en faudra ! lança un personnage lippu et ventripotent dans sa soutane de soie moirée couleur de sang frais. Nous invoquerons les filles de la Mémoire couronnées de fleurs et d'étoiles, Calliope, Errato, Polymnie, il manque assurément une muse de la Norme…

— Laissons là cette égérie ! dit la marquise en invitant d'un signe son complice en galéjades à reprendre quelque spirituel avantage sur ces navrants bavards, c'est-à-dire à s'enthousiasmer pour ce je-ne-sais-quoi qui vient d'on-ne-sait-où et qui finit on-ne-sait-comment.

Voiture déploya avec amples révérences sa taille menue au milieu de l'assemblée, pointant du doigt une silhouette de capitan qu'eût pu graver Jacques Callot, ombre découpée en contre-jour des flammes du côté de la cheminée.

— Chers amis, oublions Malherbe un instant, oublions les principes virginaux du Solon des syllabes, c'est pour moi une grande émotion que de vous présenter ici un revenant tout droit descendu de l'empyrée des versifieurs pour votre édification autant que pour votre récréation… J'ai nommé, Marc Papillon de Lasphrise !

Tous les regards se déportèrent sur le capitaine qui, pris au dépourvu par les éclats de rire, eut un geste instinctif de défense, la dextre contre le pommeau de son épée, comme lors d'un guet-apens de drilles.

Cependant Voiture, sortant de son gousset une feuille manuscrite et minaudant, voulut rappeler à son monde la manière d'antan pour ajouter à la réjouissance.

— Le capitaine Lasphrise surprendra nos puristes, je le crains, et plus encore, mesdames, vos précieuses oreilles, écoutez donc ce morceau tiré de ses *Amours de Théophile*…

*Ton poil, ton œil, ta main, crêpé, astré, polie,*
*Si blond, si bluettant, si blanche (alme beauté)*
*Noue, ard, touche, mes ans, mes sens, ma liberté,*
*Les plus chers, les plus prompts, la plus parfaite Amie,*
*Mais ce nœud, mais ce feu, mais ce trait gâte-vie,*
*Qui m'enlace, m'enflamme, et me navre arrêté,*
*Étreint, encendre, occit, avecques cruauté,*
*Quel cheveu, quel flambeau, quelle dextre ennemie ?*
*Phébus, Cypris, l'Aurore (Ange du plaisant jour)*
*Ton Poète, ta Mère, et ta cousine Amour,*
*Porte-crins, porte-rais, porte-doigts agréables,*
*Puisses-tu donc beau poil, bel œil, et belle main,*
*Lier, brûler, blesser, mon cœur, mon corps, mon sein,*
*De cordelles, d'ardeurs, de plaies amiables.*

— C'est une farce ! coupa Racan, sa large face d'engraisseur d'oies tout empourprée. Encore une de vos espiègleries ! Mais regardez donc ce prétendu Papillon ! Vous nous avez ramené du faubourg quelque paillasse du jeu de pois pilé !

— D'ailleurs, ce poète de casernement dont j'ai pu ouïr d'antan les prétendus exploits aurait tantôt quatre-vingts ans, déclara l'antique duc de Bellegarde en déployant par-dessus son épaule un mouchoir de dentelle.

— Serait-ce lui vivant, quel jargon d'outre-tombe ! ajouta bien haut la peu amène princesse de Conti, promptement applaudie par la duchesse de Trémouille et la comtesse de Moret, ses obligées parées de plumes rares et de pierreries.

Personne ne remarqua le tremblement des mains et l'afflux de sang au visage du capitaine. Tout à l'heure intimidé par tant de faveurs et d'alertes afféteries, ébloui par mille feux d'esprit, il bouillait maintenant de fureur comme jadis avant l'assaut dans le chaudron de son armure et, sans plus espérer une once de reconnaissance, explosa bel et bien au milieu des belles effarouchées et des mielleux ironistes déjà en débandade. Incapable de traduire en mots sa colère, il l'improvisa en vers de son cru remontés par hoquets du plus sombre passé :

— La honte à l'œil baissé ne me fera point taire, je ne craindrai l'orgueil du causeur affeté… Je suis trop peu pour vous digne des mêmes Dieux !

La marquise, craignant de plus fâcheux débordements, encouragea du regard ses fidèles du premier rang, l'abbé Cotin, Mlle de Scudéry, Guez de Balzac et quelques autres, à quitter les sentiers du hasard. Par chance, une voix féminine très pure vibra dans l'antichambre.

— Foin de disputes et de complications ! lança-t-elle plus largement à la galerie. Entendez-vous ? Mademoiselle Paulet nous espère au troisième salon pour des sublimités d'oreille, et c'est ma fille Julie qui l'accompagne à l'épinette…

Cette crue soudaine de bruissantes étoffes et de cliquetis de parures à quoi les poètes de cour et d'arrière-cour se cramponnaient, parés de leur seule réputation, fit s'interrompre Angélique Paulet sur un motet d'Orlando de Lassus arrangé pour une voix. Elle accueillit d'une discrète révérence la marquise et ses hôtes privilégiés venus s'adjoindre aux élus de la fête puis, saluant, annonça une chanson d'autrefois de Claude Lejeune. Sa chevelure léonine s'éploya et sa gorge superbe se bomba, si blanche et ferme, tandis que l'Incomparable Julie au fier profil de louve affûtait des prunelles de mica sur la meute de ses soupirants.

*Revecy venir du Printans*
*L'amoureuz' et belle saizon*

Oublié par son mentor et toute cette bonne société, Papillon fut le dernier à quitter la chambre bleue et le premier à sortir de l'hôtel, soulagé de n'avoir pas été retenu. Désorienté, se trompant de porte, il alla chercher une issue du côté du jardin enclos et fut longtemps à écouter la voix d'ange de la lionne derrière les fenêtres illuminées. Seul dans la nuit, il s'aventura au fond des pelouses qu'une futaie de faux platanes semblait borner et, foulant des feuilles mortes, il fut arrêté par un mur de pierre. Une odeur nauséeuse le prit à la gorge malgré les fragrances des aires fleuries qu'exaltait la rosée. Sans trop d'efforts, il se hissa à bout de bras sur le parapet et sauta de l'autre côté, dans ce qui avait tout l'air d'un cimetière sous la lune, décidé à attendre l'aube en ces lieux de quiétude. Toujours audible, la voix haut perchée de la cantatrice s'accordait heureusement avec le silence des étoiles. On s'était bel et bien joué de lui. Nul n'avait cru en son art. Il se blottit au fond d'une chapelle et observa sans battre des paupières le manège des chats amoureux. Où était-elle, sa Nouvelle Inconnue ?

XIV

## Si loin dans la forêt antique

Le temps abrase le cœur et l'âme. Tous les désirs s'étiolent et tombent au pied de l'Arbre de vie. Dans l'église Saint-Gervais où il s'était réfugié, les grandes orgues tonnaient plus fort que l'orage. Une messe y était jouée en continu depuis des générations, et le dernier titulaire en date de la dynastie des Couperin, isolé des heures entières dans sa maison de tuyaux perchée en tribune haute de trente pieds de roy, attirait par triste délectation les ombres sans secours qui, le plus souvent indifférentes à sa personne, s'enivraient de ses improvisations comme si la musique aux gorges profondes, empreinte d'une majestueuse raucité et soudain touchant au comble des harmonies célestes, ruisselait par jeux ondulants et mutations simples des murailles mêmes du temple. Marc Papillon qui ignorait l'amnistie de la prière trouvait dans cette vibrante immersion une sorte de paix astringente ou de mansuétude sans visage. Il y avait fort longtemps qu'il ne jurait plus de rien ni ne se targuait des choses d'ici-bas – comment l'aurait-il pu, n'ayant plus de contemporains ? Il s'était pourtant débattu de toutes ses forces contre l'emprise diabolique, après un trouble accommodement où l'esprit toujours aux prises avec les illusions du monde s'exalte de vains désirs, maudissant l'art et la poésie, brûlant même son Livre une nuit dans l'âtre au milieu de pommes suries. Pour lui le jour ou l'an s'égalaient, puisque nulle promesse de retrouvailles était au bout. Que lui importait à la fin le renom, clef maudite de son salut ?

L'orgue de Saint-Gervais n'avait cessé de disputer librement avec le tonnerre, engageant l'instrumentiste à forcer les anches du grand-chœur, trompette, bombarde et contrebombarde, la soufflerie contrant la tourmente. Papillon s'étonnait de sentir battre son cœur ; une larme de vif-argent coula entre ses balafres au souvenir d'Elfida l'Ottomane rencontrée dans la multiplication affolée des hasards le jour des funérailles de Louis le treizième, lequel venait de succomber à trente-quatre saignées et moult purges et lavements six mois après les feux de joie du bon peuple fêtant la mort de Richelieu. Tandis que le souffleur d'orgue luttait contre la colère d'Éole, il se revit ce jour de mai, alors qu'un simple charroi conduisait le défunt roi hors les murs, à Saint-Denis, dans les caveaux de la basilique, parmi l'espèce couronnée des morts, cent cloches de bronze battant le glas pareil au cœur las de Talos, le géant de bronze en garde des rivages crétois.

Paris semblait désert du côté des Tuileries. Un vent d'ouest s'était levé drainant des nuées de deuil ; cherchant à fuir la ville sur un cheval de louage, Papillon fut arrêté sur le Pont-Neuf par une bohémienne alerte, la face convulsée, tenant au creux du bras un rouleau de chiffons. « Sauvez-moi, par Dieu ! lui avait-elle crié en travers de sa route. On veut me tuer. » On entendit à ce moment une cavalcade du côté du Louvre et sans réfléchir, sur la foi d'un regard de noyade, il saisit la jeune femme sous l'aisselle et, sitôt calée en selle, l'emporta à fond de train vers le faubourg Saint-Germain. Déjà hors les barrières, sur les chemins de Villejuif, la chaleur de ce corps calé contre sa poitrine s'était peu à peu insinuée en lui et des senteurs de lait, d'encens et de musc le rappelèrent à d'anciennes émotions qu'il avait cru dissoutes dans les acides du temps, singulièrement comme l'étreinte protectrice de sa sœur Geneviève au fond d'une cavée d'yeuses labourée par une truie gigantesque ou son enfouissement dans un panier de linge sale au lavoir, cotillons et chemises, par des lavandières en gaieté. Il avait galopé ainsi deux bonnes heures encore avant d'entendre une plainte d'enfantelet. C'est à distance de Paris, aux abords des perchis de Fontainebleau, qu'il rompit sa course. Tombée de cheval, la bohémienne dénoua sans façon sa cotte en poil rêche de cheviotte et fit éclore en même temps qu'un sein rond et gonflé une petite tête brune de son ballot de linges. « Grand merci, lui avait-elle dit alors, en pressant de ses doigts le téton raidi entre les lèvres roses du bébé, je ne sais où retrouver les miens. Vous nous avez sauvés, l'enfant et moi. Nous n'avons plus personne. Les miens vont sans but par les routes du monde, comment les retrouverai-je ? » Papillon en avait gardé un vif émoi. Cette fille à la gorge nue, aux yeux peints sur la toile des jours, les diamants qui tremblaient entre ses cils, son attitude irréfléchie de madone, bras en berceau et visage incliné par-dessus l'épaule, il l'avait vue une première fois en rêve et une seconde sur un retable au fond d'une chapelle obscure de l'église dite du Bout-des-Ponts qui, dans la magie du soleil couchant frappant la rose d'un vitrail, s'était transfiguré un beau soir à ses yeux en une passementerie de bijoux charnels. « On m'appelle Elfida, lui avait-elle relaté, je suis née très loin aux frontières de l'est, je n'ai pas connu mon père... » À peu près sauve d'une belligérance indéfinie faite de ligues et de trahisons entre alliés du Saint-Empire et auxiliaires des Ottomans, elle-même issue d'un viol de guerre perpétré par les uns et rendue fille abortive par les autres en de mêmes circonstances, des nomades la recueillirent expirante dans une fosse à purin où l'avaient jetée des cléricaux magyars en découvrant son état...

Papillon aura mis des années à reconstituer son histoire en faisant la part de la fable et celle d'une véracité bien plus invraisemblable. D'un bleu si délayé, la prunelle de ses yeux se distinguait à peine de l'ivoire de la cornée : Elfida semblait ne pas le voir tout en appréhendant sa présence comme une somnambule. Malgré ses dénégations, il douta vite que l'enfant à son sein fût bien d'elle. L'idée qu'elle eût pu s'enfuir en titanide allaitante avec quelque poupon princier lui traversa l'esprit. Il se souvint des cousins d'Amboise, Charles et Henri Beaubrun, peintres des reines et des dames de cour, qui firent le portrait d'une première nourrice bellement dépoitraillée tenant dans ses bras la chrysalide royale, probable petit-fils d'Henri IV. Mais la chétive Elfida ne ressemblait guère à cette Dame de la Giraudière ni à ses plantureuses continuatrices. Dans cette forêt de Fontainebleau où il avait cru la mener, elle retrouva son instinct erratique et, flattant d'une main experte la croupe du cheval, s'enfonça sans autre adieu à travers les futaies. Au lieu de tourner bride et de bifurquer vers sa Touraine, Papillon la suivit au pas, comme une renarde qu'on traque par sombre distraction. Elle marcha des heures par les cavées et les sous-bois ; à la nuit tombée, sous la lune, elle foula les noires clairières de brûlis laissées derrière eux par les charbonniers après les coupes rases des forestiers. L'une d'elles, encore parcourue de fumerolles, dégageait une forte senteur d'encens due à la lente consumation des sèves remontées des racines. Elfida parut un moment désorientée dans ce labyrinthe ligneux de fourrés et de houppiers. À l'orée du Bas-Bréau, contournant la plaine de Clair-Bois, elle chemina avec plus d'audace entre les rochers de la vallée d'Apremont. Le cavalier n'avait cessé de la pister à distance, inquiet pour elle. Alentour grondaient les bêtes rousses et brunes. Un grand cerf blanc se profila au-dessus des layons et, bondissant, laissa son ombre se découper dans les nuages. De l'autre côté d'une barrière rocheuse couverte de chênes nains convulsifs, après une suite d'étangs qu'une rivière ou une source devait tenir à niveau à en croire les bruits d'eau variés, un fanal éclaira de l'intérieur une sorte de vaste juchoir naturel en forme de kiosque où nichait une roulotte. Il y avait là une très vieille femme vêtue de chiffons qui fleurait le bois mort et l'eau de pluie. Elfida était sagement assise dans un coin de l'habitacle à bercer l'enfant quand Papillon entra en scène chapeau bas. La vieille, accommodante, poussa vers lui un tabouret bancal avant de s'étonner de sa survenue mystérieuse en pleine nuit.

— On dit que la vieillesse du diable vaut instruction, dit-elle. Moi je ne sais rien sinon que Dieu fait bien ce qu'il fait. Qui êtes-vous, à cette heure ?

— Un homme seul, dit Papillon en considérant les beaux seins de la bohémienne que le poupon repu repoussait de ses mains de salamandre.

— Homme seul est loup à viande ! répliqua la vieille. Voulez-vous donc marier la petite ? Je vous l'offre avec un pot de miel. Mais prenez garde ! Le miel est doux mais l'abeille pique…

Distrait, laissant la bohémienne à ses dictons, Papillon se souvint d'une ode de Pindare : « Il arrive un temps où les mortels reçoivent la récompense qu'ils étaient loin d'espérer… » Mais la suite lui échappait ; d'autres, probablement, voyaient s'échapper l'objet qu'ils étaient certains d'atteindre ? Rarement comme à cette minute follement improbable, coincé dans une roulotte de devineresse, il n'avait ressenti l'immensité du dommage : jamais plus il n'éprouverait la bouleversante malignité de l'état mortel ; toute surprise lui était proscrite et la seule récompense attendue le retrancherait sans retour de l'humaine condition. Il en était déjà bien éloigné toutefois, et nul ne lisait ses vers hormis par raillerie. Son nom, ses qualités n'intéressaient personne. Peut-on désirer ce qu'on ignore ? Considérant la fille, une marotte s'agita en lui. Il avait tout son temps et même il l'userait comme enclume ou meule à l'usage. Pourquoi ne jouerait-il pas son sort actuel à croix et à pile puisqu'il en aurait quantité à revendre ? Et puis, Elfida l'enchantait comme la plus vive souvenance. C'était si beau une jeune nourrice qui se laissait traire par l'impudique mort !

Ainsi projeta-t-il une galante assiduité au chant de l'alouette, des fiançailles furtives sous le poirier et, griotte sur le sorbet, un mariage au mois des fleurs. Il y avait dans son pacte maudit une clause de bienséance : il ne manquerait jamais d'appoint pour le pain et le vin, les circonstances devaient lui être relativement favorables afin que le temps puisse lui durer. C'est ainsi que Marc Papillon de Lasphrise avait pu se convaincre, en un moment de tendre désarroi, de *jouer à la vie*, ce qui signifie de tout faire en dépit du bon sens à la manière des mortels. Le plus difficile ne fut point d'être amoureux, il avait tant poétisé sur ce trouble exquis relevant de la théorie des humeurs et s'était lui-même si ardemment prêté aux dolentes fredaines, jadis à la cour des Valois, qu'il s'agissait d'un abandonnement à sa plus molle pente plutôt que d'une quelconque stratégie de conquête. « Ce genre de maladie et de folie, cette illusion », il en serait affecté quelques jours plus tard, une fois quitté l'ensorcellement de l'antique forêt.

Un matin, dans la lumière, alors que sa monture allait l'amble comme un bidet breton, le vent dénoua et souleva en éventail la chevelure noire d'Elfida si bien qu'il en fut aveuglé un instant, à l'heure tierce de l'office divin, un bref instant d'euphorie et de larmes, tandis qu'un lointain clocher carillonnait aux oreilles des sourds. Cette gifle de crinière au parfum animal creusa en lui une faim sauvage. Il entonna séance tenante à l'insu de tous la protestation admirable du Cantique dans la surdité du vent : « Soutenez-moi avec des galettes de raisins ! Fortifiez-moi avec des pommes. Car je suis malade d'amour ! »

C'est dans un état proche du délire qu'il gagna sans vraie hâte le pays de Loire entre deux haltes chez l'aubergiste ou le curé et quelques coups d'épée aux abords des ombrages à embûche. Parvenu en territoire connu, sûr de n'avoir plus à craindre de croiser un seul requérant en maléfice, il réinvestit tranquillement ce qui restait de sa gentilhommière de Moissy, par chance laissée au bon vouloir de l'usure naturelle, des chauves-souris et des vagabonds. Une ruine dont on n'a pas pillé les pierres peut toujours être relevée. Lui, sa jeune épousée et leur fille adoptive Aesdra n'avaient besoin que d'un toit d'ardoise et d'une bonne cheminée. Un soldat de sa trempe, capable de bâtir des défenses imprenables ou de rompre un front d'ennemis, n'a pas coutume de s'émouvoir de la besogne. En outre, il n'était pas avare de son temps, lequel pouvait se rattraper et se réparer à l'envi. En attendant d'avoir un toit, les nouveaux venus eurent d'épaisses murailles pour se mettre bien en garde. Papillon ne voulait rien manquer des dures conditions faites aux pauvres humains. Quelles sensations qu'une soudaine averse à grands seaux au milieu du sommeil ! Et la foudre en travers la maison débâtie, et la neige miraculeuse qui vous volette au nez tandis que vous rêviez d'incendie !

Petit à petit, avec l'aide d'un apprenti arraché du caboulot, la demeure reprit pied et stature pour le bonheur des mortelles dont il avait la charge. La petite Aesdra se répandait joyeusement en danses et en chansons autour du domaine. Sa mère, ou sa voleuse, de farouche maigriotte devint altière rondelette. Les saisons d'une prime année passèrent ainsi sans dommages majeurs. Papillon s'appliquait de son mieux au courageux mimétisme des créatures vouées à la disparition. Il fallait assumer les fonctions ordinaires et les entrains convenus, sans oublier la messe dominicale, la pêche au goujon, l'instruction d'Aesdra soustraite par sécurité aux petites écoles. Bien sûr, il lui fallut berner et torsader l'adversité. Les sénéchaux et la maréchaussée ne manquèrent pas de lui chercher noise par tous les vestibules. C'est un comble d'être sans recours, dans ses droits loyaux et francs. Personne sur sa terre natale, ne se souvenait de Madame veuve du Plessis-Prevost, sa respectable mère, ni du noble Marc Papillon, poète et capitaine. Tout avait été liquidé par les sédentaires, brigueurs de bonne terre et adjudicateurs. Ce pays n'était plus qu'une chasse d'huissiers aboyeurs, une battue de notaires, une réserve d'expropriateurs et de spoliateurs vendus à Mazarin, le nouveau prélat d'État que la rue appelait le Voleur de Sicile. Sans compter les milices des évêchés qui traquaient toujours les ensorceleuses du cru et les météorologues anglais malgré l'interdiction faite par le parlement de Paris aux juridictions provinciales de brûler à tout-va l'hérétique ou de faire un usage abusif du berceau de Judas, des griffes de chat et de la crémaillère lors des interrogatoires. Papillon avait pu consulter en toute discrétion la chronique inquisitoriale dans la librairie de son défunt ami Agapet de Hureloire, tels le *Marteau des sorcières* et autres manuels des Jean Bodin, Bernard Gui ou Torquemada, cela afin de s'instruire des divers écueils et périls dont il devait se prémunir, n'ayant pas la faculté de se métamorphoser en araignée ou en souris comme le sorcier Scavius. On ne se défend jamais mieux qu'à feu couvert des désagréments du bûcher. Toutefois il s'était si bien pris au jeu de la vie commune que la maladie et la mort lui furent bientôt d'un grand effroi. Elfida et la jeune Aesdra n'attrapèrent point la lèpre des pèlerins qui décolle le nez et les doigts, ni la peste pneumonique que certains peuples soignent à l'exposition au vent du nord, aux coups de canon soir et matin ou aux fumigations de bois résineux – mais furent enclines aux longues fièvres et aux accès de vésanie. À trois reprises, il se crut veuf à cause des saignées, purgations et vésicatoires d'un chirurgien d'Amboise diplômé en mécanique des humeurs auquel il avait eu l'ingénuité de confier à discrétion sa petite famille tandis qu'il s'était absenté pour affaire. Aesdra sujette aux mêmes traitements pour un simple présage d'anémie échappa à la mort en se réfugiant au fond du poulailler où elle goba des œufs crus jusqu'à son retour. Ce jour-là, il promit monts et merveilles à son épouse exsangue qui ne sut que répondre :

— Où la mort laissera-t-elle mon âme ?

## XV

# À l'heure des feux sans nombre

*L'expérience nous fait connaître que tout ce qui est incroyable n'est pas faux.*
CARDINAL DE RETZ

Passé l'orage, les grandes orgues de Saint-Gervais avaient des fluidités de harpe et de flûte de Pan. Le soir appesanti sur les vitraux de la nef jetait au sol et sur l'ogive des chapelles comme un sang pourpre de boucherie. Papillon à cet instant de recueillement ne jouait plus à la vie ni même en proie à ce comble du divertissement qu'est l'ennui. Il pleurait à l'écoute de la pluie et du vent, de cette durée si ténue qu'une musique virtuose simulait au pli même du présent et de la mémoire. N'existe-t-il en ce monde que des parenthèses temporelles qui s'effacent à la suite les unes des autres comme des paysages entrevus ? Il n'avait rien oublié du soleil de Moissy, l'été, dans un vacarme d'insectes et de passereaux, ni des si longues nuits d'hiver faussées par la clarté de neige des songes. Mais les visages adorés, éphémères reliquaires de l'âme, s'étaient défaits aussi vite que les nuages sous un ciel précipité. Dans l'humide éclat des bords de Loire, Elfida lui avait tout concédé, sa floraison et ses dormances d'amour, avec une munificence perpétuée grâce à l'eau de verveine, l'hypocras aux épices et pétales de rose infusés dans le vin de miel, la mandragore née de la semence des pendus, la sarriette et le lys blanc mêlés de rue fétide. Cent fois, le rosaire des semaines et des mois s'était égrené et les années tournèrent comme l'âne aux yeux bandés d'une noria de puisage, étrangement analogues en regard de la sphère céleste. En dépit de sa bonne éducation rompue aux plaisirs délicats et à la grammaire latine, Aesdra devenue femme s'emmouracha du fils cadet du premier bourreau d'Amboise qui avait sur la conscience le supplice de cent trente-huit parpaillots. Elle mourut en couche avec l'enfant à naître le jour où son jeune époux prit la relève des fers de marquage et des cordes au gibet tutélaire. Sa mère dans son chagrin, s'il ne l'en avait empêchée, eût fait l'aveu d'un enlèvement aux Tuileries, quitte à être rouée et pendue par son beau-fils.

Sans que leur flamme eût pâli, des années plus tard, un dimanche matin d'été submergé de soleil liquide, Elfida réveillée par une volée d'hirondelles surgies en criant dans la chambre, découvrit avec consternation sa nudité flétrie, la peau distendue de son ventre et de ses cuisses. Malgré une ferveur intacte, relevant le visage, elle se mordit le poing pour ne pas gémir d'effarement en constatant pour la première fois en vingt années de vie commune le corps immuable de son amant, pareillement musculeux et robuste, avec cette tournure candide qu'ont les ours ou certains moines. Même sa face balafrée, tout en crampes et ligatures, n'avait pas une ride de plus qu'au jour de leur rencontre, sur le Pont-Neuf, à Paris. Comme le nez lui brûlait d'un feu de loupe optique, Papillon s'éveilla, la paupière battante sous un rai d'or, effrayé de l'air de froid courroux de la figure penchée, laquelle évoquait la Judith égorgeuse chère aux peintres de l'époque. Il ne comprendrait que bien plus tard, quand sa belle chevelure s'étiolerait et griserait, la nature incurable de son tourment. Vieillir seule en couple est la pire malice du sort ; bientôt, une langueur envahit la presque quadragénaire, déjà saturée de bile noire. Elfida se laissa gagner par toutes sortes d'allergies. La pâleur liliale de son visage s'était empourprée d'une rosacée grumeleuse où fleurirent d'abondance pustules et papules, puis des œdèmes fluorescents champignonnèrent autour des zones osseuses avant qu'un énorme phlegmon de pleine gorge l'étrangla à demi et la pétrifia enfin de raide mort, telle la face retournée d'une gorgone maléfique s'écriant dans un souffle : « Et si Dieu le voulait ! » La rosacée fut incriminée. Elfida en succomba assurément, de l'avis unanime d'une paire de barbiers-chirurgiens-perruquiers-étuvistes qui ne croyaient pas plus à cette nouvelle lubie qu'était la circulation du sang qu'à l'ascendance royale du fils d'Anne d'Autriche, après avoir accablé leur patiente de saignées, bouillons des deux sœurs, ponctions de sanie et cautérisations.

Papillon chassa les compères et veilla cette nuit-là et les suivantes celle qui lui avait rendu l'illusion de vivre, à la clarté d'un buisson de chandelles, guettant sur le visage guéri de ses rougeurs le moindre signe de reviviscence par folie d'amour crédule. À l'aube de la troisième nuit, convaincu du trépas, il accepta l'idée de la faire porter en terre. Devant le refus réitéré des autorités cléricales d'inhumer chrétiennement son épouse dont nul état civil n'apparaissait au registre des paroisses de Moissy, Nazelles ou Amboise, et qui de plus n'avait pas reçu l'extrême-onction, ce qui laissait craindre un corps hérétique porteur de choléra, il se décida à creuser une fosse et l'y coucher en robe blanche dans un coin ombragé de sa propriété comme ont coutume les huguenots.

Au lendemain de funérailles plus intimes qu'une nuit d'amour, il sella son vieux cheval carrossier – troqué à la Saint-Sylvestre au maître de poste de Nazelles, lui-même poète à ses heures, contre un exemplaire de ses *Diverses Poésies,* signé et augmenté d'un sonnet autographe griffonné sur le pouce – et quitta au galop Moissy, la Touraine et le pays de Loire, le cœur étrangement déserté comme s'il sortait d'un rêve où rien n'avait eu lieu qu'un fourvoiement de cruelle inclination. La lune mange les nuages et laisse au loup l'étoile du chevrier. Fort tristement, en désespoir d'avoir pu laisser derrière lui la chair vivante, le tressaillement d'humble tendresse, la franche dévotion témoignant de tout ce qui nous retient au monde, messire Papillon, fier capitaine tout endeuillé, avait éperonné sa monture et s'était élancé vers le nord, vers l'Île-de-France, certain que l'oubli souverain tenait à la distance mise entre soi et soi. Et lui n'était plus rien que l'otage d'un pacte qui lui ferait perdre l'âme et le sens, en salaire d'un vain renom.

Les enjeux d'une guerre civile endémique au sortir de trente ans de belligérance partout aux frontières malmenaient le pays à la ville comme au bocage depuis la journée des barricades. Papillon au fond n'en avait cure : tout s'écoulait autour de lui avec une précipitation torrentueuse. Parallèle aux petits et grands chaos humains, les astres, les anges, les bêtes à plumes ou à hure répondent à une autre dimension, profusément indifférente avec, parfois, des flambées d'indiscrétion insignifiante ou fatale.

De retour à Paris, Papillon trouva refuge dans la soupente d'un vieil hôtel particulier du faubourg Saint-Antoine en partie détruit au temps de la Fronde. Resté en l'état, le bâtiment servait de remise de fourrage tant pour la proche cavalerie de garnison que pour les voitures de la messagerie attenante. On ne se souciait guère du vieil original qui s'était emménagé les combles d'une tourelle en péril d'effondrement. Presque intact, l'escalier intérieur vacillait dès qu'on y posait le pied, mais retenu à son faîte par de solides crampons, il permettait malgré tout d'atteindre le pinacle de la poivrière coiffé d'un toit en cône. Là-haut, le plancher de bois cru et la charpente tenaient bon. Mal éclairé par d'inutiles mâchicoulis, le locataire ne regrettait pas le pan d'ardoises brisées entre les bardeaux qui laissait vivre le ciel à portée, malgré l'intempérie. Les nuits sans nuages, allongé sur un lit de paille recouvert d'une chape de soie moirée de cardinal en pénitence récupérée chez un fripier, il pouvait détailler son cheptel d'étoiles comme un pâtre en transhumance. Après minuit, passé les fanfares de bateleurs et les rixes d'ivrognes ou de coupe-jarrets, il s'étonnait à nouveau du prodigieux silence que l'ululement de la chevêche venait approfondir, et d'admirables alexandrins lui montaient aux lèvres, ceux-là mêmes qu'il récitait au chevet de sa chère Marguerite puis de son autre fille Aesdra, toutes deux disparues dans la baie du Fanal, aux gorges du fleuve obscur. Si petite chose faite en secret comme un jeu d'enfant sous la table, la poésie avait compté pour lui plus que la gloire des combats, plus que l'amour même. Parfois l'homme se souvient qu'il est un vivant conversant avec les vivants. Mais lui, Papillon, n'avait plus de contemporains. Tous avaient péris par étourderie et fatigue du temps long qu'on nomme vieillissement, certains d'assassinat, d'autres de passion cruelle, la plupart de maladie ou de médecine ; ainsi des Voiture, Marini, Vaugelas, des Réaux, marquises rimeuses et fats prélats, et plus fraîchement le cagneux Racan ou l'enguirlandée Julie. Celles et ceux de l'hôtel de Rambouillet intriguaient désormais aux limbes avec une faraude coquetterie de squelettes. Et les meilleures plumes aussi bien, par leurs encres obscurcies en une ère de poètes lampistes vidés de leur sang après toutes les ripailles de vanité. Adieu libertins, jureurs et réfractaires ! Alliés ou ennemis d'antan, où étaient donc ses confrères d'armes, ses compagnons d'âme et pairs par l'esprit avec, au faîte du tourment, l'héroïque d'Aubigné qui brûle sans doute aux sombres fosses pour avoir dénoncé un pauvre bougre aux bourreaux de justice ?

*Fondez neiges, venez dessus mon cœur descendre !*

Et le sublime Jean de Sponde, chantre de la Mort profitable, lui-même transi de disette et froidure à Bordeaux ; combien d'autres en rappel des *Regrets* et des *Amours* ! Le temps additionnel octroyé par recours miraculeux depuis bientôt un siècle l'avait au moins éclairé d'aménité et de modestie : il n'était pas seul en défaveur. Accordera-t-on un jour quelque renom aux ombres errantes, tous péris en mer d'oubli, tel Othon de Grandson jadis, ou tôt matin Christofle de Beaujeu :

*L'âme qui en secret voit enterrer son corps*
*Fait tout ce qu'elle peut pour en montrer la place,*

*Afin de recevoir des vivants cette grâce,*
*Qu'il soit mis au sépulcre honorable des morts.*

Les mains jointes en nuque, couché sur son surtout de pontife à contempler la déchirure du toit où renaissait l'étoile flamboyante, ange chu dans sa lumière ou messagère d'amour, Marc Papillon de Lasphrise, certain de l'outrepassement de toute réalité, n'y voyait qu'une image perdue de l'univers pareille à la plongeante anatomie d'une déesse sans fond ni entour, chair de nébuleuses nous allaitant du lait d'or de la Galaxie.

Qu'adviendrait-il désormais d'un orphelin de l'humain partage ? Il irait vaguer comme une brume dans les bois, comme une rivière sans source, altéré d'espérance à la fête des hyènes et des serpents. Quelle parentèle, quel frère éloigné se soucierait de lui ? Il crut voir un instant flamber une blonde sirène à queue de comète entre les ardoises. L'image de la Vierge au cloître se surimposa pour l'assagir un peu ; c'était à sa Nouvelle Inconnue qu'il rêvassait aux abords d'un faux sommeil démesuré, ouvert à tous les gouffres, mais il ignorait tout d'elle, ultime chimère aux contours de son attente. Gardait-il intact dans ses veines le même sang qu'au combat, bouillant du courage des quatre fils Aymon, avec au ventre le feu de vingt-sept démons en livrée de velours jaune ? Tendue par la corde du plus vain songe, l'arc de Cupidon n'a besoin que de la flèche du désir.

Un bougeoir de cuivre en main, n'y tenant plus, Papillon n'avait pas attendu l'aube pour descendre l'escalier flottant et s'extraire des murs ténébreux. Mais au seuil de l'hôtel sinistré la bougie versa dans la paille sèche et une langue de feu se répandit en vingt autres qui s'élevèrent en panaches et girandoles sur toute la hauteur des empilements de meulons. Ce fut très vite un immense brasier d'abord feulant puis rugissant et bientôt craquant dans un tourbillon avec les restes de plancher et les charpentes, à l'image du fils du Soleil tombé de son char et foudroyé au milieu des flammes répandues sur le monde. Les yeux rougis par la fumée, Papillon n'eut pas la présence d'esprit de s'enfuir, il songeait aux frondaisons éblouies des trembles dans la lumière de l'aube, aux larmes d'ambre des sœurs de Phaéton métamorphosées en peupliers qu'une brise d'oubli à jamais berce et incline, à la forge monstrueuse de l'enfer que l'épée séraphique à triple tranchant suffit à attiser. Une poutre s'effondra à ses pieds dans une gerbe d'étincelles sans qu'il en fût effrayé. Des cris d'effroi se distinguèrent peu après des sifflements et crépitations. On s'agitait au voisinage, des gens à demi nus couraient en tous sens dans cette panique incrédule qui bouleverse la fourmilière avant que l'instinct de sauvegarde y mette bon ordre. Déjà on empoignait l'individu resté face à la fournaise, la plume de son chapeau réduite à une brindille de charbon.

— C'est lui ! C'est le boutefeu ! clamait-on.

— On l'a surpris à rôder bien des fois, s'avisèrent deux boutiquiers enfumés qui ne se distinguaient pas l'un l'autre à trois pas.

— C'est Belzébuth ! s'épouvanta une harengère dans un long couinement de musaraigne tombée sous la griffe d'un chat. J'ai vu son ombre démesurée !

Les plus sensés s'étaient précipités aux fontaines proches et, très vite, après avoir abondamment arrosé leurs chausses, se plièrent au génie de la chaîne humaine, assistés en cela par une escouade de gardes-pompes qui délimitèrent la part du feu à coups de hache. On maîtrisa plus aisément l'incendie que l'incendiaire. Le lendemain, devant le prévôt et ses assesseurs de la maréchaussée, au terme d'une nuit passée en cellule à batailler contre la vermine, Papillon fut soumis à la première journée de l'interrogatoire ordinaire sur faits et articles. Tout dans sa personne fournissait motif à questionnement : sa vêture à la vieille mode, son parler soldatesque truffé de vocables bannis par l'Académie, sa piaffe de gascon à la limite de l'offense, sans compter une singulière inaptitude à se plier aux formalités légales. Était-ce un de ces gobe-Dieu niant la Présence réelle ? Un janséniste ne jurant que par la Justice éternelle ou, plus probablement à juger de son allure, un vulgaire saltimbanque à qui mal en prit de jouer l'Érostrate au temple d'Artémis. On ne sut trop vers quelle jurisprudence l'expédier. Avant de statuer sur son sort, il fut transféré dans l'ancienne prison épiscopale de For-L'Évêque, entre le quai de la Misère et la rue Saint-Germain-l'Auxerrois, plus particulièrement destinée à l'incarcération des comédiens, ces fous d'aucun roi, prodigues en effronteries et menus crimes de lèse-majesté. Les cachots des profondeurs, noyés lors des crues de Seine, étaient plongés dans une pénombre suintante à l'odeur de bourbier. On y descendait par priorité les déficitaires sans garants, banqueroutiers, faillis de tous genres en mal de providence, les gens de scène, eux, séjournaient sans fers ni brodequins dans les chambres étagées de la tour, sous les voûtes d'une double chapelle coiffée par deux belles cloches qui mettaient à heures fixes tout l'édifice en branle. Sujet à méprises, entre amuseur et tragédien, Matamore et Scaramouche, prêtant à risée ou à effroi, Papillon fut un temps retenu dans une salle médiane du rez-de-cour en présence d'un ours de foire heureusement muselé et ferré que l'officier de garde hésitait à classer parmi les artistes sociétaires. Veiller malgré soi le sommeil d'un plantigrade suspecté de contrefaçon suscite une multitude d'impressions spécieuses comme la preuve sanglante d'un trésor disputé en rêve, l'étreinte d'une créature marine ou une chasse à l'hermine au-delà de l'Achéron. Le lendemain, juste au trait de l'aube, il n'y avait plus d'ours dans la salle de garde mais un habit de magistrat lui annonçant sa condamnation aux galères pour assemblée illicite au Désert, usurpation d'identité et violation d'une obligation de prudence et de sécurité entraînant la dégradation d'un bien privatif par le feu.

— Je n'y entends goutte ! répliqua loyalement Papillon. De quel désert s'agit-il là ? Prendrait-on pour un de ces augustiniens ou quelque convulsionnaire le bras armé du duc de Mayenne ?

## XVI

*Amusez-le du moins à débattre avec vous :*
*Faites-lui perdre temps, tandis qu'en assurance*
*La galère s'éloigne avec son espérance.*

PIERRE CORNEILLE
*Nicomède*

La pire affliction est à coup sûr de n'en plus ressentir aucune ; nulle douleur, fût-ce la plus chétive, point même de cette angoisse qui étreint le cœur pour vous assurer de sa pleine fonction – tandis que la peine et le tourment harcèlent chacun jusqu'au supplice. Depuis qu'il ramait, Papillon s'était cru délivré de ce reliquat de destin voué au ressassement du Confiteor chez ceux que la foi anime. Pour son compte, le temps et le sentiment s'annihilaient l'un l'autre dans l'uniformité fluctuante de l'effort rythmé d'ahans, tous muscles crispés en avant, en arrière, sans autre issue que la suffocation ou le transport au cerveau. Ne passait à bâbord qu'un même friselis de vague, tandis qu'une houle sempiternelle agitait sa dentelle d'écume à tribord.

Pour le coup enchaîné cette fois avec des fers aux pieds, Papillon concéda n'avoir d'attaches à rien de vivant ni à personne. Claustration de la lumière ! Le bel azur était sa damnation. Il n'y avait que les nuages pour évoquer encore la fantaisie d'être, aux époques révolues des épées et des rimes ; les nuages demeuraient ce qu'il éprouvait de plus intime en ce monde caduc et obstiné. À trop s'y perdre, le théâtre des dieux levait ses voiles, Achille combattait les Amazones et les Centaures, Polyphème le front troué jetait des cieux maints rochers de lune. Somptueuse comme l'éternité, une inconnue d'écume sculptée lui faisait signe bientôt. Les nuages contrefaisaient tous les visages, le plus beau étant de neige ou d'eau pure. Lorsque la mémoire se perd, le poète sème le vent et moissonne les nuages à l'envers du ciel.

Mais les vergues crissent là-haut, les rames halètent en cadence et les flots fusent en cascade le long des plats-bords. Les fouets claquent dans le silence ; la chiourme toute à son châtiment jamais ne moufte à cette heure matineuse. Tandis que les pertuisaniers à face de dogue font les cent pas de bout en bout, deux cent cinquante galériens poussent et tirent à cinq par godille, enchaînés à leurs bancs sur les étagements du pont et de l'entrepont. S'y entassent en bon ordre les repris de justice, déserteurs, mendiants valides, faux-sauniers, prisonniers turcs et barbaresques, calvinistes insoumis rescapés des dragonnades. Partie de l'arsenal de Marseille, la galère forçait la cadence à travers la *mare nostrum*, croisant îles et vaisseaux longtemps sans dommages, d'autres galères suivaient à distance avec deux galions armés pour escorte. Il y avait à bord, outre une soldatesque apathique, des émissaires du marquis de Louvois, grand veneur du roi en traque des huguenots, mêlés à un bouquet de courtisans en liesse sur le pont arrière. Mais les condamnés n'ignorent rien de leur sort, dans la vermine et les immondices, sans autre tourment que de sillonner les mers et distraire la tyrannie des geôliers. Même dans leur sommeil rompu de brutes sur les planches des soutes où couinent les rats, ils continuent de tirer et pousser la rame sans jamais extraire de leurs songes la moindre sirène née des anges déchus et des filles du rivage. Les révoltés assez habiles pour mettre à mal le garde-chiourme ne manquent pas d'être pendus haut et court à la grande vergue. Plus fréquemment, l'on meurt de famine, de plaies envenimées, ou d'épuisement, et les cadavres enveloppés dans leurs hardes sont jetés par-dessus bord avec pour seul viatique le signe de croix farceur d'un argousin.

Le train de galères s'était disloqué au large de l'archipel maltais, chacune allant son aire à des fins ignorées ; le chef de maistrance annonça bientôt l'île de Gozo au porte-voix à l'intention des émissaires royaux, pour les désennuyer du spectacle de la mer. Papillon n'était pas le dernier à étudier les moindres indices quant à leur position, mais la fourbure aidant, sans y penser, revinrent à ses lèvres quelques vers d'un de ses *Sonnets en Galimatias.*

*Je chante les beautés d'ineffable vertu*
*Pour adorer la Dame honneur du Gonophage*
*Qui comme Calipsue au printemps de son âge*
*Méprise les abois du Dogue Tri-testu*

Oui, songea-t-il, la nymphe immortelle ne saurait craindre le chien aux trois gueules d'enfer. À l'instant où s'associèrent dans son souvenir l'île d'Ogygie, alias Gozo, où le roi d'Ithaque ensorcelé fut sept années à la merci de Calypso aux belles boucles, ses yeux brûlés de sel et de soleil se fixèrent sur un profil aigu marqué de petite vérole qui, à trois rangs de là, semblait à la fois épier de lointains écueils et pépier jovialement aux oreilles des rameurs. « Timor Inferni ! » s'exclama Papillon, fort marri d'éprouver de la surprise, cet émoi des plus vulgaires envers le fortuit et l'inattendu. Leur dernière rencontre datant d'un bon demi-siècle, son ex-écuyer n'avait pris que quelques rides en sus d'un coup de sabre à travers son bec de reptile. Les gens qu'on eût juré trois fois morts donnent l'impression d'avoir en provision l'onguent armaire ou la poudre de sympathie…

Le jour tombait en feux obliques sous une lune déjà haute. Alors qu'on allumait des torches sur les montants des passerelles, une basse rumeur se répandit peu à peu au sein de la chiourme, comme une messe de chouettes éblouies. De part et d'autre de la galère, les longues rames rangées en fanaux de baleine ne cessaient de brasser l'ombre remuante en suivant le rythme et l'allure, tandis que les fouets cinglaient au-dessus des têtes et que l'ahan contrefait du maître des pales, criant à chaque poussée d'eau « Et ramez ! » comme s'il portait seul l'essentiel de l'effort, se résolvait en une sorte de lamentation ou de complainte, vieux chant de lassitude en toutes ces gorges asséchées :

*Il y avait sur la grande Reale*
*Un petit père aviné naguère*
*Qui retrouvait les louis d'or volés*
*Rien qu'en chantant allez galère*
*Un coq noir fera l'affaire*
*Donnez à boire au galérien*

L'œil aux aguets, les cinquante muscles du visage tendus afin d'intercepter d'occultes manigances, Papillon, lui, ne chantait pas vraiment. Il avait pu remarquer qu'à l'avant, Timor Inferni et quelques autres s'étaient fait déferrer au prix d'un sol par le nouveau garde-chiourme de quart, usage insolite en pleine mer où la règle interdisait les tolérances, octrois et cantinages, quitte à ronger le *pain du roi* avec ses ongles. Il lui sembla aussi qu'aux cliquètements des fers d'autres bruits s'ajoutaient, de rapières qu'on traîne ou de jambes de bois. Grâce aux deniers d'un voisin de banc lui aussi déferré, un maure taciturne qui l'avait pris en amitié, Papillon ne fut pas long à se dégourdir les chevilles. D'autres galériens ici et là tirèrent d'un repli de leur bonnet rouge le sol des pieds libres. Les rames néanmoins battaient sans discontinuer la cyclopéenne enclume des flots couleur de fonte. On entendait au gré des sautes de vent les rires des nobles passagers qui fêtaient indolemment la chute du soleil sur le pont arrière, quand soudain un coup de canon jeta la confusion à bord.

Jaillies d'une brume de chaleur toutes voiles dehors et pavillon bas dans l'éblouissement du couchant, deux galiotes surgirent à tribord. Au même moment les forçats de l'entrepont bondirent d'une seule volée à l'assaut des garde-chiourme et des argousins vite désarmés, assommés et balancés tout estourbis à la mer.

Délivré de ses fers par faveur, Papillon vit le maure à face d'os sauter à la gorge d'un crapoussin chevelu portant tunique d'artilleur. Au vacarme du pont, cris d'alerte, salves d'arquebuse, braillements des insurgés, il crut devoir en conclure qu'il s'agissait bien d'une mutinerie, au demeurant circonscrite, à voir autour de lui nombre de rameurs toujours enchaînés à leurs bancs, les uns gesticulant pour qu'on les libérât et d'autres, les orbites équarries d'effroi, à prier tous les diables de leur laisser la vie sauve quitte à godiller éternellement. Arborant un pistolet à silex, Timor Inferni éperonnait la sédition à grand aboi et rugissement. On eût dit que jaillissait de sa gorge un hourvari d'imprécations montées des abysses. Là-haut, les hurlements avaient brisé les rires. Des explosions indistinctes rabattaient une fumée noire sur l'entrepont. Forçant l'allure vent en poupe, les deux navires hissèrent le pavillon vert frappé du croissant d'or. Dans la panique, bombardiers et canonniers firent feu à tirs épars, ne parvenant qu'à souffler le foc d'une galiote et à écorner la figure de proue de l'autre. La chiourme encore en place avait baissé les bras et la galère privée d'allant se trouvait désormais livrée au caprice des courants malgré l'effort des matelots à hisser la demi-voilure sous les tirs croisés.

Pour Papillon le temps ne passait plus ; il était comme rivé au balcon de sa mémoire : tout se jouait dans un fracas de tonnerre lointain, au théâtre antique de la réalité. Languissant, il se souvenait de ses traques aux barbaresques sous le pavois des Guise.

*Et que jeunet déjà ardant ma belle flamme*
*D'ambition guerrière où s'adonnait mon âme*
*Je traversai les Mers sans craindre le méchef*

Mais il n'en restait pas moins le capitaine Lasphrise et sentant monter en lui les âcres vapeurs d'entrailles et de cendres d'anciennes batailles au champ de Neptune, il psalmodia, presque enivré :

*Vous meurtrière Thétis, vous honorables noises*
*Et vous cent mille hasards par miracle passés,*
*Qui souvent m'ont fait mettre au rang des trépassés.*

Les deux galiotes flibustières franchirent un maigre tir de barrage et virèrent d'un bord à l'autre de la galère pour être toutes deux à flanc. Perchés dans les haubans, les pirates qui carguèrent les voiles furent les premiers à l'abordage. Empoignant les drisses relâchées et autres bouts flottants, ils volèrent sous les huniers. Depuis les ponts de la galère, on tirait de tous côtés à l'arquebuse et au mousquet ; jaillies dans la pénombre de l'entrepont, les armes blanches s'empourprèrent. Dans ce désordre, les évocations comparées entre jadis et la seconde présente auxquelles se complaisait l'ancien champion du duc de Mayenne, furent inopportunément perturbées par l'intrusion d'une horde de forbans, sabre au clair, dépoitraillés, la face écumante, à coup sûr résolus au carnage. « La hâte vient de l'enfer », aiment dire les pillards des côtes barbaresques. Il n'avait pas quinze ans et servait en enseigne de vaisseau quand on lui narrait les exploits de l'Ottoman Turgut Reis d'Halicarnasse, l'amiral des pirates et souverain de la Méditerranée, par ailleurs bey d'Alger et pacha de Tripoli, qui mourut sur ces proches rivages après avoir sabordé en bonne part les flottes de la Chrétienté et converti à l'Islam ou réduit en esclavage les équipages rescapés. Le dragon mahométan eût certes été un antagoniste digne de lui, en regard de ces félons de basse fosse qui s'affairaient au déshonneur des dames et à l'égorgement de pauvres bougres enchaînés. On massacrait à tour de bras ; une main tranchée vint le gifler de plein fouet. Papillon sentit bouillir en lui la fureur vengeresse d'Achille devant le bûcher de Patrocle. Quittant son banc d'infamie, il ramassa le sabre du matelot amputé et se jeta dans la mêlée avec une fougue irrésistible. Pourfendus de taille et d'estoc, les mutins tombèrent l'un après l'autre au pied des échelles menant au pont, éclaboussant de raisiné la chiourme loyaliste recroquevillée sur son assise. Pleutre meneur et franc capon, Timor Inferni prit ses distances d'une cabriole et, juché sur un parapet, considéra d'un œil facétieux de gargouille son ancien maître rendu à sa véhémence juvénile. Dans la fièvre de l'attaque, ce dernier ne fut guère attentif à l'évolution de la bataille : alerté par la canonnade, un galion de la flotte royale avait filé vent debout à leur rescousse et pilonnait sans dévier d'une bordée les galiotes qui, une fois l'essentiel de leur forbanterie rembarquée, s'enfuirent toutes voiles dehors vers les profondeurs nocturnes.

La garnison du navire de guerre, ses chirurgiens et ses officiers investirent la galère à la lueur des torches. On pansa les blessés légers et garrotta ceux qui n'étaient pas complètement vidés de leur sang, les morts furent mis de côté pour un tri sélectif à la lumière du jour. Quant aux séditieux qui venaient de rendre les armes, ils furent tous mis aux fers avant l'issue de justice : on ne manque pas de cordes dans un bateau, voilà pourquoi ce mot y est honni. Pris sabre au poing dans sa cotte de forçat, la face mouchetée de sang, Papillon se retrouva enchaîné dans la poix des soutes avec ceux qu'il combattait.

— On sera tous pendus demain à la grande vergue, se lamentait l'un des mutins. À cause de cette canaille vendue aux sarrasins. Où es-tu donc ferré qu'on t'écrase la tête ? Parle, Mortecouille ! Gargouilleux !

Un autre insurgé s'en prit à la Vierge et au martyrologe.

— Marie Sainte Puterelle, arrête de goindre et de culeter ! Faut nous livrer le lentilleux qu'on l'écorche vif, par la mordiable !

Nul ne relève les insultes dans le noir, hormis les rats de cale. Papillon avait moins qu'un autre le goût de l'invective injurieuse faite pour occire à l'abri des mots. Minotaure du Temps renfrogné dans son coin, il ne lui avait guère échappé que son ex-écuyer, par lui justement baptisé Timor Inferni, s'était esbigné avant d'être mis en joue par les fantassins du roi. Plus maigre que la mort, ses petits yeux de fouine rieuse à fleur de crâne, il aurait fallu plutôt l'appeler *Crocuta crocuta*, comme l'hyène ou le chacal doré.

— Au lieu de vous en prendre au diable, lança-t-il à la compagnie, pensez dignement à la corde qui vous étranglera demain, comme elle fut tressée avec conscience brin à brin pour ne point céder. Trop tendue, elle casse, trop tirée, elle se rompt…

— Par la malepeste ! s'exclama un autre galérien d'une voix caverneuse. On ne parle pas de corde sur un bateau !

## XVII

## Tu n'iras jamais dedans l'ombreux tombeau

*Nous ferons le tableau des sensations du dernier homme mourant.*

SAINT-SIMON

« Vous êtes tous immortels, comme les fleurs et les papillons, mais c'est d'une immortalité mesurée par notre mère Ananké, la bénéfique Nécessité, et que l'on jugerait même outrepassée avant d'être ou d'avoir été, car nous savons bien toutes trois, ni fleurs ni papillons, qu'un seul et unique instant vous agréera à la face éblouie de l'éternité. » Ainsi résonne le chœur complice des Moires aux doigts fileurs, tisseurs ou crocheteurs qui sans fin tricotent et détricotent la soie gluante ou cribellée de la destinée.

Étendu sur une civière de cordes, le capitaine Lasphrise tout estourbi s'ébaubissait mollement de cette fuyante parole dispensée depuis une chambre à jamais voisine, parole au morne débit qui ne l'affectait guère plus qu'un de ces contes pour aider au sommeil des enfants. La douleur peu à peu désarme la douleur et devient comme un rêve cotonneux. Il se demandait ce qu'il lui restait de vie, de sentiment et de corps, si la tête et les bras étaient toujours solidaires du poitrail, combien de pintes de sang mitonnaient encore dans ses veines.

— Est-ce déjà la nuit ? demanda-t-il à travers un voile de tulle agité par la fièvre.

— Il fait encore plein soleil, dit la noble dame penchée sur le moribond auprès du chirurgien de campagne tout à ses habiles trifouillages.

— Non, je crois bien qu'il fait nuit noire, murmura Papillon. Voyez-vous luire encore mon étoile ?

Maître Del Coupe, un Florentin qui servit autrefois au conseil du cardinal Mazarin, fit un signe discret à la baronne Pulchella d'Orbigny, aussitôt compensé par un rude raclement de gorge.

— C'est le délire, chère baronne, allez donc plutôt quérir un confesseur.

Hormis les officiers en charge du commandement qui se disputaient la vedette sur le glorieux plateau des combats, sous la conduite du marquis de Vauban, ce Vinci de la guerre qui à lui seul gérait la mise en scène, les décors préalables et la machinerie, toute la Cour était aux loges, dans les carrosses attelés par prudence et à saine distance des tranchées, pour assister à la prise de Namur. Bien des marquises aventureuses s'en étaient un peu plus rapprochées et, campées sur des fauteuils aux pieds tors, observaient à la lunette les lenteurs de ce ballet martial engageant maints bataillons et fanfares, dont on ne voulait pas se lasser par crainte de la défaveur. Tandis que Boufflers et Luxembourg menaient leurs troupes sur l'échiquier de Vauban, aux avant-postes avec son état-major, le roi maintenant cinquantenaire évitait de se laisser décoiffer par quelque boulet adverse. Son cher marquis du Pré-Carré avait raisonné ses ardeurs guerrières depuis la mort de Turenne. Et puis, il avait passé l'âge de danser avec ou sans armure. De trop combattre à siège, son fondement était à perce.

— Dites donc, Vauban, vous n'avez point tout à fait démodé la vaillance avec vos arrangements d'horloger ! Ce grenadier Sans-Raison, voilà bien un nom de soldat ! vient d'honorer son roi mieux qu'un maréchal…

— Sire, il faut applaudir le dévouement où qu'il se trouve, vos historiographes pataugeant dans la gadoue des tranchées ne perdent rien de votre gloire.

— Ces deux-là me divertissent grandement, toujours en première ligne, par devoir ou obligation, mais tremblant de terreur quand la canonnade se rapproche. Ils méritent bien leur pension en louis d'or.

— À chacun son métier, mon roi. Racine est bon ouvrier, il ne perd rien des combats et ne manque pas de mordre ses chausses pour laisser passer le boulet. À ce sujet, Boileau-Despréaux s'est fait porter pâle. Il affiche davantage de vaillance dans ses satires contre les femmes et la noblesse. Le scorpion souvent bataille contre son propre dard. Écoutez le sage homme :

*Et jamais, quoi qu'il fasse, un mortel ici-bas*
*Ne peut aux yeux du monde être ce qu'il n'est pas.*

Cependant la défense de Namur s'était amplifiée au point de contraindre le monarque et sa cour à prendre du recul, juste assez pour parer au déluge de feu fusant des tours de la citadelle et des courtines coiffant l'éperon rocheux. Sans trop de hâte ni grande inquiétude toutefois, la victoire étant mathématiquement acquise par le commissaire aux fortifications qui arc-boutait la simple arithmétique des forces à l'élégante géométrie des redoutes, bastions, casemates et batteries : chaque siège de Vauban égalait le krak des Chevaliers. Plus qu'aux salves nourries des artilleurs et aux mouvements des bataillons, les moments forts du spectacle, applaudis à l'arrière par toute la galanterie d'une cour ambulatoire, résidaient en ces intermèdes héroïques où l'individu de basse souche sortait du rang tel ce fantassin du régiment des Gardes parti explorer la brèche faite dans un bastion ennemi, lequel héros, dira la chronique, « rechargea plusieurs fois son fusil avec une intrépidité qui fut admirée de tout le monde ». Il en était un autre, d'allure mercenaire, qui s'en sortit moins bien. Les courtisans avaient apprécié sa fougue en proue d'un contingent de hallebardiers, lui, maniant à deux mains un brand d'arçon gothique, secours des preux désarçonnés.

Mais l'ennemi le cerne de toutes parts, il tombe sous les coups, sans doute blessé à mort et pourtant se redresse. On voit sa double lame encore prête à frapper. Las ! ses bras ne suivent plus son allant. « Douce Dame du ciel, veuillez me secourir ! » s'écrie-t-il comme jadis Raoul de Cambrai avant de rendre l'âme. Dans un sursaut de bravoure, les fantassins ont soustrait leur porte-enseigne à la curée des Espagnols. Le voilà maintenant à l'abri, délirant, tandis qu'un prêtre accouru l'asperge d'eau bénite en marmonnant la prière des agonisants : « Père des miséricordes, voilà une âme qui délaisse son apparence temporelle pour retourner à Vous au pays des cieux ; puisse votre mansuétude s'étendre sur elle. Et vous l'Ange sentinelle qui avez guidé de bout en bout son voyage, ne l'abandonnez pas en ce moment suprême… »

Sentant ses forces le quitter, Papillon regretta d'avoir lâché sa bonne épée sur le champ de bataille. Même sa langue, rouge et gonflée au fond de la gorge, était incapable de défendre son honneur contre l'infâme laquais d'Église à qui le chirurgien avait cru bon de céder la place. À travers ses cils coagulés dans le sang d'une plaie au front, il aperçut alors le visage nimbé de larmes de son infirmière, la baronne Pulchella d'Orbigny. L'ange qui se laisse voir, dans les songes ou à l'instant fatal, arbore, dit-on, ce sourire des très belles femmes. On raconte aussi qu'à chaque fleurette des champs correspond une étoile dans le ciel et que le plus menu souriceau aurait son ange gardien, sorte d'intelligence ailée qui veille sur les rouages terrestres de la moindre destinée.

— Êtes-vous venue me chercher en ce triste jour d'orage ? eut-il la force de lui demander. Seriez-vous la visiteuse du troisième ciel ?

— Vous chercher ? répondit la baronne. Allons, ne vous inquiétez pas, vaillant homme, je tiens fort votre main…

Papillon laissa sa nuque retomber dans le vertige d'une mémoire désamarrée. L'avait-on pendu à la grande vergue au large de Malte ? Ce que l'on craint se réalise mille fois en rêve.

Non, il n'avait pas mordu le nœud anglais en queue de singe. Des forçats restés enchaînés à la rame, huguenots pour la plupart, l'avaient dédouané à grands cris auprès des officiers du galion de rescousse : le matricule 72 de bâbord fit merveille d'armes contre les insurgés avec une frénésie digne du gentil seigneur de Bayard sur le pont du Garigliano. On sortit Papillon de cale avec ménagement ; l'amirauté de Toulon prévenue commua la peine infamante des galères à un enrôlement d'office dans les milices de conscription destinées aux guerres de siège de sa majesté. Namur aura été son premier retour en campagne depuis ses crises de goutte, le premier et à craindre l'ultime. Lui reviennent les vers d'une vieillarde épopée :

*Ah ! merveilleuse et grande fut la mêlée !*
......................................
*Terre de France, à jamais, doux pays,*
*Vous pleurerez sans être consolée.*

Mais un ange lui a saisi la main ? Serait-ce donc l'heure avant tout salut ? Que deviendrait son Livre privé du renom promis contre son sang par un diable ? Le voici vidé de trois bonnes chopines et soumis aux macérations de bile et d'amer regret. Où sont-elles ses belles impassibles, toutes celles qui pulvérisèrent son cœur d'un regard ? Les tendres défis manqués, les beautés accomplies qui négligèrent la gloire perdurable du poète. Marie Musset, jumelle d'Apollon, la docte Vitry, la chaste Certeau. *Fait-il chaud, fait-il froid, pleut-il, que fait le Roy ?* Las, l'esprit s'égare, faut-il une fois de plus subir une mort traîtresse ? Ne serait-il pas plutôt voué à fausse vie et fol amour ? Tous les gestes des Dames esquissent une chance perdue.

*Ce n'est tout d'être belle, il faut avoir pitié*
*Ce n'est tout n'haïr point, faut porter amitié*
*Et pour ceux aimez celui qui vous peut rendre aimable*

Mais quel amant trouverait consolation de n'avoir point connu Cléopâtre ou Guenièvre ?

*Ni les poisons de la paillarde Alcine,*
*Ni de Taïs les changements pervers,*
*Ni de la Grecque un grand monde à l'envers,*

Des héros déconfits, tels Jason ou Samson, il ne partageait guère la triste déliquescence. Quitte de ses mésaventures, d'aimer l'amour l'aura toujours forci en ardeur et souhait.

— Que raconte notre pauvre fantassin ? dit la baronne fort étonnée qu'un pareil gargouillis de mots ne tarisse avec le vent des bronches et le sang des artères.

— Le délire, madame ! dit le prêtre lassé. Cette tête sans raisonnement m'a tout l'air sujette à la mécanique irréfléchie du libertinage et l'on sait que le démon prend plaisir à narguer la confession par des prolongations impies…

— Cette tête me semble encore bien pleine, mon père.

— Comme un gésier de poulet estourbi, ma fille.

— Mais le brave homme, il tressaille…

— J'en ai vu courir des coqs décapités ! À ce propos, j'ai connu au début de mon sacerdoce un hérétique impénitent qui, une fois la tête tranchée, a imploré la joie du pardon par l'appareil phonatoire de celle-ci. *Credo quia absurdum !* Mais je vous laisse ce drôle de corps, il en est d'autres en péril extrême qui attendent ma consolation…

La baronne Pulchella un peu désemparée d'avoir à cueillir le dernier souffle d'un inconnu suivit des yeux la soutane de l'aumônier en quête de moribonds qui voletait dans le labyrinthe des tranchées. Le ciel se couvrit d'un coup ; une pluie drue balaya les basses fortifications dessinées comme un jardin de Le Nôtre. Le roi et sa cour s'étaient retirés précipitamment des positions de combat pour gagner les demeures seigneuriales investies en bordure de Meuse. Le soir enténébra la citadelle de Namur d'où les canons tonnaient encore comme par récréation tandis qu'assiégeurs, fortificateurs et historiographes ne songeaient plus qu'à cantiner sous les tentes.

C'est ainsi que, dans l'inconfort et l'indécision, Pulchella acquiesça aux suppliques de ses gens, coche et laquais, descendus jusqu'à elle avec appréhension. Et c'est trempée, la robe changée en sac à charbon, mais d'autorité, qu'elle conduisit les manœuvres d'évacuation. La voiture d'apparat à six chevaux roula longtemps par-delà la frontière et gagna ainsi cinq heures plus tard, après une brève halte à la forteresse de Guise, le château de Cœuvres, dans le Vermandois, où naquit Gabrielle d'Estrées. Le carrosse parvenu dans la cour d'honneur fut aussitôt secouru par une escouade de domestiques. La baronne Pulchella, qui savait pour cause être accueillie en parente, fut terrifiée au souvenir de son moribond oublié dans le coffre arrière. Ses laquais s'étaient bien gardés de lui rappeler sa présence au relais de Guise. Trimballer en temps de guerre et sans motif patent le cadavre d'un soldat inconnu, car comment douter de l'issue du voyage, eût pu les conduire tous au gibet, histoire de sauver l'honneur de leur maîtresse. Sur la proposition du concierge de nuit au château, un nommé Dogonde à qui il manquait une oreille et un pouce, la baronne fit porter la dépouille dans une salle des communs et par acquit de conscience, avant de s'en aller coucher, voulut lui palper le pouls. Bleuâtre sous la clarté dansante d'un fanal, un œil de poulpe la fixait du fond de gouffres abominables. Pulchella poussa un cri strident, un *ki ouick* de hulotte ou de fille étranglée.

— Il est vivant ! se rengorgea-t-elle à fleur de pâmoison.

— Diable ! s'ébahit le coche. La mort n'en a pas faim !

— Il sent pourtant la terre de cimetière, releva Dogonde. Serait-y pas un de ces passe-volants du bon Dieu ?

On déposa le grenadier inconscient sur une table massive de la salle basse du château. Le personnel de maison sorti du lit et le sieur de Rogues, un vieil intendant domanial, s'étaient rassemblés autour de lui. L'un des valets d'armes fut envoyé quérir un médecin à la proche châtellenie de Vic-sur-Aisne. Papillon qui avait ouvert à demi un œil après l'autre sourit à la belle figure penchée.

— Ce caporal est un héros, disait à chacun Pulchella. On l'a vu bouter à lui tout seul un bataillon d'Espagnols ou d'Allemands hors de ce monde ! S'il survit à tant de coups funestes, parions au miracle et prions saint Antoine !

Lorsqu'elle s'éclipsa pour se toiletter et changer de costume, Papillon se croyant abandonné par son ange tenta de reprendre vigueur dans l'affront des ténèbres. La Camuse rôdait encore. Il sentait sur lui son souffle de pierre froide ; de noirs corbeaux voletaient dessous ses paupières. Que s'était-il donc passé entre vie et mort ? Aucune mémoire ne s'attachait à la chose ; réduit à une douleur cotonneuse en un lieu incertain, il avait traversé des désordres d'organes ou de mondes tour à tour éthérés, immatériels et soudain déchirants comme un animal qu'on chasse à cor et à cri. Était-ce lui encore ou plutôt le tourment de délivrance de l'âme, une sorte d'accouchement irréparable ? Une voix tonnante l'avait saisi dans les suées d'agonie : « Il n'y a rien à redouter que l'amour divin ! » Mais l'ange au visage de larmes avait abrogé l'épreuve. Le ventre monstrueux de l'univers cessa d'un coup ses contractions. Une fraîcheur d'aube palpitait maintenant à ses tempes.

— Où suis-je ? dit-il, inerte sous le dais étoilé d'un lit à baldaquin.

— Au château de Cœuvres, monsieur, dans la maison d'Estrées, chez le duc, vice-amiral du Ponant, vice-roi d'Amérique, grand maître en bombarderies qui guerroie sur toutes les mers du monde, mais que nous ne verrons guère… formula en pieux répétiteur l'intendant domanial.

Bon sujet d'humble noblesse qui s'était cru lui aussi investi par les muses au temps du cardinal et qui dorénavant servait la suzeraineté de cour avec une imparable discrétion, le sieur de Rogues s'était complu à veiller le délire du mourant. Sa vocation avortée lui avait laissé, plutôt que de l'amertume, une émotion entière et parfaitement désintéressée pour la poésie. L'ex-expirant l'avait comblé. Faut-il puiser dans le coma d'un guerrier les oracles ? Rarement délire d'agonie fut plus riche en beaux vers. L'intendant redécouvrait par cette voix engorgée d'humeurs noires les trésors fugitifs de la langue. Le secret du plus beau vers, à son goût, de la plume de l'acariâtre Malherbe, qu'il tenta inutilement de percer, l'avait plongé des années dans la dépression et fut d'ailleurs à l'origine de son renoncement.

*Et les fruits passeront la promesse des fleurs*

Comment rendre gorge à cette merveille agencée d'allitérations ? Le sieur de Rogues avait tout hasardé dans l'imitation mortifiée du maître :

*Et les nuits faneront la caresse des pleurs*
*Et les pluies hâteront la tristesse des heures*
*Et les suies couvriront l'allégresse des sœurs*

Rien à faire en effet, le secret se dérobait par magie en lui-même, vainement aura-t-il tenté le diable de l'expression. Jusqu'à entendre le comateux sur son lit de douleur déclamer tel vers d'un sonnet de Cyprine de Criorgue :

*Et la sainte accueillant l'étreinte dépouillée*

Ou tel autre de l'*Antigone* du somptueux Robert Garnier :

*Je m'en vais lamenter dans les sombres campagnes*

Des nuits entières, au chevet du moribond, il s'était mis à l'école du néant, car la voix montait assurément des sombres bords. Mais le cygne noir avait cessé son chant et semblait réchappé d'un duel d'aiguilles d'horloge. Comme chaque matin, depuis que le château tremblait à l'ombre des Moires, la baronne vint prendre le pouls de son protégé.

— Eh bien monsieur, dit-elle à l'intention du vieil intendant, notre ami Papillon dort-il encore ?

— Je crois, baronne, que vous venez à point pour l'éveiller.

## XVIII

*L'immortel voit mourir son millième amour.*

G.-O. CHÂTEAUREYNAUD

Malgré certaines analogies, le génie mécanique ne concerne pas l'amour. Des savants étudient les phénomènes d'usure et de corrosion touchant diverses entités matérielles en contact répété. Déjà Vinci avait établi certains rapports de poids et de force entre deux objets soumis à friction. La science du frottement et de la lubrification, relative aux transports par terre ou par mer, devrait pouvoir s'appliquer universellement. Que savait-on de l'usure des étoiles ? Avec ses instruments de mesure plus ou moins incommodes, le Temps n'était peut-être qu'une extrapolation arbitraire de la variabilité infinie des états de la matière sujette à la fatalité d'un intime ravage. Parvenu sur les hauteurs de Coutances, derrière la cathédrale, et tenant en bride son cheval après une course éperdue à travers les marais et les brandes, Papillon considérait le cadran solaire sur les contreforts du chœur. L'automne allongeait les ombres ; projetée sur le haut mur de granit, la sienne faisait un pont avec celle de Saut Perdu, sa jument andalouse à robe baie et crinière noire acquise à bon prix dans un relais de poste. En ce jour d'automne couleur d'or natif, songeant à l'heure équivoque de sa mort, il lui semblait se noyer dans l'éther. Tant d'années le séparaient de sa reviviscence dans les bras de lune de Pulchella. Avec elle et sans jamais se lasser de son âpre parfum d'encens d'église et d'écume marine, il avait passé une autre vie entière dont il se remémorait à peine les joies et les disputes mais qui clignotait quelque part dans la nuit des temps.

Tout cela était plus lointain que le plus lointain souvenir d'enfance. Ainsi donc, vite remis sur pied au château de Cœuvres, si vite que Dogonde, le concierge, passe-volant réformé jaloux de ce Lazare, était allé s'en plaindre à l'évêché, jurant sur un tour du démon. Bien que réprouvées par un monarque de droit solaire qui, en position de se métamorphoser en symbole d'État, avait grand souci de génie militaire, de sublimité et de bon sens, les institutions inquisitoriales tentèrent de s'emparer du suspect afin d'instruire un de ces procès tout sanieux d'intellect bestial où l'esprit d'ascétisme fornique avec la plus orgiaque inspiration criminelle. Mais ledit Papillon, formé à l'adversité par maints déboires, s'enfuit travesti en mousquetaire par les bois et les forêts à distance du domaine de Cœuvres investi par les archers de la maréchaussée que la juridiction prévôtale avait missionnés pour complaire à l'Église.

Ployée en amazone entre les bras du cavalier, la baronne Pulchella s'était grisée de l'aventure. Prisonnière enfant d'un donjon de la pointe d'Agon à usage de phare qu'un vieillard borgne régentait dans l'exclusion du genre humain, elle avait survécu à son état misérable grâce à la lecture des romans de chevalerie découverts dans un coffre métallique dérobé à marée basse lors du naufrage du flibot *La Promesse*, avec de plus sonnantes richesses. Enfin libérée à seize ans du cyclope qui, par accident ou sabordage, avait péri brûlé vif dans la lanterne, mais pour être aussitôt cloîtrée dans un couvent, la jeune fille fut adoptée par un hobereau veuf de Granville qui crut reconnaître en elle sa fille adultérine sur la foi d'une ressemblance troublante avec la seule femme jamais aimée. On ignore presque tout de l'histoire des gens et s'y trop pencher mène à la confusion. Papillon n'accordait plus de crédit aux accidents de la fortune et s'amusait des vanités et des privilèges. Un quartier de noblesse ou de mandarine s'équivalaient de son point de vue. Fort entiché de Pulchella, qu'elle fût baronne ou flibustière, fille d'un maréchal ou d'un gargotier, il s'était laissé conduire au hasard des chemins jusqu'en bord de mer dans la seule ambition d'oublier avec elle l'éternité, le siècle, l'année, le jour et l'heure, afin de se délecter de la seconde pareille au téton d'une déesse à peine entrevu, à la saveur volée de la pulpe d'un orteil, à la félicité d'une palpitation de prunelle bleu azur quand les langues s'emmêlent au fond des gorges. Après une chevauchée vagabonde coupée de faux sommeils dans la nuit des pipistrelles, la mer fut en vue, balayée d'obscurs oiseaux en contraste du couchant. Le ciel se permutait en elle, du mauve à l'olivâtre, entre deux lignes de feu qu'une étoile arbitrait. Jusque-là alanguie dans un rêve de centaure entre le torse du cavalier et la crinière de Saut Perdu, Pulchella soudain exaltée s'était rétablie dans un spasme. « Ma tour, s'écria-t-elle, là-haut, sur la côte des Longs Champs ! »

De cet instant dissous du passé à celui actuel qui seul existe, une vie encore s'était écoulée. Pulchella se souvint avoir en héritage cette tour de Mortegoutte où son tuteur l'avait séquestrée. Quand un sortilège s'en mêle, on passe vite du maléfice à l'enchantement. Dans la paix féconde du présent, père de tous les avenirs, une aura de légende nimbait l'ancien phare. Pulchella qui avait quitté Cœuvres avec toute sa fortune en cailloux et métaux précieux attachée à sa personne par autant de fibules, d'agrafes et d'épingles, n'eût besoin que d'une perle pour faire restaurer l'édifice, et en particulier l'escalier en spirale et la chambre au-dessus des créneaux où son prétendu tuteur hissait chaque matin des pieds cubes de bois sec. « Ici, dira-t-elle d'emblée à son étrange amant ressuscité d'entre les morts, nous vivrons retirés du monde, dévoués l'un à l'autre par un lien invisible plus solide que ces murailles. Ici, tu m'aimeras jusqu'à rompre ta chair et moi je te recevrai derrière chaque porte dans l'onde ou le feu, mon amour. Rien ne nous séparera jamais, jamais, à la seule condition que tu ne sois pas jaloux et que tu ne prononces jamais, jamais le mot… »

— Quel mot ? avait-il demandé, amusé par cette irruption d'inquiète gravité après les semaines d'une intrépidité presque fanfaronne sur les routes malfamées de Normandie.

Pulchella s'était penchée à l'oreille de Papillon pour lui confier d'une voix mouillée *le mot*, unique syllabe qu'achève un râle bref et contenant tout l'or sombre de la connaissance. Flamme ignée, son souffle intrusif et vibrant dans le conduit auditif le troubla d'une manière insolite. Plus qu'un mot, c'était le secret du Temps. Il lui sembla être pénétré jusqu'aux entrailles par ce *vertigo linguae*, tout d'esprit et de sensualité. Dès lors, il n'eut d'autre convoitise qu'aller au plus intime de sa nudité de femme, que l'atteindre et s'en saisir en tout endroit et posture. Lui, que l'ennui du monde avait désarmé au plus vif, venait de retrouver dans cette solitude hantée du bord de mer un de ces tropismes d'animalcule qui – fût-ce Dieu, l'art, la science, la fadeur des chairs repues ou le goût du sang – donne à l'existence cette fureur de désir, ce fourvoiement d'exigence et de vérité laissant imaginer qu'un sens véritable nous côtoie et fermente en nos songes. L'amour physique peut être le plus beau visage de l'inconnu, un profil d'ange sans cesse dérobé. On voudrait atteindre à l'extase et ce n'est qu'un sourire qui sauve du trépas, à peine une lueur sur les flots infinis. Ignorant tout de lui, hormis d'immenses blessures guéries par ses soins, Pulchella offrait au naufragé de la destinée les profondeurs marines de son regard et de son ventre. Elle l'aimait dans l'écart des siècles, sans le savoir, comme l'image d'un rêve venue jurer fidélité.

Le couple s'était installé dans la tour, à l'étage habitable et grimpait tous les soirs l'escalier pour allumer le foyer de la lanterne et faire l'amour dans les flammes. Pulchella au moment de perdre l'âme et la vie presque, criant avec la houle, ne pouvait échapper à la vision de son parrain expiant au bûcher son ignominie et toujours rôtissant dans les grils de l'enfer, tandis que l'homme à la face sabrée et couturée s'éreintait sur elle, flamberge au vent, avec la même énergie qu'il mettait à combattre les reîtres de Namur. Les nuits passèrent ainsi, avec pour ombre les jours. Entre deux extravagantes étreintes, même dans la bourrasque, Papillon descendait à la salle de garde, au rez-de-sol, où Saut Perdu l'attendait. Depuis la mort de Veillantif, sa cavale des temps humains, il avait toujours baptisé du même nom ses montures successives afin de garder auprès de lui une sorte d'amicale pérennité élémentaire. Les animaux, selon leur espèce, il avait pu s'en aviser, n'avait qu'une âme identique à partager, ainsi traversait-on les espaces et les âges avec le même cheval en selle, avec l'éternel Saut Perdu, qu'il fût étalon arabe, bourrin allemand ou jument andalouse. Sans éperons ni badine, au grand galop sur les brandes, la grève, les sentes des marécages et l'écume des vagues mourantes, Papillon insufflait au coursier son aspiration à franchir les murs d'inertie maçonnés au cœur des créatures. N'était-il pas témoin de la transgression aux lois d'airain de coutume, d'usage et de croyance ? Ivre d'abandon, il lançait sa monture à travers les blondes étendues, dans la paix féconde de l'instant présent et l'immense bienfait du vide. Pour la première fois depuis la signature d'un pacte ignominieux, il ne se tourmentait plus des arrêts du destin. Que son Livre aille au diable chercher gloire ou raillerie !

Avec Pulchella, dans la coulée de lumière des étoiles, fine pluie avant la submersion solaire, il s'était à nouveau pris au jeu du temps qui passe. Un bras d'océan lui faisait signe dans l'obscur tourbillon, chaque soir. Il aimait plus que tout cette attente face au ciel, le vertige silencieux, l'éclat toujours neuf de l'éternité. Parfois, les nuits de pleine lune, Saut Perdu hennissait en bas du donjon, inquiété par une plainte de louves à la montée des vives eaux. Pulchella endormie laissait parler sans voix l'âme cachée si vivement attentive qui frémissait à fleur de peau, tandis qu'il écoutait battre son cœur au milieu d'une tourmente insondable, Papillon eût désiré s'étonner encore des crédules mystères humains qui s'encombrent de fétiches et d'idoles, des plus incohérentes superstitions à petite ou grande échelle. Il s'était penché sur son beau visage que le sommeil délivrait du poids des astres, la peau si fine des paupières n'empêchait pas de voir au travers, et sur les lèvres frémissantes semblaient sourdre mille désirs et intentions. Dans cette fausse soudaineté liée au flux des songes, il se demanda quel était ce vocable d'une seule syllabe qu'elle lui avait défendu de prononcer. Les contes chers aux bonnes et franches pucelles ne manquaient pas de semblables injonctions. Les fées seraient-elles des revenantes qui tremblent d'être percées à jour ? Les lavandières de nuit tourmentent un linge blanc dans les ruisseaux et les mares : peut-être l'enfant mort-né ou la Sainte Image ? Elles chantent lugubrement des complaintes que nul ne saurait rapporter sans effroi :

*humains si tôt passés*
*suis-je pour vous plus qu'une ombre*

Il n'avait pas oublié la légende de la Belle Andaine qu'un compagnon des seigneurs de la Coquille lui avait raconté à Lyon où il s'était rendu voilà un siècle dans l'idée d'imprimer une version enrichie de ses *Diverses Poésies*. Il s'en était d'ailleurs abstenu en écoutant le typographe, un huguenot angevin exilé à la suite de l'édit de Fontainebleau. « Imaginez donc, lui avait-il répliqué en réponse à ses arguties sur la gloire et l'immortalité, que les défunts puissent revenir à leur guise corriger ou poursuivre leurs œuvres, dans le monde comme au logis, ce serait une catastrophe morale en plus d'un grand désordre dans les destinées et le cours de l'Histoire. » Papillon n'avait pas réagi sur le coup, conscient de l'extravagance à faire un distinguo entre une noble revenante changée en fée et un poète ignoré qui eût par malin défi transgressé les normes de l'âge afin de pouvoir un beau jour convoler *in vivo* et en justes noces avec la Dame au Renom, mais il admit tristement qu'au grand jamais une nouvelle édition de son œuvre n'aurait pu lui être attribuée, et celle-ci en conséquence eût été considérée comme apocryphe : personne n'est en droit de continuer après terme l'entreprise d'un auteur – icelui moins encore.

Le temps n'a de réalité qu'en son irrépressible franchissement, il est l'esprit du mouvement, la chute et l'élévation. Mais on ne peut voir de trop près, dans les linéaments d'un visage aimé, la folle agitation qui brasse les germes et humeurs et sans cesse inverse le Haut et le Bas, le ciel étoilé et l'azur d'un regard. Sans que rien l'annonce, des maux subtils s'insinuent en la forme humaine comme dans la Galaxie.

Un certain jour, après qu'il lui eut demandé pourquoi la mort avait un goût de miel sauvage, Pulchella fut subitement frappée de langueur, il en gardait âpre repentance. Les mains comme abandonnées, elle lui avait simplement répondu : « Si je meurs, ayez douce souvenance. » C'était à la toute fin d'un été flamboyant aux nuits secouées par les grandes houles du solstice.

Alitée désormais, sans faim ni désir, Pulchella s'était vite étiolée et mourut bien avant d'être vieille, en murmurant dans un long râle, la tête renversée :

*Le bonheur est chez toi que toujours tu désires*
*Et le bonheur chez toi te désire toujours*

Les doigts posés sur ses paupières, pleurant des larmes d'encre, Papillon fut terrassé de découvrir qu'elle avait eu tout savoir sur lui et son secret, qu'elle connaissait ses vers au point d'y fondre son dernier souffle. Par quelle étrange délicatesse s'était-elle gardée toute une vie de lui en faire aveu et de l'en féliciter ? Le soir venu, il mit des cierges dans la chambre où ils vécurent une folie sans partage. Après avoir erré en tous lieux du donjon, il fit un grand brasier, là-haut, dans la lanterne. Quand il revint auprès d'elle au petit jour, Pulchella semblait le regarder à travers ses paupières. Il s'allongea à ses côtés et longtemps soupira des paroles infiniment banales dont il croyait avoir perdu le sens : j'ai vécu avec toi mes plus beaux jours, jamais je ne t'oublierai, nous nous retrouverons dans un autre monde…

Sur les hauteurs de Coutances, la sonnerie du couvre-feu annonçait l'imminente fermeture des portes de la ville. Derrière la cathédrale, tenant toujours en main la bride de son cheval, Papillon vit l'ombre de l'aiguille s'effacer sur le cadran solaire taillé à même la muraille des contreforts. Plutôt que reprendre aussitôt la route de Paris, il choisit d'aller s'enquérir d'un coin d'écurie ou d'étable pour lui et Saut Perdu. Cause pour les foules de pestes et incendies, la grande comète s'était levée comme un cimier triomphal au faîte du couchant. Le ciel déjà vibrant d'étoiles en parut tout endiamanté tandis qu'un ultime rai de soleil embrasait clochers et beffrois, au loin, dans les campagnes.

## XIX

## Les chevaliers de l'ordre de la mouche à miel

*La poésie veut quelque chose d'énorme, de barbare et de sauvage. […] Quand verra-t-on naître des poètes ? Ce sera après les temps de désastres et de grands malheurs, lorsque les peuples harassés commenceront à respirer. Alors les imaginations, ébranlées par des spectacles terribles, peindront des choses inconnues à ceux qui a n'en ont pas été les témoins. N'avons-nous pas éprouvé, dans quelques circonstances, une sorte de terreur qui nous était étrangère ? Pourquoi n'a-t-elle rien produit ? N'avons-nous plus de génie ?*

DENIS DIDEROT
*Entretiens sur le fils naturel*

Les décennies se succèdent à la vitesse de l'oubli et s'effacent dans un clignotement d'étoiles. Veille, sommeil, mémoire se distinguent mal de l'immobile seconde. Le jeune couple enlacé sur le Pont-Neuf, les yeux mêlés, une lame d'or sous l'ogive de leurs visages, n'est lui-même qu'un reflet du soleil couchant. En échangeant des propos anodins sur le cours du fleuve, ont-ils deviné les dissemblances de leurs regards ? Voilà qu'ils s'en inquiètent et s'en prennent l'un à l'autre, chacun étant sûr de son évocation, d'autant que leur vue peu à peu se brouille, s'égare, devient confuse. Déjà la vie pour eux a passé tandis que le fleuve identique à lui-même poursuit son intarissable renouvellement.

Accoudé au parapet depuis une minute considérable, Papillon

hausse les épaules en témoin rassasié. Il se souvient comme d'une pantomime des mille rendez-vous donnés à cet endroit, entre la statue équestre d'un roi et le vieux rempart. Un train de barges chargées de sable passe lentement sous les arches ; au milieu de l'une d'elles, depuis leur javeau flottant, des enfants font signe au monde des rivages. Sur un îlot de la Loire, entre deux passerelles, il jouait ainsi à leur âge, sans grand souci des gibets du château d'Amboise. Les pendus oscillant là-haut sous l'acharnement des freux étaient à peine moins réels que les passants des rives. On n'a pas cessé de pendre et de brûler vif ; nulle terre sans guerre, dit un adage, nulle mer non plus. L'Histoire n'est qu'un échéancier de rivalités et de belligérances ; l'impécunieux qui en réchappe a toutes les chances de tomber en servitude ou en capilotade. Tandis que les armées s'affrontent désormais par-delà le *pré carré* des fortifications frontalières à d'obscures fins de conquête, la révolte n'a cessé de gronder à Paris. Contre la gabegie et l'arbitraire. N'a-t-on pas surpris un ministre instruit de stratégie militaire signer par décret la déportation des filles et des vagabonds aux Amériques ? La guerre ne pose jamais de question, face à la rue qui s'interroge à coup d'émeutes sur l'excès de misère et les pénuries endémiques qui désolent le royaume depuis la mort de *Ludovicus Quattuordecim*, roi soleil ravalant ses feux dans la tombe. Les récoltes ne percent guère et les greniers se vident, il vente, il neige le plus souvent, un froid polaire souffle l'haleine du diable sur les va-nu-pieds et les errants. Est-ce la faute à Versailles ou au bon Dieu ?

Rescapé d'un grand tumulte de calamités, Papillon respire le vent d'ouest tout empreint d'esprit marin avec en tête un cortège de spectres titubant parmi des ruines. Inquiétés par une menace d'orage, les amoureux du Pont-Neuf ont filé doux sans qu'il s'en aperçoive. Tant les accordailles d'une vie que les tempêtes d'un jour, tout lui semble météores, nébulosités. À peu près seul au monde à endurer placidement ces intempéries, il considère l'ouverture du fleuve par-delà le terre-plein constitué d'anciens îlots alluvionnaires en proue de l'île de la Cité. Un ciel tombal se dresse, nuées par-dessus les toits. Dans les ténèbres déchirées du soir, Paris semble un port funeste pour quelque transbordement du bout du monde. On entend siffler les vergues ; de grands vaisseaux invisibles craquent de tous leurs apparaux sur leur assise de bois scié. Il se souvient du siège de La Rochelle et d'une fuite d'ailes au large. L'océan demeure en lui la plus belle carte du Temps, une fois les ponts lavés de toute cette crasse humaine. Papillon s'étonne du vide qui l'entoure ; il s'en amuse plutôt car l'absence l'accompagne. Un silence de crypte s'est abattu sur la ville ; les mortels prennent rarement garde à ces haltes dans le cours des choses, brusquement les voix manquent, les peuples d'oiseaux cessent leur chant aux lisières, l'échelle d'une bourrasque attend l'ange voltigeur, mais rien n'advient, l'index de la mort écrase l'argile d'une bouche. C'est Dieu qui s'interrompt. Tout à coup arrêtée, sa versatile création aux canevas infinis disparaîtrait comme une bulle de savon si sa distraction durait un instant de plus. Dieu est le Sisyphe de l'univers. Mais les rouages se réenclenchent dans un fracas de mille tonnerres et cette intermittence à un cran du néant se résout en une forêt d'éclairs. Lourde de grêlons, la trombe s'abat sur le pont comme la pêche informe d'un chalut pélagique.

Par chance, un bruit d'essieux et de sabots se rapproche. Dans un mélange d'appels et de hennissements, le carrosse s'immobilise à hauteur d'un naufragé du ciel, lequel s'y engouffre à peine la portière ouverte. Le fouet du cocher cinglant dans l'averse relance l'attelage. À l'intérieur du véhicule, un visage de marbre se découpe, étrangement animé par la lueur des fanaux.

— Connaissez-vous cette belle parole de Maître Eckhart, demande sans jambages l'affable inconnu : « La personne la plus importante est toujours celle qui est à l'instant en face de soi » ?

— C'est très vrai, acquiesce Papillon, confus de se répandre en eau sur le cuir de la banquette. J'ai manqué la noyade sur ce pont…

— Je me présente, vicomte Amadis d'Enfleurette, dit l'homme

en fléchissant légèrement le buste. Mon titre est de pure courtoisie, rassurez-vous, mais que reste-t-il de la noblesse, mon bon monsieur, celle de taille et d'estoc, s'entend…

Son vis-à-vis recule d'instinct au fond du siège, saisi par une odeur d'insecte grillé et la bizarrerie du personnage : un grand visage de carton ou de bois mécaniquement articulé comme ces marionnettes à tringle du pays ardennais jouant les quatre fils Aymon.

— Le seul titre dont je puis m'enorgueillir, ajoute l'homme très sérieusement, est celui de chevalier de l'ordre de la mouche à miel.

De cahot en cahot sur le pavé du faubourg, le carrosse franchit bientôt les barrières au-delà des remparts du vieux Paris et s'enfonce dans la nuit. On entend parfois le cocher houspiller ses bêtes ralenties par les inondations.

— Où m'emmenez-vous ? demande Papillon comme s'il sortait d'un rêve parallèle à l'aventure commune.

— Au domaine de Sceaux, mon cher, chez la princesse des lombes ou des limbes qu'on appelle aussi Poupée de sang. Méfiez-vous un peu tout de même : elle est petite mais fait de graves blessures. On y fête les enchantements des Grandes Nuits en joyeuse compagnie. Le beau monde s'amuse en attendant pire…

— Mais à mon souvenir je n'y suis pas convié ! fait mine de s'étonner Papillon qui voyait rire les petits yeux du prétendu vicomte d'Enfleurette sous son masque de statue.

— Quiconque m'accompagne est d'office invité.

— Dans cette apparence de noyé, le col chiffonné, sans perruque ni rubans ?

— Au bal masqué, on applaudirait même la cloche du lépreux ! D'ailleurs, un loup suffira, le masque est superflu et laissons la perruque au crédit des chauves ! Vous semblez tout droit tombé des *États et Empires de la Lune*…

Papillon se laisse distraire par le crissement des essieux. Peu lui importe d'aller ici ou là ; toutefois sa méfiance pour la moindre sollicitation extérieure l'aura conduit à ne rien *laisser au hasard*, serait-ce les minuscules incidents qui invitent à dévier d'un pas la plus anodine destination. Il lui est parfaitement compréhensible qu'un amoureux éconduit à cause d'une chiure de mouche décide par dépit et crainte de ne plus déplacer ne serait-ce qu'un brin de paille le restant de ses jours. L'enchaînement de ces menus aléas avait eu pour lui des conséquences autrement désastreuses. Un poète latin disciple d'Épicure imagina qu'au gré de leur chute infinie, les atomes, ces infimes escarbilles de la lumière, dévient parfois insensiblement et s'amalgament par déclinaison, créant ainsi les corps et tous les phénomènes connus. Tout mortel non prévenu ignorera toujours ce qu'il en coûte de mettre un pied devant l'autre. Mais lui ne pouvait échapper à son sort. Léger tombeau de papier pour le sommeil éternel d'un esprit, son Livre sera son salut, le jour où quelqu'un l'ouvrira, s'y plongera et, revenu à l'air libre, osera déclarer hautement devant le peuple dédaigneux des lettrés : « Lisez donc Marc Papillon de Lasphrise ! » Alors son esprit enfin libéré pourra s'envoler tout comme un papillon vers les altitudes célestes pour une ultime métamorphose.

— Nous voici rendus, mettez ce loup de velours, dit le vicomte, la main tendue.

Dans la lueur apaisée des lanternes, lui-même s'est collé sur la face un masque de peau animale qui lui donne un air de vie jusque-là défaillant. Ployé dans l'habitacle en attendant l'assistance du valet d'écurie, Papillon a préféré taire sa surprise. Il lui semble bien avoir déjà vu quelque part ce derme olivâtre, ces taroupes ombrant le plasma des sclérotiques où l'iris crocolidien palpite au ras des larmes.

Rien n'évoque la tempête en ces lieux ; pas un nuage n'occulte la Voie lactée qui s'étend en luminaire idéal au-dessus du parc. Dédoublés par les plans d'eau – grand canal et sa majestueuse cascade, bassins en demi-lune, vasques géantes, entre les hautes futaies enténébrées – des théories de flambeaux éclairent l'enceinte immense et les façades du château tous lustres allumés ainsi que l'orangerie, les folies et les gloriettes surgies d'un mirage de géométrie arbustive. Tandis que le carrosse va rejoindre quantité d'autres devant les écuries, Papillon s'aperçoit qu'il est seul, égaré dans ces nobles vastitudes. Il avait bien dû venir s'y perdre au temps de Colbert, mais comment distinguer les uns des autres les jardins de Le Nôtre, les palais et les Hercules gaulois quand les pluies du temps en ravinent moins les aspects que l'inintelligible mémoire ? Il se souvient vaguement de telle enfilade spectrale de statues en pied sur une allée du canal et s'y engage dans la compagnie exclusive d'un croissant de lune avec le sentiment de revivre un de ces rêves qui préservent les mortels du fardeau tantalique des astres. Il y a bon temps qu'il n'a pas rêvé, gourd et secoué de tics dans un sanctuaire de simulacres, n'ayant plus à se garder des mâchoires de la Mort qu'on entend jour et nuit claqueter d'innombrables échos. S'il ne rêve plus dans le malaise et le tourment des viscères, il lui reste les songes tels qu'on les peut deviner en réfraction des étoiles, des peintures italiennes et des joies défuntes, si clairs et distants du sommeil. Il lui reste la vacante réalité des choses, commune aux dévots et aux libertins, dérisoire effet de présence sous le corps unifié de l'univers. Une double haie d'ifs s'est substituée à l'échine nerveuse des frondaisons et laisse place, sur des socles blafards, après les déesses et les héros, aux chiens d'albâtre, aux cerfs de bronze et aux noirs sangliers d'une chasse à courre immobile. Des éclats musicaux lui parviennent par bouffées, clavecins et violons dominés par les cuivres.

On donne une Grande Nuit commémorative au pavillon de l'Aurore, orchestre, danse et théâtre, en l'honneur des membres défunts de l'ordre des chevaliers de la mouche à miel. L'allégorie du sommeil s'est réfugiée dans un des cabinets du pavillon, bel adolescent couché nu sur un lit de pavots rouges et blancs, tandis que, à l'image de Louise-Bénédicte de Bourbon, l'instigatrice des enchantements de Sceaux, une bondissante lutine à tête tigrée de guêpe au milieu de ses jupons tulipiers, bien décidée à réveiller l'endormi, entraîne à sa suite un cortège de vieilles demoiselles aux masques déployés de papillon de prairie voletant comme autant d'imagos… Indifférents à cette cavalcade, dans la salle en rotonde au-dessus des voûtes de l'entresol, d'autres invités, dames et messieurs sur deux rangs, se saluent, circulent d'un pas galant avant de changer de partenaire en pantins d'horloge, poursuivant un menuet éternel avec la bienveillance des nymphes et des amours peints en trompe-l'œil autour du grand décor plafonnant de Le Brun où *L'Aurore chassant la Nuit* apparaît sur son char doré tiré par deux cavales dans une pénombre séculaire : nul n'attend plus le soleil du colbertisme.

De l'extérieur, sur l'escalier de marbre menant aux rampes du perron, le capitaine Lasphrise, ex-gendarme porte-épée, prend la mesure de son archaïque isolement ; sans géniture avouée, privé des liens qu'entre elles tissent les générations, étranger à ces masques qui gesticulent et s'échangent des grâces, il n'appartient plus à aucun monde. De nouveau seul avec son Livre, qu'espérer de ces agitations éphémères, ces fièvres et ces émois qu'il coudoie un instant et traverse comme un brouillard de montagne pénétré de reflets et d'échos ? L'Aurore sur son char, la Rosée à l'arrosoir, l'Heure matinale arborant le coq et la trompette, le plateau d'ambroisie dédiée à l'Heure élue, la Nuit fuyant vers l'occident, Zéphir et Flore, les oiseaux qui s'échappent du manteau de la Terre au sein jaillissant, et enfin Lucifer au point du jour, que de symboles et d'allusions pour dissimuler facétieusement un macabre ballet d'usurpateurs, tous florissants de la misère et de l'esclavage du plus grand nombre. Sans équivoque, bien sombrement, Papillon prend conscience du peu de prix et presque de l'indignité qu'aurait pour lui la reconnaissance de son art par un tel assemblage de frivolité, de morgue et de chimères. Derrière ces masques – le faux vicomte du carrosse le lui avait fait entendre – s'amusent à la discrétion les éminences de robe ou d'épée et les renommées d'esprit, d'art ou d'académie. La fée Ludovine, reine de la coterie des abeilles, distribue ses faveurs en despote : une médaille d'or à sa piquante effigie échangée contre un flot d'épigrammes et de sonnets et combien de gages bouffons, d'hypothèques d'obédience. Même Voltaire ou d'Alembert font la mouche pour un peu de miel aristocratique. Papillon ne dédaigne pas les Lumières, il estime en eux tout ce qui, de son temps, avait valu le bûcher ou la corde à ses pairs et contemporains, mais ses lectures ne sont plus rattachées à rien de vivant et le laissent démuni comme un qui s'échinerait à saisir les saveurs d'un jargon asséché de clerc ou de magistrat. Il y eut certes Racine, lequel troqua son génie contre une méchante sinécure d'historiographe des alcôves et des tranchées, Bossuet en lui-même inhumé dans les tonnantes cryptes du langage : « Que faites-vous pour la grande affaire, pour l'affaire de l'éternité ? », Saint-Simon et Madame de La Fayette, quelques poètes de cour ou de gibet, cela datait d'un siècle et tout ce bavardage aujourd'hui le laissait coi et confus. Les mots changent avec les mœurs et on délaisse au tombeau les passions d'autrefois. Personne ne peut faire le bonheur des morts, mais quel est cet éclair illuminant l'esprit en toute chose, comme s'en enquiert un de ces fiers libres-penseurs ? Est-ce notre part d'intuition qui relie les chants à la musique, les mots à leur dérive sonore d'une époque à l'autre ?

— Monsieur ? dit une voix fluente, de femme ou d'enfant, dans le contre-jour des torches.

Papillon, fort contrit, s'aperçoit qu'il méditait tout haut et cherche des yeux qui le réclame. Personne à première vue, mais tout à coup, comme au sortir d'une tour de guet, sous le désert des étoiles, le cœur du Temps lui apparaît, *la grande ruche d'or de l'invisible* !

## XX

## Le cabinet des jeux et des ombres

*Toute l'invention consiste à faire quelque chose de rien.*

RACINE

Préface de *Bérénice*

Être seul face à la pure énigme. Quand les yeux s'ouvrent, c'est toujours un visage, c'est toujours Dieu ou son contraire qui se présente à vous. Marc Papillon de Lasphrise se terrait des semaines entières au fond d'une cave, dans l'obscurité et le silence. Il ne savait plus de quel gouffre il tenait son nom, et ses souvenirs ternis voletaient autour de lui comme des phalènes poussiéreuses ou des pipistrelles. Mais cet infime brasillement d'espérance dans la simple et morne attente subsistait même au comble du désespoir. Un noir paradoxe voulait que son sort s'ancrât dans la destruction et la mort, pour lui incessante, puisqu'il devait assister sans échappatoire à la monstrueuse illusion de pérennité des mortels, tel Ixion, tel le prince lapithe lié avec des serpents à la roue infernale du destin. Cependant il se raccrochait à son Livre, son Livre était l'aval de sa délivrance. Maintes fois donné, perdu, brûlé, racheté chez un libraire d'occasion, il constituait son seul passe-droit, sa légitimation, la preuve manifeste et invérifiable qu'il n'était pas fou, une raison d'être encore, son tombeau et sa résurrection.

À Paris, dans l'ancienne rue de la Hanterie devenue ruelle Sainte-Opportune, au cœur du quartier d'Outre-Grand-Pont, Papillon avait trouvé un abri, une boutique de marchand-mercier désaffectée à l'enseigne de la Fleur-aux-Dents. Entre deux prostrations d'atlante sous les poutres bruissant du menu peuple xylophage, larves de vrillette et de cerambyx, il battait des paupières sur de curieux assemblages d'objets hétéroclites dont un crâne de singe aux orbites enchâssées de bouchons de carafe taillés en diamant, un fuschia de métal et de tissu brodé aux lèvres, et portant une couronne d'argent ornée de fleurs en porcelaine de Saxe. Il y avait aussi, parmi d'autres objets épars, une reproduction sous forme de maquette d'un tableau d'Antoine Watteau qui avait servi un temps d'enseigne à la galerie de peintures d'un sieur Gersaint, sur le pont Notre-Dame ; tout l'art de l'assembleur étant d'avoir reproduit et peints en matériaux rares le décor intérieur du castelet, les portraits et scènes de genre accrochés aux murs, le personnel de comptoir ou de portage, et la clientèle, visiteuses en robe de moire, amateurs penchés sur quelque signature, cela en ronde-bosse et dans les moindres détails, à la fois pétillants de précision et comme brossés par le peintre des *Fêtes galantes,* toujours soucieux de saisir la vie des gens dans leur ordinaire, peu avant d'en perdre lui-même l'usage. Papillon avait loué l'endroit pour une durée indéterminée grâce à trois pintes de numéraires en argent contrefait reçues en échange d'une médaille de la Vierge des mains d'un expert en faux-monnayage épris d'astrologie, lequel ne doutait guère d'avoir à subir un jour en toute franchise, puisqu'on ne crevait plus les yeux des faussaires avant de les occire, le fameux supplice de l'ébouillantage au marché aux pourceaux de la porte Saint-Honoré.

Dans ce local encombré, le capitaine Lasphrise avait licence de tout faire, serait-ce élever des oies, à condition de ne toucher à rien. On eût pu aussi bien lui trancher les mains ou les mettre sous scellés. Il avait d'ailleurs perdu cette faim de préhension que manifestent la plupart des tétrapodes ayant délivré leurs membres supérieurs de la condition de pattes marcheuses à l'avantage de la main, bel engin récréatif, inventif et malfaisant, avec ses plis de flexion, palmaires et digitaux, que les bohémiens prétendent associer aux fourches du zodiaque. À quoi bon saisir une fois de plus la pomme, le sein, l'épée ou l'astrolabe inscrits en lui comme un rébus en forme de pointes de clou ? N'ayant plus d'instinct jaloux, l'effleurement ou la caresse du regard le contentait amplement. En quête d'une émotion perdue, il lui arrivait de passer un doigt songeur sur l'abdomen d'une araignée acclimatée ou d'étrangler sans passion un rat intrusif, les yeux dans les yeux, pour communier en humble partage avec cet instant de basculement vertigineux connu à deux reprises, une nuit de l'an 1599 en son fief délustré de Moissy et une autre fois, au siège de Namur, les chairs tant pourfendues que l'âme aurait eu tout loisir de s'engouffrer par cette brèche si une noble dame ne l'avait rattrapée d'un baiser suprême.

Papillon se promenait dans l'atelier, d'une composition énigmatique à l'autre, toutes invitaient à maints assemblages, ceux-là d'ordre purement imaginatifs, de plus en plus insolites et baroques, impliquant les resserres et bas-fonds de la mémoire. Ne saurait-on faire autrement que choisir telle ou telle configuration à son image parmi les agencements infinis qui se présentent au regard ? Tout ce qui fut vécu de vérité et d'apparence reviendrait peut-être à la lumière, un jour rêvé, dans les galeries du Bel-Esprit – sabliers des amours, chandelles du trépas, les visages et les aubes, l'ombre des feuilles aussi, les pétales d'un grand lys noir et la seconde de bronze sonnant l'amer oubli…

D'ordinaire, il attendait le soir pour sortir, quittant sa retraite entre vêpres et complies, juste avant l'office des allumeurs de réverbères, mais ce jour-là, dérangé par le vacarme d'une nuée d'étourneaux venus bivouaquer dans les branches d'un noisetier, juste en face de la fabrique, il avait perdu patience et s'était aventuré au hasard des rues par grand froid. Un soleil en état d'hibernation entamait son las déclin quand, errant sans but, coupant la rue Montmartre après avoir remonté nonchalamment la rue des vieux antiquaires, curieux des enseignes et des reliques amassées derrière les vitres, puis au-delà de la rue du Bout-du-Monde, à l'angle de l'église Saint-Sauveur, certain de ne plus s'y retrouver dans le brouillard épaissi que les lanternes crevaient çà et là de vagues flottaisons lunaires, il chercha en vain quelque taverne où s'abriter. Ses pas indécis le menèrent au-delà des anciennes Portes, dans un quartier de ceinture où relais de poste, maladreries, manufactures et monastères alternaient entre deux îlots de bâtisses noires à échauguettes et toits pentus, avec des aires de démolition aux abords d'un entrelacs de chenaux, de bassins de retenue et de détroits. De lourds insectes parurent voleter soudain dans la pénombre, flocons de neige amalgamés qui s'écrasaient sur son visage.

Aveuglé par cette averse, Papillon se réfugia sous l'auvent du plus proche édifice disposé parmi d'autres, greniers à blé, asiles ou remises de patachiers, et fut vite intrigué par une vibration, un ruissellement de sons, comme une antienne sans matière, tout intérieure, que l'on se surprend à ouïr parfois quand l'esprit se perd, lors d'une poussée de fièvre ou d'un accident de chasse. Il resta longtemps suspendu à cette mystérieuse fusion de résonances, voix de gorges ou d'instruments altérées par les obstacles et la distance. À force d'attention, il reconnut les accords déchirants du maître d'orgue de l'église Saint-Gervais, mais le Grand Couperin n'était plus, et quels disciples des Ténèbres eussent pu l'interpréter en un pareil désert ? Sans souci de la neige qui, le froid aidant, s'était cristallisée, Papillon voulut trouver la source de cet équivoque afflux musical et, tâtonnant, cherchant à contourner l'édifice enclos d'une palissade, un châssis de porte grinça sur ses paumelles. C'est en aveugle, piétinant des ronces, une main contre la muraille, qu'il parvint à s'introduire dans ce qui se révélait être un sanctuaire à l'abandon, probablement voué à la démolition, chapelle aux lépreux ou églisette déconsacrée.

À peine le perron franchi, il recouvra la vue dans une mouvante pénombre révélant les pierres massives des murs absidiaux et les arceaux croisés du chœur appuyés sur de fines colonnes à chapiteau. Des torches éclairaient les voûtes de la nef. Ce qu'il vit et entendit, une fois assuré de n'être pas la proie de ses propres ténèbres, déclencha en lui une sorte de ravissement terrifié. Là, rassemblée dans l'abside à la lumière de cierges, une chorale disparate de femmes et d'hommes jeunes ou vieux entonnait les versets d'un psaume dans un enlacement mélodique vertigineux qu'une jeune soliste reprenait jusqu'à l'ivresse en de longues, interminables broderies mélismatiques ascendantes. Si saisissant était ce *jubilatio* que la chorale au plus haut de la gamme en parut transfigurée. On n'y distinguait plus l'âge et la tournure, mais un seul visage en état de phosphorescence et comme démultiplié par l'effort vocal. Dans sa longue et austère robe blanche, une croix d'argent entre les seins, la soliste brûlait d'une flamme plus éthérée, inatteignable. Papillon en fut frappé au cœur, et lui revinrent alors en tête les vers d'or de Pythagore qu'on trouve dans *Le Roman de la Rose* :

*Quand de ta chair tu partiras*
*Tout probe au Ciel t'en iras,*
*Et laisseras l'humanité*
*Pour vivre en pure éternité*

Rattrapé par un de ces rêves juvéniles en quoi consiste l'essentiel d'une réalité perdue, celle que bravent innocemment les mortels, il en subit les affres avec une délectation pénitentielle ; le passé lui revenait par vagues lentes, toutes de regrets et de soupirs, d'extatiques nostalgies de damné n'espérant plus que la grâce du néant. Sous sa coiffe immaculée de nonne séculière, la soliste lui rappelait trait pour trait sa passion d'un autre temps, alors qu'il assiégeait en vain une belle couventine prompte à s'empourprer et dont il imaginait l'intime anatomie pareillement émue. C'était au Mans, deux siècles plus tôt ; un nom dissonant, Renée Le Poulchre, exaltait par contraste sa vénusté. La jeunesse ne s'honore que de l'instant volé ; mais vain écuyer à cœur de centaure, il n'avait pas su lui dérober fût-ce un bouton de rose. L'ombre d'une trop sainte proie ne fut couchée que dans son

Livre, comme firent Dante et Pétrarque. Marc Papillon resta des heures à ressasser ces vanités, oubliant à la fin la chorale toujours à ses arias dans la pâleur du jour.

La neige cette nuit-là avait submergé Paris d'un raz-de-marée blafard. Dans son havre de la ruelle Sainte-Opportune, après avoir étudié avec une perplexité accrue de nouvelles contextures rangées sur des tablettes, il s'interrogea sur l'état de ses facultés. Avait-il pu rêver cette équipée nocturne dans les ravines de la ville ? Mais ce n'était pas une banale imagination du sommeil, non plus une de ces chimères de l'éveil quand l'esprit s'abandonne aux foudres lentes de l'insomnie. Un songe plutôt, un de ces *oneiro* aux ailes de silence, fils de l'Érèbe adroits à endosser l'infinité des apparences. Les songes sont les rêves des dieux. Il s'était tant grisé d'Ovide au grand jadis que tout lui devint alors *Métamorphoses* : Parmi ses mille rejetons, le Sommeil distingue Morphée, habile à revêtir la forme et les traits des mortels… Un autre imite les mammifères à quatre pattes, les volatiles et les reptiles tortueux, les dieux le nomment Icélos, les humains Phobétor… Un troisième, Phantasos, use d'autres sortilèges et se mue en nuage ou en arbre, en onde, en terre, en pierre, en tous les objets privés de souffle. Cependant cette triade, prétend encore Ovide, ne voltige que sous les lambris des grands de ce monde, laissant aux songes secondaires la charge de visiter la multitude populacière.

Papillon considéra ses bottes dressées au milieu d'une flaque d'eau devant la porte de l'atelier. Se serait-il extrait d'un sommeil compact de statue pour aller vaguer en somnambule aux confins des bas quartiers ? Un sentiment d'intense regret le poignait sans qu'il parvînt à se l'expliquer autrement que par l'évocation d'un univers interdit : l'inspiration, la passion amoureuse, l'espérance, tout cela n'avait plus cours. Sa malédiction était d'avoir à perpétuer sans plus y croire la vaine illusion des poètes tandis que la Dame au Renom se riait de lui sous les apparences facétieuses d'Icélos ou de Morphée. Il admit que la faim de chaleur et d'étreinte, l'attrait animal, l'appétence nue et crue, ne lui faisaient pas défaut encore. Le désir lui tenait lieu de planche de salut. Soudain la chorale de l'églisette repartit à chanter du fond de sa mémoire. On raconte qu'un rêve n'est que le souvenir d'un rêve. Divine en sa robe blanche, la soliste déroulait ses mélismes à la cime vibrante du plus sublime alléluia. Il y avait dans sa voix comme une déchirure, un écartèlement d'une fatale suavité mêlant l'âme et le désir pour l'imminente immolation d'un sacre. Mais l'âme lui manquait, prodigue compagne à tout instant volage, l'âme des poètes et des grandes amoureuses. On pouvait certes y croire entre deux perditions de diable logicien, à la condition, peut-on lire aux lèvres de la Rose, « que l'on n'ajoute pas foi à ce que dit la Raison, cette pauvrette, cette dégoûtée ».

À ce moment de faiblesse, quelqu'un toqua la porte du pommeau de sa canne, ce qui provoqua la chute des cristaux de glace étoilant les vitres. La neige n'avait pas cessé dehors, brouillant les angles durs de la ville. D'une corpulence inverse à son affabilité, l'individu qui se présenta dans cette brume dansante évoquait au premier coup d'œil le vieux sanglier mâle soucieux de son domaine vital. La face étonnamment mobile, il s'efforçait de sourire pour lénifier un flux constant de tics et de rictus. Une fois dans l'atelier, ses yeux éteints papillotant sur les tables et étagères, il prit la parole avec un certain embarras œsophagique tout en étouffant maints grognements et petits cris, râles et crissements de dents. L'intendant Montardé, ainsi qu'il se présenta, avait mission d'intercéder auprès du sieur Lasphrise.

— Ai-je bien entendu ? s'étonna le ci-nommé.

L'épais personnage à la hure blanchie par l'âge dut penser avoir affaire à un sourd et se répéta à gueule ouverte sans pouvoir museler les bruits adventices à sa constitution sanglière.

— Mon maître, rrhon, vrouff, vrouff, Jean-Jacques Duval d'Eprémesnil, seigneur de Maréfosse, qui m'envoie en son nom pour l'excuser de s'y prendre si tard, vrouff, vous prie de lui faire l'honneur d'assister à une réception dans les salons de son hôtel parisien du faubourg Saint-Honoré, vrouff, vrouff...

L'aimable intimation fut ponctuée par la remise d'une missive et d'un paquet joliment enrubanné. Le seigneur de Maréfosse le conviait du jour au lendemain et lui mandait en outre la grâce de prendre le temps de dédicacer à son nom l'exemplaire joint de ses *Diverses Poésies*, lequel il recevrait volontiers de ses mains à demeure.

Quand l'intendant, satisfait de son accord de principe, eut pris congé sans plus d'égards, Papillon examina avec un fond d'exaltation modulé d'une vague défiance ce volume impeccablement conservé de la deuxième édition de son œuvre, imprimée en avril 1599,

À PARIS,<br>
PAR JEAN GESSELIN, RUE S. JACQUES,<br>
À L'ENSEIGNE SAINCT MARTIN ET EN SA<br>
BOUTIQUE AU PALAIS, EN LA GALLERIE<br>
DES PRISONNIERS.

XXI

## En attendant le comte de Saint-Germain

*À quelque distance du rivage, un palais somptueux élevait dans les airs ses colonnes d'albâtre, ses différentes parties étaient jointes par des portiques couleur de feu, tout l'édifice était d'une architecture légère et aérienne. Je m'approchai des portes, sur le fronton était représenté un papillon. Les portes étaient ouvertes...*

COMTE DE SAINT-GERMAIN
*La Très Sainte Trinosophie*

En cette année 1783, après la rupture des vannes célestes inondant la moitié de l'Europe et les incendies qui suivirent, conséquents aux feux grégeois d'un ciel d'orage jupitérien, la paysannerie rompue aux prédictions calendaires s'attendait au pire. À soleil rouge, récoltes désastreuses. Le ciel avait pris des teintes bilieuses à travers d'épaisses brumes que trouait à peine un soleil de sang, des tempêtes arrachaient les grands arbres et la foudre en colonnes de feu ruinait les moissons. Soir et matin, une odeur de soufre prenait à la gorge. L'asphyxie menaçait les plus faibles constitutions. L'haleine putride de l'ange du trépas qui frappa les premiers-nés d'Égypte s'insinuait par les bronches des bêtes et des humains. « Dans des endroits, racontait un curé du Vendômois, il est tombé des grains de grêle aussi gros que le poing, armés de pointes irrégulières, qui perçaient comme des dards. Il y en avait dans lesquels on a trouvé des crapauds de couleur jaunâtre et des escargots avec leurs coquilles. Dans d'autres endroits, il est tombé une congélation bizarre, large comme la main, sur laquelle était empreinte une croix. On a même vu des herbes étrangères incrustées dans l'intérieur de quelques éclats d'ongles ou d'ossements. »

Le troisième cavalier de l'Apocalypse annonçait d'autres fléaux. Un hiver précoce bloqua les voies de communication et l'accès aux ressources. On n'en avait pas connu de pareil depuis l'ère glaciaire, prétendit un expert en mécanique céleste. Il neigeait à Paris comme sur une haute montagne. La Seine drainait des icebergs jusqu'à l'estuaire où les vagues roulaient des pierreries de glace. Tous les chenaux étaient gelés ; on ne ravitaillait plus les halles. Les plus pauvres, endurcis contre la disette, mouraient de refroidissement dans leurs bouges. Faute de combustibles, on brûlait les meubles dans les cheminées des bourgeois. Une rumeur évoquait de grands cataclysmes dans cette *Ultima Thulé* à l'écart du monde que documentait Voltaire, cette Islande des licornes et des monstres marins où la terre tremble, où s'ouvrent les gueules de l'enfer, crachant jusqu'aux astres des fusées de flammes et de cendres. Avec les grands froids que les manteaux de neige estompaient peu ou prou, tout devint couleur de fer, le soleil anémique en plein jour présentait un aspect d'entrailles à son lever et d'un pourpre d'égorgement au coucher. Cependant que le bon roi Louis, tant aimé de l'hydre populaire pour son repentir, dont témoignaient la création d'un Bureau des pauvres et la distribution aux plus démunis d'une part non négligeable du Trésor, était joyeusement célébré par l'érection sur le Pont-Neuf d'un bonhomme de neige à son effigie haut d'au moins deux étages, dominant la statue équestre du Vert Galant, avec une tête d'une ressemblance si parfaite qu'il n'était pas rare qu'un passant frigorifié s'écriât « Gloire au restaurateur de la liberté ! » ou « Vive l'Abruti ! ». Mais la tête tomba d'un coup au premier redoux et la multitude, instruite par les tribuns de taverne qui se revendiquaient sans nuance du parti encyclopédique, fermentait dans les manufactures, les chambres d'étudiants et les cours des miracles, de la porte Saint-Denis aux buttes Saint-Roch et du fief d'Alby au faubourg Saint-Marcel. Tandis que le peuple s'échauffait après une longue servitude dans les frimas de Dieu, les salons des faubourgs Saint-Honoré et Saint-Germain se réjouissaient à l'idée d'une transmutation alchimique des mœurs et coutumes. Les Lumières manquaient d'ombres, leurs philosophes davantage portés sur la mécanique des causes et effets que sur la métaphysique des fins lassaient la bonne société éclairée qui, par nouveau caprice, se divertissait grandement des sociétés secrètes et autres contre-feux illuministes : mages et nécromants, mystagogues, occultistes d'espèces variées, tous appliqués à célébrer l'ange dans la machine.

C'est dans l'antichambre d'un de ces salons indociles de la rue du faubourg Saint-Honoré, une fois son genet d'Espagne à belle encolure confié au valet d'écurie, que Marc Papillon se présenta tout bonnement, revêtu à la diable avec ce qui lui parut le mieux convenir pour ce genre de réception, mais bien oublieux des engouements qui avaient glissé comme des mues de serpent en matière de mode vestimentaire. L'esprit fort agité à la pensée que l'affaire de sa vie, la seule du moins qui l'eût tenu valide jusqu'à ce jour, allait peut-être enfin trouver son dénouement, il serrait sous le bras son Livre dûment contresigné à l'encre de seiche, pressé d'élucider un mystère de ce monde. Il s'étonnait vaguement de n'avoir pas vu la foule ordinaire des invités de marque déployer ses fastes dans la cour mal éclairée de l'hôtel, quand une physionomie connue vint à ses devants. L'intendant Montardé semblait absurdement contrarié.

— Ah, vous voilà enfin, dit-il, monsieur le comte et ses hôtes s'impatientent de vous voir…

Papillon fut poussé vers un grand escalier d'onyx jaune qu'éclairait un lustre de bronze aux cent lumignons. Un laquais en costume de tambour et perruque à queue de rat l'attendait à l'étage. Il ouvrit grand une porte tonneau à double battant et prit un air de solennité pour annoncer le visiteur :

— Monsieur Marc Papillon, seigneur de Lasphrise !

Il y eut une sourde clameur d'un bout à l'autre du salon d'honneur. Les robes de soirée et les beaux habits eurent vers lui un brusque mouvement de flux et de reflux tel un vol aléatoire de bécasseaux. En vieux soldat accoutumé à la technique du siège, Papillon ne se laissa pas désarçonner malgré l'outrance de l'accueil. Au secret de son cœur, il s'interrogea : l'heure de la gratitude avait-elle enfin sonné ? Et qu'adviendrait-il de sa vieille carcasse bridée de cicatrices une fois le contrat honoré et l'âme envolée comme la rosée d'une aube d'été ?

— Mes amis, approchez-vous donc ! s'exclama le comte Duval d'Eprémesnil, qui s'était empressé, les bras ouverts, à la rencontre de Papillon. Approchez, que je vous présente comme promis un authentique revenant de multiples vies antérieures, le capitaine Lasphrise en chair et en os, un fier guerrier, lieutenant des Guise au temps de nos grands ancêtres, et poète…

— Messire Marc de Papillon, « combattant, composant au milieu des alarmes » ? s'esclaffa Louis-Claude de Saint-Martin. S'agit-il bien du poète libertin de *L'Amour passionné de Noémie* et autres galanteries ? Je le connais de réputation, un franc Tourangeau comme moi ! Mais je le croyais mort à deux siècles de là…

La compagnie, désennuyée d'avoir eu à subir en apéritif une diatribe absconse de francs-maçons, se prit à glousser de délassement. Amateur d'impostures, un certain marquis de Savalette voulut complaire par citation interposée à celui qu'on nommait aussi le Philosophe inconnu :

— « Nous apercevons donc déjà la nécessité qu'il y ait parmi les hommes des signes visibles, des Agents substantiels et des Êtres réels, revêtus comme nous de formes sensibles. »

Bien que tous les regards se soient fixés sur lui, Saint-Martin ne releva pas, laissant au savant marquis le risque du ridicule. Il échangea en toute discrétion un sourire de connivence avec Jacques Cazotte, l'auteur du *Diable amoureux,* son disciple comminatoire dont les bouffées augurales étaient redoutées des plus couards, lesquels ne l'écoutaient que de biais ou de dos, voire par duchesse interposée. Affecté par l'intense chaleur qui émanait de deux voraces cheminées en pierre marbrière que des laquais ne cessaient d'alimenter, Saint-Martin alla s'appuyer sur l'une des consoles d'albâtre et de bronze au décor d'arabesques, de coquilles et de rinceaux de feuille d'acanthe, lui-même proche d'un bien plus périlleux ridicule que serait une pâmoison au milieu de si nobles dames, en particulier la comtesse de Brionne, digne physionomie de Junon, toujours bien poudrée et tout auréolée d'anciennes passions princières, et d'autres, qui sauvèrent leur entrées à la Cour grâce à leur bel esprit ou leur talent de plume, telle la marquise de Créquy dont les chroniques ravivent de défuntes grâces. Saint-Martin, défaillant, passa en revue les portraits aristocratiques pendus à la cimaise entre les hautes tentures des fenêtres et les visages des convives mal crochés à sa mémoire vacillante : de peinture ou de chair, choses passagères et créatures transitoires, les unes et les autres tomberaient bien vite dans l'oubli des antiquaires ou du tombeau. Une fois la séduction éteinte avec le désir, la survivance ne serait plus qu'une atroce pénitence, un insondable désœuvrement. Par chance, sous toutes les latitudes, les mécènes des alchimistes de salon survivent rarement aux vapeurs de l'athanor. Or potable ou potion au jade et au cinabre pilés, les élixirs de longue vie avaient de la sorte empoisonné quantité d'empereurs chinois ou de riches moribonds aspirants au remède suprême.

Distraits par ces pensées, Saint-Martin s'était redressé afin d'observer la nuit de glace à travers les fougères de gel des vitrages. Un carrosse pénétra à ce moment dans la cour d'honneur par les ornières de neige. Deux hommes fort agités s'en extrayèrent sous une blanche nuée de plumes d'angelots. Il reconnut celui qu'on appelait l'Agent inconnu, qui d'un bond enjamba le marchepied, ainsi que le comte de Cagliostro, plus prudent, s'appuyant pour descendre au bras d'un valet d'écurie. Les nouveaux venus ne furent pas longs à jaillir sous les grands lustres à pampilles au nez des convives auxquels on venait de servir à boire, grands vins du Rhin, de Champagne ou du Bordelais. C'est l'Agent inconnu, un mystagogue en ambassade de Lucifer, qui le premier annonça la nouvelle dans un fol état d'exaltation morose :

— Saint-Germain est mort !

— Le comte de Saint-Germain ! s'écria confusément l'assemblée.

— Mais c'est impossible ! s'époumona bras en croix la baronne Glossette de Hauteprune, ses mamelons brun caramel jaillis hors du corsage dans cet irrépressible transport.

— Quand ça ? demanda plus posément un ancien coiffeur devenu expert en tarologie égyptienne.

— Ce matin même, avant tierce, ajouta Cagliostro avec le flegme d'un évadé récidiviste des fosses de la Sainte Inquisition et des bûchers de l'île aux Juifs. On sait de source sûre que ce fut sereinement...

Dès lors, une forme de vésanie s'empara de l'assistance autour du buffet nonchalamment dressé par un peuple de domestiques.

— Mort ? répéta la marquise de Créquy. Cela voudrait-il dire froid comme ce colin en gelée paré de citrons en fleur...

— Encore un artifice de jésuite pour nous faire douter de la réception des prophètes ! s'emporta Eugénie Camus de Pontcarré, fille présumée, née disait-on de « conception spirituelle », de la défunte marquise d'Urfé que l'indomptable chevalier de Saint-Gall avait promis, contre un gage en diamants, de mettre enceinte d'elle-même afin qu'elle pût revivre indéfiniment en son corps glorieux.

— Trépassé, Saint-Germain ? reprit Saint-Martin, requinqué par trois coupes du vin des sacres. Et alors ? C'est la meilleure façon d'être immortel ! La mort n'est qu'une des heures de notre cadran, et notre cadran doit tourner éternellement. D'ailleurs quelle portée ont ces mots hors du cercle des frétillants mortels ?

— Oui, ces mots ! s'écria un disciple octogénaire. Laissez-moi vous citer dans la stricte observance templière, cher maître : « Ces mots sont devenus comme autant de morts qui enterrent des morts, et qui souvent même enterrent des vivants, ou ceux qui auraient le désir de l'être... »

— Il est vivant ! Saint-Germain est vivant ! mugit la plus âgée des mâcheuses de laurier en levant son verre de vin rouge.

— Il est ressuscité ! s'émut dans une sorte d'ululement de chouette crucifiée la plus virginale des aïeules en désignant d'un long doigt d'os le capitaine Lasphrise resté à l'écart, pétrifié de solitude.

Après s'en être éloignées avec ennui l'heure d'avant, toutes ces figures emperruquées étaient maintenant tournées vers lui. Les pieds joints, raidi comme l'Aurige de Delphes, Papillon tenait de sa dextre les brides d'un char inexistant. Ces gens se moquaient autant de sa personne que de son Livre. La chiourme valait mieux que cette tourbe salonnière. Il eût préféré à cette disgrâce s'enfoncer aux temps antiques, et galoper sur les pentes de l'Hélicon, dans les contrées radieuses des filles de la Mémoire. Mourir pour elles, aimait-on dire alors, rendait quiconque immortel. Privé du commerce des Muses, lui se fourvoyait dans un monde de dentelles et d'intrigues, négligé de la gloire ou si peu reconnu, comme ce rusé mendiant de retour en Ithaque. À cent ans de là, un Vion d'Alibray, chantre de cabaret, compagnon de Saint-Amant et autres francs buveurs, avait écrit sur le sujet de beaux vers :

*Songe, songe, mortel, que tu n'es rien que cendre...*

De beaux et tristes vers, maigre butin d'orgueil avant de descendre à son tour aux oubliettes de la dernière nuit. Autour de lui, ses fugitifs contemporains drapés de mystère et d'inanité semblaient maintenant vouloir lui dérober son Livre toujours coincé sous l'aisselle comme un rudiment d'aile, un vestige icarien.

Brusquement, sans doute de connivence avec son bailleur et hôte, Joseph Balsamo dit Cagliostro escamota l'attention de l'assistance à la manière d'un saltimbanque en foire.

— Je n'ai rien à vous vendre, ni ambroisie ni nectar ! s'exclama-t-il en singeant un célèbre maître de danse. L'immortalité, croyez-moi, est une longue épreuve. Mais on peut à sa guise converser avec les morts, lesquels sont nos semblables, nos frères !

Virevoltant sur ces mots, face aux flammes animales de l'une des deux cheminées, il fit lentement tournoyer son poing, puis l'ouvrant d'un coup, projeta une poudre noire, substance à feu qui, avant même d'avoir atteint les braises, produisit un grand effet de fulmination, d'étincelles et de fumée. On crut voir soudain jaillir un spectre de l'âtre.

— Saint-Gervais ! s'exclama quelqu'un.

— C'est bien lui, c'est le comte de Saint-Gervais ! balbutia la baronne de Hauteprune, les pupilles dilatées face à l'apparition, avant de choir dans un bouillon de dentelles, sans vie, étendue sur le parquet anglais comme une grand-voile carguée.

Les épaules lasses, Papillon haussa les sourcils. Considérant l'agitation ambiante, il trouva opportune l'occasion de fuir ces lieux et ces gens dévoyés par un curieux surcroît de lubies et de convoitise. Le Temps était à l'heure, mais l'horloge de la délivrance n'avait pas sonné encore. Il courut jusqu'aux écuries. Saut Perdu, le dix-septième du nom, l'emporta nasaux fumants dans la tempête de neige.

À nouveau seul avec son Livre, galopant, les moustaches craquantes de gel, il sourit de son antique candeur quand, jeune vieillard réformé dans son fief de banni, loin des détracteurs et pédants, tous valets de cour, il s'était abandonné corps et âme à sa fureur lyrique, versifiant comme le bec a poussé, n'ayant plus en tête qu'un credo :

QUI GENIUM NOSCERE METRA LEGAT

Mais le génie est une blessure trop près du cœur ; et les plus beaux vers n'ont jamais soustrait quiconque à la mort. Papillon, perdu dans ses pensées, ne reconnaissait plus la ville. Était-ce

Paris ou quelque forêt décolorée pleine des esprits de si pâle souvenance ? Une pieuvre de glace tordait ses tentacules sous le sabot de Saut Perdu. Il entendit tinter, amorties par la neige des siècles, les cloches d'appel d'un monastère. Sonnait-on les laudes ou prime à l'abri des saintes forteresses ? L'idée l'avait effleuré bien souvent de clore son ennui pérégrin sous la bure et, sans plus espérer l'étreinte de la Dame au Renom, de se vouer à l'oraison perpétuelle en imitation du principe divin générant à chaque instant la Création. Son Livre, par chance, l'avait gardé à distance des dévots et de la morgue monacale.

Tenant les brides d'une main, bercé par le crissement des sabots, il crut s'assoupir en selle, laissant sa monture aller à sa guise entre deux parois de neige comme dans les brèches d'une glacière de montagne.

## XXII

*Nous avons beau tailler de notre mieux le bloc mystérieux dont notre vie est faite, la veine noire de la destinée y reparaît toujours.*

VICTOR HUGO

Vu sous l'œil de la providence, la façon de présenter un petit morceau de batiste ou de soie au nez d'un croquant ou d'une duchesse peut prendre une signification considérable. Que le roi promulguât par décret que tout mouchoir fabriqué au royaume de France devait impérieusement « voir sa longueur égale à sa largeur », c'est-à-dire avoir la forme d'un carré, quadrilatère aux angles droits et aux côtés similaires, symbole de perfection, n'est pas sans laisser entendre, en cette période de confusion et de querelle, une adjuration à l'ordre et à la stabilité. La reine Marie-Antoinette, à l'origine de cet édit, fut dans les mêmes temps la visée d'une foule de caricatures, avec ou sans collier. Ainsi l'assimila-t-on au monstre lacustre du lac Fagua, une espèce exotique de harpie découverte au Pérou que les estampeurs plagièrent à tour de bras d'après un parangon de haute main gravé par d'Esnauts et Rapilly : une large tête de femme aux dents de trois pouces et aux oreilles d'âne, le crâne surmonté d'une folle toison et de cornes de taureau, le corps membru couvert d'écailles muni d'ailes membranées de chiroptère et d'une double queue, l'une à usage de lacet, l'autre garnie d'un dard meurtrier. Beaucoup crurent en la fable par goût des images. C'était l'évidence : la harpie cachait sa vraie nature derrière un mouchoir.

Papillon consultait justement un lot d'estampes chez un

imprimeur-libraire du faubourg Saint-Germain, en arrêt devant une variante hybride de la créature jaillie du lac, énorme lézard à buste de femme et face de lion cornu, un porc entre ses pattes griffues ainsi qu'un bœuf saisi et saigné par ruse avec ses deux appendices caudaux, lorsqu'un homme en uniforme vint lui toucher l'épaule.

— Monsieur, dit-il, en ma qualité d'officier de police, j'ai l'honneur de porter à votre connaissance cette lettre close sous le sceau du secret, et le regret de procéder par voie de conséquence et sans autre préavis à votre transfert à la prison de l'abbaye en attendant que les autorités compétentes statuent sur votre sort…

Le lieutenant, bel homme sanglé dans ses prérogatives, présenta le document apostillé hors de toute référence aux attendus du droit criminel.

Averti de longue date de cette *justice retenue* qui permet de passer outre aux lois selon la convenance du prince, Papillon reçut le pli et l'ouvrit sans broncher.

— On vous notifiera au greffe les motifs de cette saisie de corps, ajouta l'officier avec une courtoisie imparable.

Dans la berline de la maréchaussée, encore libre, les deux préposés armés lui surent gré de dire des vers en chemin, la poésie étant alors une distraction commune aux gens d'épée :

*Patience et courage amènent gloire exquise*
*Il faut donc vivre gay en l'infortune adverse*
*Prends tout selon qu'il vient, Fol est qui a soucy*
*De l'Empire et du Temps quand il est sans mercy*

La maison d'arrêt attenante à l'abbaye Saint-Germain, distante d'à peine une centaine de toises de son lieu d'arrestation, eût pu sembler un simple immeuble de rapport sans les échauguettes d'angle à mi-hauteur. Papillon manifesta un certain étonnement d'être ainsi dérobé au monde sans même un nécessaire de toilette ; malgré ses remarques, on ne lui notifia rien de patent au greffe, sinon qu'il était là en transit. Consigné dans une sinistre chapelle carcérale, sous de hautes voûtes suintantes, des barreaux de fonte en guise de vitrail, Papillon dévisagea ses codétenus, certains enchaînés, d'autres fumant la pipe ou lançant les dés, tous dans l'expectative. L'un d'eux, grommelant, tapait des pieds comme s'il foulait du raisin dans la pénombre.

— Ô suprême sagesse ! s'exclama-t-il enfin. Qu'elle est louable la justice sévère que tu déploies dans les cieux, sur cette terre, et dans l'empire du crime !

Un autre agité battait des bras en jurant qu'il n'était pas celui qu'il paraissait être mais que, fils de l'Ourse superbe, on l'avait dépouillé de son manteau flamboyant. Parfaitement calme, une femme aux cheveux gris nattés en couronne, son châle sur les épaules, vaguait des uns aux autres, bourgeois ahuris, joueurs de bonneteau, libertins emmitouflés, tous soumis à cachet par arbitraire royal, plainte palière ou imputation domestique. Elle prit à parti le nouvel arrivant.

— Connaissez-vous Falsifia, c'est ma fille, mon seul enfant, elle était avec moi il y a cinq minutes à peine, une grande blonde aux seins durs, des yeux à rendre la vue aux aveugles, l'avez-vous vue ? Ma Falsifia, souvenez-vous, elle contenait des deux mains son cœur dans sa poitrine tranchée. Je vous en prie, souvenez-vous…

La vieille femme erratique se laissa glisser vers d'autres fauteurs de troubles, écroués par mesure préventive ou suspects d'atteintes à la bienséance, et leur demanda pareillement avec une pathétique persévérance des nouvelles de Falsifia, sa fille au cœur arraché. Au long des quelques heures que dura ce pied de grue dans la chapelle, Papillon eut tout loisir de remarquer certaines similitudes de comportement entre les spécimens d'humanité rassemblés sous ces voûtes – notamment l'incohérence des propos, voire le tohu-bohu, ou au contraire une retenue exagérée, ainsi qu'une agitation rêveuse frôlant parfois l'accès de haut mal, ou à l'inverse cette insolite léthargie des premières lignes au champ de bataille pendant la trêve – et fut bien embarrassé d'en déduire qu'on avait dû le confondre avec l'espèce irresponsable des simples fous, ignares obstinés, amoureux, possédés, amuseurs d'âne, lampistes du soleil, auxquels se mêlent occasionnellement les traîtres et les espions. Un bataillon de gens d'armes conduit par un très jeune officier vint prendre en charge ce petit monde avant la nuit. Trois fourgons aux puissants attelages étaient rangés devant la prison. Sans doute pour compenser sa juvénilité, le gradé lançait ses ordres en vieux sabreur mais c'est paresseusement que ses hommes invitèrent les prévenus à gagner les voitures. Quelques coups de cape volèrent sur les récalcitrants. Mules et chevaux de traits partirent enfin sur les routes élargies des faubourgs.

La liberté finit quand on ne sait plus où l'on réside, mais les morts sont tranquilles à l'abri du lierre des murailles, sous les grands platanes bulbeux aux physionomies démoniaques où nichent les pies moqueuses. La Marne en contrebas babillait son antienne entre deux convois de barges qu'un chant de haleurs saluait sur les berges.

*Avec l'aide de saint Benoît*
*t'encorderai, lonlère jusqu'au paradis*
*mais sans pain du roy, lonla*
*jusqu'en enfer à dérive te laisseroi*

Autorisé à goûter à la lumière du matin après trois nuits passées dans une stalle de tri en compagnie des autres relégués, Papillon tendit l'oreille du côté de la rivière avec le sentiment d'être furtivement interpellé. Il haussa les épaules à la façon des mortels alors qu'il se promenait entre les tombes moussues d'une nécropole. Plus distinctement, s'élevèrent les voix fendues en tous sens des anges du souvenir. Sans doute était-ce le vent. Le frémissement des feuilles de platanes imitait les chuchotis de l'eau. On percevait aussi des plaintes, des cris étouffés parfois, comme d'une procession de flagellants sur les pierres aiguës d'une route au Calvaire. Papillon se pencha sur l'épitaphe d'une empoisonneuse morte en sainteté :

*Retiens ton souffle*
*Toi qui passes devant mes cendres*

En se relevant, il vit venir à lui un drôle de corps appuyé sur une canne qui boitillait des deux jambes, la face laquée et comme fumée au feu de bois, son crâne coiffé d'un tricorne tournicotant sur les clavicules, l'air d'un valet de bourreau revenu tout démanché d'un rigodon macabre. L'homme eut un rire sec de pétuneur.

— Ah, ah ! fit-il. Vous avez trouvé la porte basse qui ne ferme pas. Celle de l'ancien cimetière des fous criminels. Rassurez-vous, personne ne vous cherche là-haut. Il y a des gens comme ça qui ont une tournure si surprenante, ahurissante même, qu'ils passent inaperçus par un curieux phénomène d'évanouissement des facultés critiques…

— Parle pour toi ! s'irrita Papillon. Ta tournure, quoique sans surprise, ne me semble pas tout à fait inconnue…

L'individu en effet ressemblait fort à son écuyer d'antan, loup dépendu, pillard et paillard. Il conçut un instant l'aberration d'une pareille idée, mais pourquoi donc irait-il chercher une quelconque logique dans sa situation ? D'évidence, ce ne pouvait être que lui.

— Timor Inferni ! souffla-t-il au milieu des stèles. Misérable loufiat du néant ! Illusion satanique ! C'est donc encore toi…

## XXIII

*Tous les hommes sont fous, et qui n'en veut point voir doit rester dans sa chambre et casser son miroir.*

MARQUIS DE SADE

Il arrive qu'une banquise de brume halée par un fleuve recouvre le monde. Dans cette blanche immersion, tout subitement s'efface, l'attention est comme harponnée par l'indivisible hantise, celle qui n'a jamais cessé d'investir la mémoire et le corps d'un intime, spectral, immense reflet d'étoile ou d'abysse. Papillon sentit un léger souffle d'une fraîcheur de rose ou de lilas sur ses lèvres ; bouleversé, hors de lui, il voulut étreindre follement cette pâle épiphanie d'une profondeur de nébuleuse, mais l'ange du brouillard se déroba d'un bloc, avec la même promptitude, comme s'éloigne la haute falaise immaculée en poupe d'un navire. Papillon s'aperçut alors qu'il était seul et qu'une rosée ruisselait sur les tombeaux et les frondaisons.

Après avoir subi les affres de la plus versatile promiscuité, le soir de ce jour, le directeur de la Maison royale vint en personne lui annoncer son imminent transfert. « Vous comprenez, cher ami, au terme d'un long examen de vos ébats et délassements, difficile épreuve certes mais qui chez nous touche à la preuve, il se confirme que vous n'êtes point à votre place à Charenton, non plus d'ailleurs que dans les Petites Maisons… » Non, il n'était pas fou et si l'on pouvait lui imputer des entraves manifestes à l'ordre public, tels que duels, rixes et querelles de gascons, ainsi qu'un excès de libertinage et autres dissipations, il n'y avait pas là affaire d'État.

La nuit venue, une nuit venteuse de pleine lune, un brigadier de la garde civile conduisit un solide attelage et son escorte dans les murs de la ville avec ordre d'éviter d'éventuels rassemblements de galeux, pouilleux et disetteux. Les détours par les avenues désertes à cette heure longeaient des échafaudages et des amas de gravats entre les façades épargnées des quartiers marchands. Il n'y avait plus de bâtisses sur les ponts ni de bastions d'accès. La Seine décloisonnée scintillait au miroir du cosmos. En limite des faubourgs, par la voie des poternes, le fourgon gagna le quartier Saint-Antoine. Passé les goulets portuaires, en vue du pont-levis, entre les deux tours sentinelles, des torches de résine éclairaient les remparts de la Bastille. Sans descendre de selle, tandis que le fourgon franchissait les douves, le brigadier vint donner son ordre de mission aux factionnaires d'un poste avancé dans l'avant-cour de la forteresse.

Une fois de plus sujet d'obscurs pourparlers, Papillon dut attendre en antichambre qu'on statuât sur sa destination. On l'avait encadré à réception comme un de ces captifs de guerre voués à la vindicte, cependant que ses deux compagnons de transfèrement aux titres nobiliaires avérés, qui baron, qui marquis, avaient été pris en charge avec déférence. Le lendemain, après quelques heures d'isolement en cellule de détention, l'intervention d'une estafette du gouverneur mit l'officier de service, le greffier, l'économe et les concierges dans l'embarras. Tout ce monde avait l'idée, contrairement au billet de consigne signé par l'office des décrets, d'expédier cette étrange recrue portant beau mais haillonneuse, chez les pailleux, au quartier des prisonniers communs. L'époque était aux contrôles, tant des ressources, des affairements et des mœurs que de la qualité des répondants. Gare aux moins dotés, en prison comme dans la vie. Cette fatalité des pauvres que de rares privilégiés malchanceux découvrent comme un bas quartier de la justice, Papillon avait eu plus souvent qu'à son tour l'occasion de s'y frotter. Aussi ne fut-il pas loin d'être flatté quand deux porte-clefs le conduisirent sans dispute dans la tour Bertaudière où sont les hôtes de marque, certes à belle escalade, sous les hourds peuplés de corneilles des mâchicoulis. Spacieuse et propre, meublée de chêne avec un lit de gras chanoine et le soleil en meurtrière, sa cellule eût pu dignement accueillir le Chevalier au cygne ou le Bâtard de Bouillon. La lourde porte à ferrures rivetées ne s'en referma pas moins.

Le temps contraint plus ou moins à l'épreuve de son cours et passe davantage nomade et tempétueux qu'entre quatre murs de forteresse. Adonné à son vain commerce dans un tête-à-tête exclusif, Papillon l'éprouvait atone et léthargique comme s'il chevauchait quelque tortue géante. Le clignotement des jours et des nuits s'exhaussait au supplice de la goutte d'eau. Il lui arrivait parfois de regretter le sort des pailleux, dans leurs geôles des basses fosses, qui avaient fort à faire avec la vermine, assez du moins pour oublier le bruit de la goutte d'eau plus taraudante qu'une larme batavique. Au fil des jours, un doute s'insinua et s'éploya vite : comme chacun de ses codétenus de la tour, richement pensionnés par ceux-là mêmes qui sollicitèrent du roi leur réclusion par lettre de cachet, on lui servait en chambre le fameux menu du gouverneur qui devait consoler de leur réclusion bons becs et fines gueules. Il pouvait en outre commander fruits, tabac, vêture de saison, rémiges et parchemins, sans avoir une pistole à débourser. Quels louches garants se cachaient derrière toutes ces faveurs ? Quelle coalition d'intrigants ? La Bastille était une prison plus ou moins forclose où les dispenses et bons procédés le disputaient aux représailles. Jourdan de Launay, le gouverneur qui, par contrat de louage, régissait l'institution à son bénéfice, occupait dans l'enceinte une villa entourée d'un jardin imité de Le Nôtre où il lui arrivait de convier à déjeuner l'une ou l'autre des personnalités recluses afin de se distraire d'une frayeur d'assiégé au milieu des barbares. Si les récidivistes de l'évasion, querelleurs et prévaricateurs étaient coutumiers du cachot, les beaux esprits jouissaient de toutes les indulgences du roitelet mandataire. Pour les uns et les autres, réclamer des lumières sur son sort eût été une manière de contester, au risque de suites regrettables, le bon droit de la justice d'exception à la solde des puissants, hors tribunal et procédure.

Marc Papillon découvrait ces très captieuses subtilités avec un réel détachement. Les affaires humaines n'avaient plus d'ascendant sur lui. Du temps de sa jeunesse martiale, il avait combattu la Mort en personne et souffert des chers compagnons tombés plus que des coups reçus. La vie alors avait le prix de la douleur et de la perte. Rien dans le vaste aujourd'hui ne saurait plus l'atteindre, hormis sa délivrance. Et peut-être l'amour qui rend vivant, folle déchirure en tendreté. L'amour et le rêve, ces jeux où tout le monde perd. Mais il ne rêvait plus, son âme l'avait quitté. Le sommeil, acte même du secret, le changeait en statue invincible ; et qu'aurait-il eu à craindre, c'est-à-dire à attendre, une fois éveillé ? Conduit à l'échafaud, sous le fil d'une hache ou d'un couperet, il garderait un relatif sentiment d'invulnérabilité, comme le ver de terre que le soc des charrues multiplie.

À ses heures de permission, Papillon montait aux créneaux contempler Paris, l'allègre affairement du faubourg Saint-Antoine évoquant une fourmilière bousculée où glissent des brindilles, des spores et de plus gros insectes, chevaux ou bovins, sous les carapaces d'écaille des toits qui, mer immobile, se fondent dans la brume avec les clochers et les dômes mesurant les distances et, plus loin, les massifs forestiers couronnant la plaine effilochée en masures noircies le long des chenaux et des méandres du fleuve, moulins, minoteries ou manufactures fuligineuses. Accroché à la terre herbeuse, le grand paysage urbain se modifiait avec une fausse lenteur selon un principe invasif, comme l'insidieuse mérule capable d'ingérer forêts et maisons sous un velum d'ouate ocrée. Enfin l'azur en regard du miroir brisé des étangs, rivières et canaux, le grand ciel façonnant l'oubli des créatures, pareil au silence d'un dieu qui devine les destinées et larmoie par roide miséricorde. Et les nuages, montagnes éblouies à l'horizon, grands vaisseaux de buée voguant vers la lumière, visages penchés sur les prairies d'outre-tombe, les nuages toujours analogues lui étaient seuls fidèles. Parfois il allait marcher sous la surveillance des vigiles dans les tristes allées de mâchefer qu'affligeait davantage une bordure fleurie de roses trémières. Il y croisait parfois un certain Marquis flanqué d'un valet ou d'une jeune parente très pâle avec laquelle il devisait ; ravi d'un mot ou d'une évocation, la face rencognée par un rictus du fond de l'âme, il partait d'un rire aigu de goéland, les yeux soudain renversés comme s'il cherchait sa pensée dans les nues. D'autres fois, un insensé revêtu en toute saison d'une houppelande au semé de cygnes répandait sur ses pas une odeur de charogne ; sifflotant comme un merle, le nez en l'air, ses poches étaient pleines de passereaux étouffés qu'il avait l'art de piéger avec de la mie de brioche à peine voltigeant au creux de ses paumes. À qui sait observer, la pratique de l'espèce humaine en milieu clos vaut largement celle de l'oiseleur. Chaque individu est mû par un déséquilibre particulier, réflexe de tout mouvement intime. L'étrangleur de moineaux – il l'apprit d'Andrea de Malfeo, le sculpteur marbrier de la tour Liberté – avait eu une mère infanticide dont il put voir en rescapé l'exécution par pendaison en place de Grève.

C'est justement chez Andrea qu'il se rendait ce dimanche de mai, veille de la Pentecôte. Par dérogation, le gouverneur étant un ami des arts, on avait accordé au sculpteur une cellule double et le droit d'installer la plus grande en atelier. Andrea dans sa blouse ressemblait à un oiseau échassier, précisément à l'ibis chauve qui est en fait hirsute. Plusieurs fois dans l'année, à sa convenance, lui était livré un bloc de pierre lustrable en remplacement de l'œuvre accomplie que son pourvoyeur et prétendu mécène s'appropriait à titre de dédommagement avec les compliments du gouverneur. Andrea n'y trouvait rien à redire. « On me vole comme une poule pondeuse, disait-il. Mais je n'ai pas le goût de couver mes sculptures. » Dressée sur l'épaisse sellette de chêne, dans le maigre éclat du jour, l'œuvre en cours touchait à son achèvement. Papillon avait suivi son élaboration avec cette distraction soutenue qu'on porte à l'avatar d'un nuage. Du bloc de marbre s'était peu à peu extraite et dégrossie, à petits coups rythmés de maillet contre les ciseaux, l'ébauche toute mentale d'une silhouette humaine, sans modèle ni compas, jeune femme à elle-même identique, dans l'attitude dansante d'une Diane chasseresse. Puis le travail s'affinait extraordinairement avec les outils de polissage, râpes, rifloirs ou pierres abrasives. Andrea de Malfeo perpétuait l'art d'une subtilité exacerbée de son maître le vénitien Antonio Corradini qui usait de la légère translucidité du marbre pour voiler perversement sa déesse, la nudité sous la tulle transparente prenant vie sans que l'œil pût s'arracher à l'illusion : sculpter les pliures du voile et la chair d'un même semblant, dans un troublant effet de profondeur, comme la surface froissée de l'eau vive sur un lit de rivière, avait cette particularité d'exalter une convulsion, un sursaut tétanique, l'instant funeste : la plus vénérienne des idoles mourait d'extase sous le voile d'Eurydice. Longtemps, Papillon s'interrogea sur ce mystère évoquant les glacis du peintre que le sculpteur ne cessait d'approfondir, miraculeux frissons du vide en bas-relief ciselés sur une anatomie voluptueuse en ronde-bosse. Une petite cicatrice en forme de feuille de fougère étoilait l'ourlet du nombril. Plus que l'arrogance virginale des seins et le fruit hâtif de la vulve, le visage au bel effroi de lys sous le clair ombrage l'emplissait de stupeur. C'était elle, ce ne pouvait être qu'elle – sa Nouvelle Inconnue !

— On la croirait foudroyée dans son élan, marmonna Papillon. Oui, comme frappée par l'éclair au moment précis d'atteindre le bord d'un autre monde…

Andrea restait muet, ses mains blanchies de poudre de calcite, les yeux de glace, un sourire de noyé flottant autour des lèvres. Son visiteur revint presque chaque jour, saisi d'appréhension à mesure que la sculpture se parachevait ; un coup de ciseau de trop pouvait à tout instant en détruire l'harmonie, la tuer comme la foudre. Et cependant on n'augmente pas une statue de pierre ; nulle autre incarnation pour elle hors du martyre de l'abrasion et du façonnage. Papillon vécut durant ces heures, jour après jour, un tourment inédit, sorte de prurit amoureux attaché à une chétive et d'autant plus poignante réminiscence. Sous la feinte nitescence des voiles d'albâtre exaltant sa nudité, la statue comme soulevée juste au point de vacillement exacerbait sa perplexité : quelle folle intention animait l'artiste ? Sa créature effrontément offerte à la rapacité du désir attisait au bord du vide une glaçante ferveur.

Bien qu'averti de l'esprit de révolte qui agitait la ville et ses faubourgs, le marquis Jourdan de Launay gouvernait sa forteresse à la façon d'un fermier général, compensant le prix du bail par les recouvrements des frais de pension desdits *pistoliers*, riches prisonniers, la plupart sous tutorat, et des indemnités d'office perçues pour l'entretien des embastillés impécunieux – avec, comme il se devait, un goût affiché pour les arts, les sciences et le bel esprit. Si l'invitation d'un résident à sa table pouvait signifier une promotion dans la hiérarchie de cette petite cour de réprouvés plus ou moins criminels, faussaires, artistes, tous insubordonnés, voire irréprochables et talentueux, que le gouverneur et sa suite aimaient à l'occasion fréquenter, elle s'accompagnait toujours d'une sourde menace de disgrâce censée garantir les préséances.

Seul invité au déjeuner du gouverneur ce jour-là, et pour la première fois, Papillon s'attendait à quelque mercuriale. Ses geôliers, la clique trébuchante des vigiles au surnom d'*invalides* et jusqu'au capitaine des portes, nourrissaient de sérieux motifs de rancune à son égard. Le gouverneur aimait bien régler les contentieux à table. À ses côtés, son épouse souriait, pouvait-on dire, à gorge déployée, dans un silence d'icône. Devant son rond de serviette, le lieutenant du roi en charge de la garnison était pareillement coi, la mine avenante, ses sourcils charbonneux barrant un front lourd de griefs.

— Chers amis, nous avons des nouvelles, déclara d'entrée le gouverneur. La rue est turbulente mais sans excès, toutes ces affaires de collier et de brioche sont derrière nous. Avez-vous vu comme mon jardin s'épanouit et embaume, toutes ces fleurs...

Papillon acquiesça sans comprendre. Un domestique servit l'eau et le vin, un autre vint répartir en belles tranches une couronne de tête de veau en gelée.

— Que pensez-vous de l'époque, cher monsieur de Lasphrise ? poursuivit de Launay d'une voix soudain hardie et enjouée qui ne briguait pas de réponse. On raconte que vous avez beaucoup vécu, on raconte bien des choses à votre sujet dans notre petite communauté. Le comte Hubert de Solages – notre violoniste impénitent de la tour de la Bertaudière qui enleva naguère sa jeune sœur à un mari outrancier – laisse entendre que vous eussiez été poète dans une autre existence, mais sous quel nom, mon cher ? À ma demande, notre major chargé des archives nous a exhumé de je ne sais quelles poudreuses annales un obscur capitaine Lasphrise, poète et soldat, bien sûr il ne peut s'agir de vous, celui-là vécut au temps du bon roi Henri...

Comme Papillon éludait ces confabulations la bouche pleine, en haussant les épaules, peu disposé à passer pour un fou au milieu des insensés assignés au secret par leurs familles, le gouverneur se rengorgea et toucha le vif du sujet tel un escrimeur après les feintes et les esquives.

— On jase, on jase, ah ! s'il n'y avait que des paroles ! Mais vous bousculez nos invalides ! Pas plus tard qu'hier, lors de la promenade, on vous a vu provoquer en duel le capitaine de la porte ! Heureusement que les armes des détenus sont consignées au greffe. Et puis qu'est-ce qui vous pousse à visiter ce malheureux Andrea de Malfeo ? Je ne devrais pas vous le dire, la noble famille de son épouse a préféré au scandale d'un procès public sa mise au secret dans notre établissement par lettre de cachet. Vivante ou morte, la belle Yrène a toujours été son unique modèle. Aucun motif n'explique pourquoi ce génial tailleur de pierre a étranglé froidement sa promise sur l'autel d'un oratoire de la rue d'Enfer tout en lui faisant subir les pires outrages sous les yeux innocents des sœurs de la Relique du Saint-Vœu. La passion mène parfois au comble de la frénésie. Allons, laissez donc cet homme à sa dramatique solitude et cessez d'effrayer nos braves porte-clefs. Mieux vaudrait que vous demeuriez plus souvent dans votre cellule à rédiger un gracieux éloge du roi Louis en vers rimés, sa majesté y serait très sensible, elle pourrait même vous accorder une pension en témoignage de sa princière gratitude…

# XXIV

*Aimer n'est pas un projet ;*
*C'est l'instant qui nous éclaire.*
JEAN-FRANÇOIS MARMONTEL
*La Fausse Magie*

À quoi songeait-elle, la tête du gouverneur de Launay, fraîchement tranchée par un chevillard et brandie sur une pique au soir de la prise de la Bastille, ainsi lanternée à travers Paris encore tout enfumé par l'incendie des barrières d'octroi ? Après avoir essuyé la canonnade des gardes suisses embusqués sur les tours de la forteresse, la foule en armes, enivrée au moût mêlé de sang de la victoire et lestée enfin de poudre à fusil, défilait sans fin dans la touffeur de cette nuit caniculaire entre le faubourg Saint-Antoine, le quartier des Halles et le Palais-Royal.

Vers l'aube, sur le Pont-Neuf déserté, dans sa robe blanche tachée de rouge, les cheveux défaits au vent, Andrômeda Flor Da Lua semblait une allégorie descendue du fronton d'un temple. On entendait au loin des tirs épars, des explosions ; et çà et là des cris de joie soudains ou de longs brames d'ivrogne. Les amas de vieilles planches et de tonneaux des barricades achevaient de flamber en retrait des deux rives. Portée par la tourmente hors de son refuge d'un quartier de ceinture, par-delà la rue du Bout-du-Monde, Andrômeda contemplait l'ouverture du fleuve à cette heure de bascule où le ciel et la surface des eaux convergent et tournoient l'un dans l'autre, comme à l'estuaire des âmes ce mascaret de mouvante clarté noyant les derniers songes. Sur fond de bruine cendrée palpitait une calme fusion d'ailes de rollier bleu telles que Dürer les peignait et de pétales de mauves, de budleyas ou de violettes. En ces matins de juillet, quand les statues n'ont pas d'ombre encore, ombres elles-mêmes au point du jour, on eût pu se dissoudre dans la merveille de l'instant si un vent aride n'avait exhalé cette odeur de poudre noire et d'embrasement. Ni la veille ni jamais, Andrômeda n'avait manqué sa partition aux vigiles des trois nocturnes ; en aucun cas elle n'oubliait son rôle à l'office. Il fallait que les psaumes résonnent, serait-ce dans un désert. Libre de ses gestes mais étrangère au monde, elle n'avait pas d'autre exutoire que chanter pour l'éternité. Il lui arrivait de chanter même à l'aube, dans sa cellule de l'ancien couvent des Demoiselles de la Sagesse devenu une renardière de réfugiées à la charge du chef de chœur, bon diacre à la tournure d'ogre au service des indigents. Andrômeda de son côté n'obéissait à aucune règle particulière ; personne après l'avoir écoutée n'aurait eu l'idée de la contraindre, tant sa voix, désarmant toute défiance, consolait quiconque de la honte d'être né. La terre un jour avait rué sous elle, petite fille éclose dans la gloire des palais, et les pavements de marbre s'étaient entrouverts, tous les cintres du ciel avaient chu. La ville entière s'était effondrée entre les folles colonnes d'écume de l'océan, et des foules de gens submergés, brûlés, démembrés, à jamais délivrés du serpent d'or de la vie, ne connurent pas la monstrueuse accalmie succédant au chaos, pur azur, mer d'huile, soleil de diamant extrait d'un front d'astre. Vivante mais inerte et peut-être sans âme, la petite fille jetée au large des côtes avec les vingt mille cadavres du tremblement de terre de Lisbonne, dériva longtemps ; portée par les pans damassés d'une ample robe jaune et noire, comme une salamandre sur un nénuphar, elle s'était éveillée sans mémoire au milieu des corps flottant par milliers, hommes, femmes et enfants qui peu à peu emplis d'eau et de sel chaviraient drôlement sur eux-mêmes et, la bouche et les yeux grands ouverts, sombraient les uns après les autres avec d'étranges saluts de leurs bras raidis dans les profondeurs abyssales. La frêle naufragée, seule indemne, avait papillonné ainsi sur l'océan pacifié avant qu'une chaloupe la recueille. Transbordée sur un galion nantais de retour du golfe du Niger, c'est ainsi qu'elle fut prise en charge, après trois jours et trois nuits de voiles hautes, au port de La Rochelle par le diacre chargé alors de convertir les esclaves africains enchaînés dans les cachots de la forteresse avant leur déportation pour le Nouveau Monde.

Sur le Pont-Neuf, libre de tout effroi, Andrômeda entendit rouler le canon d'alarme des Tuileries en écho du tocsin qui, épars et nombreux, déroutait les gardes-pompes partis à la chasse aux flambées. Elle se souvint d'un rendez-vous jamais tenu loin d'ici, dans un rêve, et s'en fut bientôt du même pas de statue d'air et de vent sculptée par son propre mouvement. Vaguant à travers l'encombrement des rues de bas commerce et de prostitution, elle eût très bien pu être dans le quartier aux fontaines de Lisbonne, où murmurent contre la pierre les voix des générations défuntes. Rien du passé n'échappait à l'épaisseur du temps et l'instant présent vacillait tout imprégné d'oubli dans l'inconnu, comme si chacun autour d'elle, femme, homme ou animal, habitait à son insu une lumière abrupte, *inaccessible*. Andrômeda, sans mémoire, perçait d'un clin d'œil les destinées. Elle croisait tous les regards. Même le museau du rat, tapi sous l'éventaire des maraîchers aux faces blêmies par la grande peur des campagnes, semblait brocher vers elle les têtes d'aiguille de ses prunelles. L'excès de malheur, dans les yeux des revenants et des martyrs, échappe à ce monde pour mieux l'observer en retour, eût-on dit. « Mais qu'est-il arrivé ? » s'enquérait indéfiniment la passante face au tragique accent du jour. Personne ne remarquait sa robe, sorte d'étole librement drapée que le sang d'une poule décapitée sous son nez par un déserteur des gardes françaises zébrait de bas en haut. Elle avait esquivé l'ivrogne et d'autres plus hardis qu'il fallait soumettre aux foudres du hasard.

Un homme d'aspect rustique, l'épée au côté, la précédait rue du Bout-du-Monde, allant d'un pas cérémonieux comme s'il enjambait des gouffres entre les haies obscures d'un labyrinthe.

Elle l'avait entraperçu deux ou trois fois dans l'oratoire, mal dissimulé à l'ombre des voûtes. Il arrivait qu'un orphelin des rues à l'ouïe fine ou quelque errant maléficié se trouve hélé par les échos de la chorale d'immortalité. Les vagabonds du temps se reconnaissent à la fièvre de leur regard autant qu'à la poussière de leurs bottes. Mais le voilà qui se retourne sur elle, les balafres de son visage luisantes de sueur ou de larmes.

— Pardonnez au fugitif en peine de salut, dit-il. Depuis une nuit de neige d'un autre siècle, votre voix me guide, mais j'ignore vers quelle destination.

— Je me souviens de vous, répondit Andrômeda.

Comme enveloppée d'un nimbe d'absence et d'une beauté plus qu'humaine, elle s'éloigna sans ajouter un mot. Demeuré un temps incertain, dans l'hébétude, Papillon chercha à la rejoindre, mais c'eût été plus aisé de mordre aux neiges d'antan ou de saisir la nymphe Écho

*parlant quand bruit on mène*
*Dessus rivière ou sus estan*

De retour avant mâtines rue Saint-Denis, il lui vint à l'esprit d'imiter les noctambules réfugiés pêle-mêle dans l'ivresse – émeutiers rompus d'ahan, déserteurs de la garde, évadés des Petites Maisons se mêlaient aux ivrognes ordinaires. Après la révérence aux morts, les collectes pour la veuve et l'orphelin, les rafistolages approximatifs de chirurgiens-barbiers et les joyeuses accolades dans Paris glorifié, on plongeait la nuit venue par-dessus la soif au fond des cours, dans les tavernes et les bordels de Sainte Marie-Madeleine, sans grand souci du couvre-feu. Barriques et futailles étaient à la perce et les guetteurs buvaient aussi. On riait fort et pleurait de cette sombre joie propre à la tendresse des brutes. L'affliction qui précède le deuil persistait mal faute de moyens, mais le vin réveillait les morts. Où sont-ils serrés, ceux qui furent avant nous ? Ils gisent en morgue vidés de leur sang et boiront à notre misère un clairet d'asticots sous la terre élue.

Attablé seul au cabaret de l'Écuyer Tranchant, Papillon mimait si bien la compagnie devant ses trois cruchons de vin qu'on le laissait tranquille à boire. C'était une découverte ; l'excès de boisson dans les casernements et les caboulots de plein vent, lors des longs sièges ou des batailles sur les champs de luzerne, mettait du feu aux entrailles sans trop obscurcir la cervelle. Les effets de l'intempérance désormais étaient tout autres ; plus de bornages entre ses impressions, qu'elles viennent des songeries ou du petit monde grimaçant qui l'entourait. La nonne à la robe ensanglantée de la rue du Bout-du-Monde exaltait ses chimères. Bu en quantité, le vin remue les souvenirs avec les étoiles. Pourtant il n'était en rien affecté dans son corps : ni euphorie ni troubles de l'humeur. Des feux grégeois volaient autour de lui, des voix l'appelaient. Lors d'une bataille en mer au large de Corfou, à bord d'un galion aux armes des Guise, un boulet ennemi, rompant des agrès, l'avait jeté par-dessus bord. Sa lourde cuirasse l'avait porté au fond avant qu'il pût s'en délivrer. Oui, c'était cela même qu'il éprouvait, *l'ivresse des profondeurs*. Les hennissements d'hilarité et abois de querelle dus à la commune soûlerie le distrayaient à distance. Était-ce sa faute de manquer à l'époque ? Il eût aimé accompagner l'instant vécu dans ses joies et ses colères. Mais las ! le temps le régurgitait hors de l'heureuse assemblée des buveurs ; il n'était pas plus leur contemporain qu'Aristote, lequel s'était complu à segmenter l'humaine espèce en trois catégories : « Les Vivants, les Morts et ceux qui vont sur la mer. » Lui avait navigué sur toutes les latitudes, sabre au clair ou chaînes aux pieds, mais il n'aurait su déterminer à quelle variété d'état ranger présentement sa carcasse.

Autour de lui, dans la lumière trouble des lanternes, beaucoup simulaient la vie, le regard absent ou la face déformée par une rage carnassière, les mieux vêtus montraient plus de magnanimité. Un grand corps filiforme vint soudain à se déplier comme un mètre de menuisier.

— Le prix du pain a doublé ! pesta-t-il. Et voilà qu'on achète la farine à l'étranger. La paysannerie est aux abois, des familles de loqueteux viennent mendier par centaines aux portes de Paris...

— Le peuple est comme Job, couché dans le fumier des riches ! dit un éternel défroqué. On a vidé les armureries, qu'attendons-nous pour piller les églises et les coffres des fermiers généraux !

— Vive l'abolition des privilèges, vive le tiers état, vive la liberté ! osa un bourgeois venu s'encanailler. La corde à ceux qui exigent une preuve de noblesse...

Du brouhaha en écho à ces tribuns improvisés n'étaient distincts que les noms de la blanchisseuse Marie Charpentier, héroïne du jour, de Fabre d'Églantine, fameux librettiste, ou du folliculaire Camille Desmoulins, les premiers rôles attendant que le drame se nouât pour entrer en scène et accaparer profusément les consciences. Papillon, qui eût été lui-même mort d'ivresse en d'autres circonstances, enjamba des outres de chair soûle et alla respirer un autre air dans la nuit noire. Bien que d'esprit arriéré par acte de naissance, il n'était pas hostile aux lumières du temps. Les huguenots au royaume de France avaient fini par gagner la partie. Mais comment la Nature qui n'est pas Dieu aurait-elle pu créer les hommes libres ? Nés captifs de la nécessité, les pauvres humains ne pourraient s'affranchir des servitudes qu'en extorquant sans pardon la pleine égalité des droits. Du moins était-ce pour lui une idée acquise à force de tourments et de déboires ; tout bienfait ici-bas étant affaire d'arrachement à cette satanée nature qui vous colle aux basques jusqu'aux portes des enfers. Au fond, il regrettait plus que tout l'état mortel, quand mourir était à peine plus compliqué qu'achever un repas chez un philosophe ivre.

Déambulant au milieu des chaussées, sans égard pour les véhicules et rares cavaliers qui affrontaient l'inquiète ténèbre de cette nuit d'été, Papillon traversa Paris d'un pas égal, prêt à en découdre avec une armée de démons, à commencer par le serpent des profondeurs, l'enragé Byleth, maître des exorcismes – mais les incubes sont une infinité en tous lieux à persécuter les âmes dont l'air est empli ! S'il espérait leur délivrance, il lui faudrait se battre diligemment contre le seigneur du vent et ses moulins invisibles, reprendre en main l'épée merveilleuse que la porte du paradis seule brisera, afin d'épouiller chaque brin d'éther et chaque atome de rêve des diableteaux qui les tourmentent…

Tout à coup envahi d'une grande lassitude, Papillon modéra sa hâte au seuil des banlieues. Le jour s'étendait maintenant de part et d'autre des remparts. Il considéra les jardins et boqueteaux au-delà des décombres d'un bureau d'octroi qui fumait encore. Les vapeurs de l'alcool se dissipèrent avec les brumes du matin. Il s'enquit un peu plus loin d'un relais de poste auprès d'un maraîcher déjà à bêcher ses pieds de haricots. Dans les écuries installées sous deux voûtes de l'aqueduc Médicis, à la limite de Gentilly et Montrouge, il n'eut que le choix entre une jument cagneuse et un mulet panard. Le maquignon qui se prétendait expert en aplomb ne transigea pas sur le prix.

— C'est au coût de la viande, m'sieur ! Faudra un ducat d'argent de plus pour la selle et les harnais.

Au trot sur la jument, Papillon s'en fut plein sud jusqu'au relais suivant où il l'échangea contre une monture plus stable, le rein souple et fort, allant à l'amble comme au galop. Le vendeur empocha en sus de la belle monnaie.

— Le principal défaut d'un cheval, conclut l'homme en cédant les rênes, c'est son cavalier. Pareil pour un royaume ! Je suis pas une lumière, mais voilà toute ma philosophie…

En chemin pour la Touraine, Papillon découvrit les nouvelles routes royales, larges et soutenues par de forts remblais. Il s'étonnait de si peu reconnaître les abords des bourgs et cités, sinon par leurs clochers. Les forteresses démantelées servaient de carrières pour les voies et terrassements en construction. Aux hameaux de chaumières à l'abandon succédaient de neuves bourgades aux toits de tuiles autour de manufactures, forges et minoteries. Les forêts par endroits s'étaient déplacées comme des armées en campagne. Il ne reconnut pas davantage le cours des rivières et vit des moulins d'eau enlisés en pleine terre. Seuls les nuages ! songea-t-il. Les nuages éternels et le vol fou des hirondelles. Après une nuit passée à la belle étoile, entre un bois de bouleaux tout frissonnant des caprices du vent et la sombre dévotion d'un étang aux senteurs d'église, il alla flatter l'échine de Saut Perdu, vingt-septième en titre, qui broutait l'ortie et le trèfle blanc à l'abri des lisières. De nouveau sur les routes, il vit une aile de moulin baratter la brume lactescente du petit jour à la pointe d'un mamelon et se souvint avec une précision inaccoutumée d'un mercenaire des troupes perdues au retour du siège de la Mure, double solde au service du duc de Mayenne qui, après les tueries aux abords de la cité huguenote, chantait à belle voix la même vieille complainte allemande.

*Là-haut sur la colline*
*Il y tourne un moulin*
*Il ne moud rien qu'amour*
*Du soir jusqu'au matin*
*La meule s'est brisée*
*L'amour est à sa fin*
*Dieu te bénisse, ô bien aimée*
*Je vais en terre étrange*
*Y goûter l'amertume*

Depuis cette rencontre de trouble remembrance rue du Bout-du-Monde, Papillon avait l'impression de revivre les facultés éteintes de sa jeunesse ; celle-ci – conclut-il avec une espèce d'effarement – s'étendant à toute son existence précaire d'avant le pacte. Ainsi goûtait-il à nouveau, par brèves effractions, à la feinte attente du chasseur de palombes qui ne souhaite que le tressaillement de l'aube, au désarroi amoureux qui s'émeut à la pensée de la plus ténue morsure d'un lobe d'oreille ou du téton à demi échappé du corset. À l'espérance enfin, laquelle voulant hâter Chronos ne rapproche que du tombeau. Le cavalier de l'éternité a-t-il besoin d'éperons ? Il n'empêche que tous ses sens s'avivaient par instants comme au sortir d'une de ces longues syncopes qu'entraîne le heurt des armures au combat. Au-dessus des champs de blé et d'orge, une alouette s'envola en pépiant à tue-tête jusqu'à la pointe du zénith.

Le sabot du cheval sonna bientôt sur le pavé d'une voie romaine. Seul avec son Livre en tête, Papillon se demandait d'où viendrait le secours à sa lassitude, quand il vit cheminer au loin, queue à queue sur une route de traverse, trois ou quatre roulottes bâchées tirées par des mules.

## XXV

## Dans la sombre baraque de l'univers

Fille de la rumeur et de l'infortune, la Grande Peur qui s'était étendue comme une peste sur tout le territoire tourna vite à la panique générale, c'est-à-dire à l'émeute. Les événements de Paris colportés de proche en proche par les routes et les chemins, et déformés de bouche à oreille en jurements d'arracheur de dents et conteries d'ensorceleurs, provoquèrent maintes guerres de gueux dont pâtirent les hobereaux rencognés dans leurs privilèges. La faim affûte la révolte. Depuis des années, à cause des intempéries, de la dîme grosse et des gabelous, la soudure entre les nouvelles récoltes et les réserves des précédentes ne se faisait plus, entraînant des pénuries calamiteuses au grand profit des spéculateurs. Des souffleurs d'étincelles venus d'on ne sait où surgissaient pour crier au feu sur la place des villages. Des bandes de brigands et de mercenaires qu'on jurait à la solde des aristocrates auraient été vues sillonnant les campagnes pour arracher les blés verts, égorger les enfants, profaner les églises et les femmes. Tout devint alors menace ; une troupe de moines pèlerins fut ainsi désignée à la vindicte. On racontait que l'envahisseur anglais ou allemand s'apprêtait à mettre le pays en coupes. Parfois, la poussière soulevée par un troupeau de bovins menés en foire suffisait, dans l'effroi du tocsin, à lancer des foules de disetteux munis de torches et de haches à l'assaut des châteaux et des prévôtés. La fuite de la noblesse rurale vers les cités portuaires ou les proches frontières évoquait l'exode des protestants au temps du grand roi Louis. Tandis que la révolution en cours n'avait de cesse, vague après vague, à Paris et dans les grandes villes, d'avoir mis à bas l'ancien régime, ces épisodes de confusion insurrectionnelle se succédaient par contrecoup au fond des campagnes secouées par les fermentations de la peur et les feux du ciel. Victimes prédestinées, les gens du voyage, bohémiens, bateleurs, camelots et autres bonimenteurs apprenaient à se concerter dans les tavernes des villes ou à l'abri des feuillées, autour d'un feu de bois d'aulne, avant de se hasarder sur les chemins bocagers ; il y avait, en Bretagne et ailleurs, des zones tranquilles encore, mais qu'un embryon de guerre civile entre chouans et égalitaires rendait d'accès périlleux. Les forains opinaient sans trop adhérer, sachant d'expérience leur peu de recours entre l'enclume paysanne de la sédition et le marteau citoyen de la répression.

Et dans l'affaire, les comédiens de plein air ou de salon, sociétaires du vent, étaient sans doute les moins bien lotis. On ne pouvait plaire au diable et à son chapelain. Personnage lunatique et volage, maître Jehan des Embruns, le régisseur d'un petit théâtre d'ombres ambulant, était habile en subterfuges. Outre les mules et un singe savant, la troupe comptait deux femmes, l'épouse et la fille adoptive du régisseur, ainsi qu'un ancien bouffon de la cour de Navarre, par ailleurs acrobate et prestidigitateur. L'imbroglio qui détourna Papillon de sa route pour les suivre eût pu faire un roman. Privé de son cheval et de l'usage de sa dextre à la suite d'une rixe héroïque qui s'acheva en débandade, laissant sur le talus trois escarpes percés à cœur, le capitaine Lasphrise, lui-même estourbi, fut charroyé et patiemment soigné par ses obligés. Par Melphebela en particulier, la jeune montreuse d'ombres derrière l'écran de drap et sous l'œil flamboyant d'une grosse lanterne à verres oculaires.

Les années passèrent ainsi, dans la stupeur des nuits, l'adversité du jour et quelques matins d'alacrité, convoi de mules allant d'une grand-route à l'autre par les chemins vicinaux, en quête d'une place publique ou d'un pré par beau temps, d'une grange aux intempéries, voire d'un de ces châteaux mis à sac à l'occasion d'une jacquerie ou lors des expéditions punitives inspirées par le comité de sûreté générale. Dans les petites villes et les bourgs de préférence, le régisseur pilotait la mise en place du plateau – planches et toiles peintes clouées et encordées sous un dais de fortune –, après avoir montré patte blanche aux offices municipaux. Il arrivait qu'on les chassât sans ménagement ou que la compagnie fût mise aux arrêts tout entière pour contravention ; mais plus souvent le théâtre dûment monté entre les trois roulottes donnait dans la pénombre ses fantasmagories inspirées du premier montreur d'ombres à la Cour du roi, que la salle fût pleine ou clairsemée. Maître Jehan des Embruns ne mentionnait pas Versailles ni le Palais-Royal dans ses préambules, songeant aux nobles publics d'antan livrés à la guillotinade, mais par fidélité à Séraphin, le Molière des pièces d'ombre, il ne manquait pas de contrefaire à loisir l'annonce au public :

*Entrez barbons, entrez galantes*
*Voir Euphémé en tenue d'Ève*
*Et Momus en habit noir*
*Dans la sombre baraque de l'univers*
*Ici vos doublures sont mes ombres*
*Chez Chicot et Triboulet venez voir*
*La belle railleuse et l'affreux moqueur*
*Puissiez-vous damoiseaux être aux anges*
*À voir cabrioler la fée des louanges*

Melphebela en Euphémia, et en Momus le bouffon acrobate prêtaient leurs voix aux ombres et, dans un habile jeu de lumières, se mêlaient naturellement à la fantaisie derrière la toile de drap tendue. L'une, délicate silhouette toute en fines courbes, chantait les plus beaux airs, et l'autre, portant bosse et grelots, musiquait à merveille, tant au luth qu'au flûtiau, tandis que maître Jehan et sa forte compagnonne Alaysia manipulaient les personnages de ficelle et de carton découpés et articulés jusqu'aux phalanges et pointes des oreilles, tout en faisant glisser comme figures de songe les décors de métal, palais et cités, paysages et nuages. Une fois la baraque d'illusion montée, après avoir conduit en crâne escorte la caravane à travers les glèbes déshéritées, Papillon s'émerveillait ingénument du spectacle. Son engouement pour les ombres évoquait l'envoûtement du chat devant un trou de souris ou l'ivresse du papillon de nuit autour d'un falot. Sur l'insistance rieuse de Melphebela dont il semblait éperdument épris, le paladin s'était peu à peu prêté au jeu des feintes et artifices et fabriquait pour elle des saynètes insolites. Ce n'était plus écrire à son sens – seule une main précaire, un cœur décomptant les secondes à vivre, un esprit sans emprise sur les lendemains, pouvaient braver la finitude humaine. Pour lui rien n'existait plus, tout n'était que flamboiement d'irréalité, aurait-il même composé à l'égal des plus beaux vers d'André Chénier – *Jeune captive*, *Jeune Tarentine* – qu'un procureur expédia naguère à l'échafaud tandis que l'encre séchait encore dans sa geôle, lui lançant au visage que, moins encore que de savants, de doctes ou d'astucieux, la République n'avait besoin de poète. Par chance le goût de lire ne s'était pas éteint en lui, cependant ralenti par les surprenants usages qui se faisaient du langage, à mille lieues des *Diverses Poésies du Capitaine Lasphrise*, de ses folâtreries et de ses Tombeaux. Les licences, inventions et contraintes de la nouvelle poésie l'ahurissaient à vrai dire, comment était-il possible à la gent lettrée de mettre tant d'eau tiède dans le vin aigrelet de Malherbe, d'imiter si platement Racine et Corneille et de dédaigner avec un tel acharnement les rares esprits dignes de renommée ? Quant à ses propres vers, il eût fallu les traduire en latin d'église puis les retraduire en un parler d'usage pour les faire entendre au Temple des frimas où se congratulent clercs et ganaches.

Mais il prenait plaisir à s'adapter aux nouvelles mœurs et le doux commerce de Melphebela – jeune personne sans autres études que l'aventure des chemins et pourtant combien plus au fait des réalités de son âge – lui donnait l'impression d'être une sorte de convalescent des gravelles de la scholastique, tant la flagrante fausseté des prétendus savoirs acquis en son temps le vidait, les siècles passant, de toute prétention à la connaissance. Avec Melphebela, il apprenait doucettement à perdre les affèteries de l'arrogance, la morgue savantissime et les postures de l'idiot farci d'hypothèses et de théories. La première et ultime saynète rédigée à la manière de Séraphin pour le théâtre d'ombres lui vaudrait beaucoup de compliments et les foudres de l'Église et des tribunaux populaires.

Papillon s'était souvenu des belles têtes chues en nombre dans la sciure après les massacres de septembre. La guillotine était alors une parade honorable palliant l'horreur des exécutions sommaires qui discréditaient la légitimité des partis au pouvoir confrontés aux affres de la guerre civile. Quand il n'allait pas lui-même au sang, le peuple en goûtait le spectacle ; il affectionnait à distance ces tueurs agréés qui accomplissaient en son nom la besogne. Venue à bout de celle des Bourbons, la dynastie des Sanson régissait les imaginations. L'exécuteur des hautes œuvres devint le Vengeur du peuple. Bon père de famille, respecté de tous, Charles-Henri Sanson, dit le Grand, traitait ses patients d'un jour avec une certaine urbanité teintée de cette obséquiosité des grands laquais de cour. Plusieurs devinrent célèbres en lui rendant grâce par un comportement exemplaire, comme cet empoisonneur compulsionnel et très croyant dont les cendres et ossements furent vendus à prix d'or à la foule au lendemain du supplice.

*Ô mort ! tu peux attendre ; éloigne, éloigne-toi*

Papillon se répétait les vers de Chénier quand l'inspiration lui advint par le détour des événements. C'était lors d'une tournée du théâtre d'ombres dans le Vivarais, après une représentation à Rochemaure, du côté de Montélimar. La maréchaussée vint arrêter le bouffon de Navarre au grief de débauche contre nature dans la chapelle de Notre-Dame-des-Anges, où il fut surpris à bougrer un vieux chevrier sourd et muet sous l'énigmatique carré magique scellé dans la muraille de basalte du transept, palindrome en latin que certains traduisaient par « Le laboureur après semailles fait tourner charrue » tandis que d'autres y lisaient « Dieu est descendu sur terre pour que la lumière soit ». La législation républicaine n'étant pas encore bien implantée en ces beaux jours de Prairial, le procureur de Rochebrune, riche marchand de soie, fit prononcer l'arrêt criminel et, sans autre procédure, manda à son homologue de la cité voisine de Montélimar la guillotine ambulante sans cesse postulée aux quatre coins de l'Ardèche. Papillon, averti par sa folâtre amante, s'informa des acteurs et circonstances, et conçut d'une même lancée quelque habile plan d'action pour sortir d'affaire le bossu et camper l'argument du prochain spectacle. Quiconque tient sur ses jambes cache un talon d'Achille. Le procureur avait une fille qui s'appelait Olympe, jeune et belle jusqu'à l'étourdissement, et c'était un jeu d'enfant de l'enlever à quelques heures de l'exécution. Le bourreau itinérant, parent lointain des Sanson, n'avait pas la vocation. Effrayé d'avoir à basculer sur la planche un bossu, il fut bien aise d'être circonvenu. Tout péché demandant sacrifice, Papillon restitua avec grand chagrin Olympe à son père et ramena le bougre au théâtre de plein air prêt à s'envoler. Bien plus tard, à cinquante lieues de là, dans une bourgade du Franc-Lyonnais, il présenta son petit morceau romanesque à Jehan des Embruns qui, étranger à l'affaire, n'y vit que réjouissances. Le bossu et Melphebela découpèrent maints sujets de carton. On répéta la saynète aux jours chômés dans l'étroite baraque. Papillon avait en tête un fin mot de Rabelais, son parrain en joyeuseté et facétie, au demeurant l'égal de saint Antoine : « Le temps mûrit toutes choses ; par le temps toutes choses viennent en évidence ; le temps est père de la vérité. »

Le petit théâtre forain ne pouvait manquer de repasser par le pays de Loire et par Amboise un jour ou l'autre. C'était par grand vent, un matin d'automne, sous un vif soleil lavé de pluie ; tout volait au pied des remparts, les oriflammes, les cigognes comme de grands foulards blancs, les feuilles des arbres. On eût dit que les peupliers des rives s'agitaient en tous sens pour rattraper leur vêture papillonnante. Comme la baraque n'eût pas tenu même arrimée aux mules et qu'il n'était plus question de jouer la comédie, Papillon s'en fut en balade aux alentours, serrant les brides de Saut Perdu, le trentième du nom, un solide minorquin à la robe de moire.

Il chevaucha ainsi des heures dans les contrées mystérieuses du passé, franchissant des ponts sur le fleuve et ses affluents, traversant les clairs boqueteaux de feuillus, les prés lumineux qui bruissent d'une antique rumeur d'insectes et de passereaux, surpris de reconnaître au détour des chemins un calvaire, le clocher d'un hameau qui tinte en écho d'un autre monde, les tourelles d'une gentilhommière, l'écho assourdi de cris d'enfants s'ébrouant dans la cour d'une petite école ou d'hirondelles éperdues au-dessus des toits. De retour au crépuscule, le vent était tombé et des larmes lui coulaient après tant d'éclats de mémoire, de frémissements d'un univers à jamais enfoui, comme si ses mortes avaient pris les accents de mère nature pour lui faire signe, troublées d'une si étrange survie. *Ma sœur, ma chère sœur, mon amour, que j'aimais d'une amitié sainte…* Mais les regrets n'ont nul pouvoir d'ouvrir les sombres monuments. Ni de sa sœur Geneviève *que Pallas chérissait*, ni de sa propre mère, non plus de sa fille Marguerite, il n'aurait su décrire les traits précisément, tous les visages aimés se fondaient l'un dans l'autre pareils aux nuages, pareils aux figures distinctes des nuages qui bientôt s'entremêlent et s'évanouissent.

La lune s'était levée, d'une pâleur de statue, comme pour attester son infinie solitude. Quand il fut dans la ville désertée sous les sinistres murailles de la forteresse, il crut sa mémoire morte et inhumée. Le sabot de Saut Perdu sonnait sur le pavé des rues comme un glas de lutins. Il remarqua dans la pénombre l'étincellement de ses étriers. L'amour, sans y croire, laisse venir l'oubli. Une tristesse inconnue s'infiltrait en lui, une fièvre de lune plus glaçante que l'étreinte d'une noyée. Était-ce cela, la mélancolie ? Il eut aimé disparaître ici de la manière la plus distraite, comme on s'endort d'un coup à la suite d'une profonde déception.

Le lendemain, malgré la pluie, la baraque était pleine d'ombres oscillantes devant le drap de chanvre tendu entre les faux rideaux peints sur bois. Maître Jehan des Embruns fit ses annonces et l'écran s'illumina. La pièce en trois tableaux montrait la très innocente oie Cécile Renault, fille d'un grand jars papetier de la rue de la Lanterne, mise aux arrêts alors qu'elle se promenait à proximité de la demeure du tyrannique sphinx aux ailes bleues. Expéditif, un tribunal de corvidés suborné par le procureur Coquecigrue la condamne pour tentative d'assassinat. Fou de douleur et d'indignation, son fiancé, un phénix d'une ampleur d'aigle décide d'intervenir. Il s'informe du jour fatal auprès des geôliers de sa bernache, l'un d'eux, vieux choucas, lui apprend que maître Sansonnet, le bourreau aux trois cents têtes coupées, tenait à sa fille adoptive, une gracieuse bergeronnette printanière, plus qu'à son propre chef. La voilà enlevée aux cieux par ses soins le jour même de l'exécution. Le dernier tableau fit pousser une exclamation de terreur au public. L'ombre vraie de la guillotine se dressait, veuve noire géante, avec sa fausse ombre de vautour moine. On entendait, dans un lointain de caisse sourde où s'effectuaient les bruitages, le roulement des tambours et le craquement des roues de la charrette des condamnés. En chemise, la nuque dégagée, Cécile Renault s'abandonne à son sort. Ni le phénix ni l'impitoyable sphinx ne la sauveront. Le bourreau terrassé par le chagrin prend en charge la justiciable. Avec rigueur et détermination, en chirurgien-barbier de la mort, il la couche et la tranche. La tête roule d'un coup dans la nuit… C'est alors que les décors tombent. Les chants d'oiseaux derrière la toile laissent rêver d'une autre vie. La bergeronnette et l'oiseau du paradis volettent dans une sorte d'enlacement de plumes et s'envolent loin de la place de Grève.

## XXVI

## Le mendiant de la place Vendôme

La place des Conquêtes ou de la Victoire qu'un ancêtre royal de Louis-Philippe voulut solaire, encavement adamantin d'urbanisme conçu par Mansart, avec sa statue équestre au milieu du décor octogonal de pierre noble que le peuple des Piques jettera bas de selle et de socle un siècle plus tard, avant qu'un petit caporal égalitaire devenu empereur y dressât une colonne enroulée d'une spirale historiée de ses hauts faits coulée dans le bronze des mille canons ennemis ramenés d'Austerlitz, avec au pinacle, monumentale, sa propre effigie en *Cesar imperator*, qui à son tour sera démantelée par l'occupant anglais. Tandis que l'ancien régime reprend cahin-caha le pas sur l'Empire, une nouvelle statue sans apparat, en bicorne et redingote, la main sous le gilet, s'efforcera de concilier une fois pour toutes l'imagerie des pouvoirs successifs à celle d'un peuple impétueux toujours prêt à lever des barricades. La foule dominicale des faubourgs aimait investir avec force joyeusetés les espaces privilégiés du patrimoine républicain. On connut même des kermesses loqueteuses et des foires au cochon hautes en couleurs place Vendôme, sous les fenêtres des grands ducs et des vieilles hulottes indisposées.

Peu après l'érection de l'œuvre de Seurre jeune, on pouvait voir au pied du monument commandité par le roi bourgeois un curieux personnage sorti d'une cour des miracles, mélange de réclusionnaire évadé, de hâbleur d'estrade tombé en disgrâce et de failli portant le bonnet vert. Les yeux enfoncés comme des meurtrières dans le bleu du ciel, un teint jaune d'embaumé, vêtu de hardes qui furent jadis de qualité à juger des coutures encore solides, des boutons de nacre et passements ternis, le vieil homme assis sur l'une des bornes de fonte jointes par de lourdes chaînes qui enclavaient le socle, son crâne vaste et lourd oscillant comme une boule de bilboquet sur le pic des vertèbres cervicales, considérait tour à tour ses mains posées à plat l'une sur l'autre contre ses genoux maigres, le bicorne retourné en guise de sébile entre ses bottes informes, et les cohortes de chalands qui vaguaient indéfiniment sans le voir. Le vif éclat de son regard se fractionnait, eût-on dit, en autant d'éclairs visant tout ce qui se déplaçait de près et de loin autour de lui, gens, chevaux, carrioles, passereaux. Les nuages surtout l'accaparaient, il paraissait y voir le paysage entier de sa mémoire. Lever les yeux suffit à prendre la mesure d'une autre temporalité, sans accidents ni imprévus, où toutes les vaguelettes des existences présentes et passées ondoient dans la lumière comme les palpitations d'une mer étale. L'été, sous un soleil incendiaire, les nuages ont une lenteur intrigante, à la fois concentrée et diffuse, avec une sorte de retard sur les événements.

Cependant il baissa le front, étourdi par le nimbe noir de l'éblouissement. Était-ce une ombre ou son opaque réfraction, le mendiant sentit qu'on l'observait, ou du moins qu'on lorgnait de son côté, peut-être la statue de la colonne. Il ne fut pas long à repérer une silhouette entre deux attelages, un homme sans âge, la face abrasée par l'intempérance. Tout l'air d'un maître arsouille, ancien de la vieille garde et seigneur des basses fosses, rescapé d'une espèce disparue depuis la bataille du pont d'Arcole.

Une crieuse d'oublies ressuscita un peuple de moineaux amateur de miettes. Cheveux libres et pieds nus, la jeune femme s'agenouilla pour déposer cinq écus d'or sucrés dans le bicorne.

— Croque-les vite, l'empereur ! Sinon les piafs s'en régaleront…

Les nuages s'accumulèrent dans l'après-midi, chargés en braises. Papillon qui ne craignait pas la foudre s'amusa de constater une fois de plus l'impéritie des citadins pour les affaires du ciel : quand, là-haut, le ministère des tempêtes mit à feu les nuées dans une avalanche de verre pilé, la multitude leva benoîtement le nez et s'égailla en tous sens, effrayée au spectacle du drame céleste avec son branle-bas d'oiseaux-tonnerre et de marteaux magiques. Le mendiant de la colonne s'était levé à son tour et, claudiquant sur une crosse de bois brut, s'en fut à pas faussés en direction des Halles tandis que le grêlon s'amassait sur son bicorne. Par cet effet d'aimantation de la rêverie qui conduit à s'égarer jusqu'à atteindre le lieu exact de ses hantises, Papillon le suivit sous la trombe dans les rues ruisselantes de gemmes.

La ville déserte était transfigurée, en maints recoins ruinée et rebâtie, sans l'espèce de mascarade carnavalesque de la vie quotidienne pour masquer ses mutations de structure inopinées. Dans ce boucan de mille canons, Paris restait placidement identique à lui-même au secret de ses boyaux de venelles, de soupiraux, d'escaliers et de caboulots d'où s'épandait, ravivée par cette bourrasque d'été, l'aromate spécifique à ses complexes macérations, de crasse et de mixtions longtemps infusées, de poussier, d'effluves d'âtre et de chaudrons, du poivre de putréfaction des morgues et des hospices, des fumigations d'encens filtrant des forêts de charpentes des églises et des abbayes, de l'immense métairie des Halles où s'entassaient maraîchages, resserres à fleurs, boucheries, brassins de picrate, celliers de mareyage, foirails aux bestiaux.

Le mendiant boiteux s'était justement engagé sur la grand-place aux remises, écuries et autres baraquements et se dirigea, penché sous les fouets de glace, vers l'imposante façade de l'église Saint-Eustache qu'il contourna pour s'enfoncer dans l'étroite rue Trainée. Il disparut à mi-parcours sous l'enseigne de l'As de pique, refuge *ad vitam æternam* de chevillards aux faces pourpres, de vieilles boucanières et de réprouvés en tous genres, une taverne bien partie pour ne plier boutique qu'au jour du Jugement dernier. Dans la salle aux poutres basses, aux murs jaunis, tout enfumée, la rare clientèle consistait en piliers de cour d'assises, cuveurs paquetés et buveurs sans fond, détrousseuses malhabiles, solitaires enfin, les plus nombreux, authentique confrérie d'abandon où l'on s'enlorgnait l'un l'autre en silence sans jamais se rapprocher, sauf aux poings ou à l'arme blanche. Le mendiant s'était affalé sur un banc, derrière la première table, fixant un œil terrible sur l'espion potentiel, la borne, le sycophante.

— Vous, l'homme ! s'écria-t-il, provoquant dans le caboulot un geignement unanime accompagné d'un léger fléchissement des épaules, têtes rentrées, chez les vrais habitués.

Le tavernier, qui venait de déposer une cruche de vin rouge et un godet sur la table, encouragea Papillon à réagir.

— Asseyez-vous donc, puisque l'Empereur vous y invite, dit-il d'une voix traînante. Je vous apporte une timbale.

Il est des vis-à-vis qui valent un duel. L'habitué croyait détenir l'impensable vérité de la plus haute tragédie, l'intrus n'avait à défendre qu'un Livre censé être sa délivrance ou la porte des enfers. Mais ni l'un ni l'autre ne dérogèrent en cet instant à l'art de gagner les batailles fait d'expérience et d'improvisation.

— Qui es-tu ? Que me veux-tu ? demanda enfin le mendiant avec lassitude en versant le vin d'un geste abrupt.

— Rien, monsieur ! pas même vétille, j'ignore tout de vous, répondit son interlocuteur avec plus de relâchement encore.

L'autre avala le contenu de son godet et se resservit, tout à coup fort intrigué.

— D'où te vient cet accent ? Je ne l'ai entendu que chez un rude mercenaire débarqué du Québec...

— De ma lointaine enfance angevine dont j'ai perdu l'amarre.

— As-tu donc si longtemps navigué d'échafaud en potence ?

— Jamais sans mon épée ! répliqua Papillon avec superbe.

— Ah, j'aime ce ton ! dit le mendiant soudain radouci. Les grognards, tout comme toi, ne s'en laissaient pas conter quand on touchait à leur honneur. Mais, raconte un peu d'où tu sors, vêtu ainsi en chasseur d'alouettes ?

Dehors, la canonnade de l'orage ne faiblissait guère, évoquant à l'un la bataille de Valmy où Choderlos de Laclos s'était affronté à Johann Wolfgang von Goethe par corps d'armes interposés, à l'autre le siège de La Rochelle où toute la noblesse française s'employa à bombarder la bourgeoisie calviniste embusquée.

À la septième cruche de vin, le tavernier inquiet vint réclamer son dû.

— C'est bon de boire pour oublier, dit-il, mais vaut mieux payer tant qu'on en a souvenance.

Papillon sortit de son gousset un de ces louis de génération spontanée récupéré à l'occasion dans les doublures de flanelle ou de coton gratté de ses vêtements. Les deux compères dès lors purent prendre en pension la barrique.

— Ce gaillard-là a tout compris, dit le mendiant grisé en visant le patron de son œil de pygargue à tête blanche. On administre les bonnes gens par leurs vertus et on les gouverne par leurs vices, ajouta-t-il. Et j'en connais un bout dans l'affaire ! Les rubans, les décorations ne coûtent à peu près rien et vous attachent obligeamment tout ce qui compte de positions et de fortunes dans ce pays. La légion d'honneur, par exemple, combien se déshonoreraient pour l'avoir. C'est avec des hochets que l'on mène les hommes...

La vue et l'ouïe troublées par le vin – « ce qu'il y a de plus civilisé au monde », prétendait jadis ce bon Alcofribas –, Papillon n'écoutait plus le mendiant de la colonne. Sous l'effet d'un très liquoreux sentiment de déjà-vu, la face bleuie du bonhomme prenait un air inquiétant de familiarité, petit nuage palpitant d'expressions variées.

— J'ai comme l'impression de vous connaître, lança-t-il. Une vague ressemblance.

— Quand on a trop bu, c'est ce qu'on dit à la lune !

— Mais je ne suis pas ivre, j'ignore l'ébriété. Vous me rappelez quelqu'un, c'est sûr.

— Voyons voir, serait-ce le général Mortier qui a succombé l'autre semaine avec trente autres dans l'attentat du boulevard du Temple ? Ou bien Guiseppe Fieschi, l'aspirant régicide qui s'est blessé à mort avec sa machine infernale ? Comme la moitié des citoyens, ces deux-là furent soldats dans les armées de l'Empereur avant de le trahir honteusement. Oui, ils l'ont tous trahi, les maréchaux, les espions, les artistes, les ministres, les femmes…

L'orage avait laissé place au soleil couchant. À plusieurs reprises, la porte de l'As de pique grinça dans une roue de lumière bleue et ocre. Les indigents du quartier, invalides de guerre, chanteurs de rue, vagabonds, prostituées déchues, la plupart déjà ivres, venaient achever leur journée de malheur ou la reconduire pour la nuit. À ce moment, un sourd craquement de charpente précéda la grande volée des cloches de Saint-Eustache appelant à la messe du soir. Bâtie sur colombages de vieilles pierres mal jointoyées, la taverne accolée à l'énorme édifice vibra, crissa et pétilla comme l'intérieur d'un moulin d'eau. Quand les murs se turent avec le carillon, il y eut un faux silence que les miséreux parurent honorer le temps d'un chant de vêpres porté par le grand orgue. Par brèves impulsions, la musique qui faiblement s'infiltrait depuis le chœur voisin laissait entendre à l'oreille attentive une voix cristalline de femme ou d'enfant. Mais la rumeur s'amplifia dans la salle, toutes et tous en appelaient au marchand de vin pour une messe de naufrage. Le vieil homme aux hardes fumantes que l'échanson des gueux surnommait l'empereur, poursuivit seul sa palabre en vidant godet après godet, la tête dodelinante.

— De l'expérience et beaucoup d'improvisation, c'est avec ça qu'on gagne les batailles…

Il arrive une heure où le désordre d'une assemblée en liesse emplit la cervelle d'une sorte de dévastation minérale ; plus rien n'existe que l'envie de fuir, de se dissoudre quelque part dans la ville. Déjà sur le perron délavé de l'église, une ombre surgit dans la clarté lunaire, elle parut hésiter, laissant entrevoir, l'espace d'une seconde, un visage brisant de beauté sous une guimpe de tulle, puis disparut à l'opposé d'une démarche glissante, comme un voilier sur le marbre d'eaux calmes. Papillon s'élança après elle dans la pénombre qu'un bec de gaz trompait de loin en loin, débusquant par son vacarme des hordes de rats et des hulottes en bombance. La nuit d'été fraîchie par l'orage s'étendait infinie devant lui.

Du temps de la vie précaire, il vaguait déjà ainsi, se faufilant entre les halos de chandelle que les concierges devaient suspendre à l'étage, son épée prête à boire à la gorge des coupe-jarrets qui, chaque matin, laissaient deux douzaines de cadavres aux bons soins du guet. Trop heureux du pâle éclat des myriades d'étoiles, il ne s'embarrassait pas alors des porte-flambeaux et lanterniers de louage à trois sols le quart d'heure. Était-ce dû au surcroît d'âge et d'usure ou au décor à transformation d'une ville de pendards embourgeoisés, il s'égarait à chaque coin de rue désormais, nonobstant les quinquets à huile ou à gaz, il se fourvoyait comme par désinvolture, incapable d'une attention autre qu'atmosphérique, liée aux figures flottantes d'un rêve sans fin dans le dédale urbain.

La statuaire et les étoiles l'aidaient quelque peu à se repérer. Des correspondances secrètes régentaient ses errances entre les constellations et les statues de pierre ou de bronze selon leur position réciproque en ville et dans le ciel. Aussi était-il naturel qu'il revint un jour ou l'autre place Vendôme, et particulièrement une certaine nuit d'automne magnifiée par le passage d'une fameuse comète qu'un astronome anglais, fils d'un savonnier enrichi grâce à la peste bubonique, découvrit et distingua de son patronyme.

Assis sur la même borne de fonte, son bicorne enfoncé jusqu'aux oreilles, le mendiant de la colonne mordait une pipe en morta, chêne fossile de Brière, que Papillon lui avait déjà vu fumer de plein jour. Au-dessus de lui, perché à vingt mètres, la statue de l'Empereur en redingote, la face éclairée par un croissant de lune, semblait régner sur la place déserte où tremblotaient comme feux follets trois becs de gaz soumis à l'impôt des boues et lanternes.

— Tiens donc, encore toi ! dit placidement le vieillard noctambule, la tête dans un nuage, avant toute présentation.

Papillon resta longtemps coi, levant la tête et la baissant dix fois de haut en bas de la colonne, frappé de berlue par cette impression de dédoublement qui ne pouvait lui venir que des démons de Dieu ou des anges du diable.

— C'est troublant ! dit-il enfin en pointant le doigt sur l'effigie de bronze. Mais je vois comme un air de famille, une ressemblance certes assez vague, entre lui et vous...

— Qui ça, lui ? scrognogna le mendiant.

— N'est-ce pas Napoléon qu'on voit là-haut ?

— C'est lui et c'est moi, palsembleu ! Oui, j'ai survécu, je me suis évadé de Longwood House en endormant le mulot. Un moribond qui me ressemblait à peu près autant qu'un indigène de la vallée du Tombeau a pris ma place et les années ont passé dans la clandestinité. Aujourd'hui je n'ai plus rien à cacher, je suis vieux, je ne vaux pas même une pipe de tabac, on me prend pour un fou. Tous les fous se prennent pour Napoléon. Mais l'Empereur n'existe plus, c'est une allégorie. Je suis le mendiant de ma propre statue. Comme on dit : les os sont pour les absents !

## XXVII

# La sirène des palus

*Nous sommes agis par des marées que nous ne maîtrisons pas, mais de temps à autre il en advient un bois flotté dont l'énigme semble avoir la puissance de modifier le monde.*

JEAN-MARIE BLAS DE ROBLÈS
*L'Île du Point Némo*

À Pont-Christ en Plouescat, dans la baie du Kernic, à l'ouest du pays de Léon, les palus gagnés sur la mer s'enfoncent profondément à la limite de la côte des Légendes où veillent en sentinelles des amas granitiques cyclopéens battus par les vents chargés du sable des dunes, entre les caprices des marées et la lande noire et morne à perte de vue, illuminée çà et là d'îlots d'ajoncs musicaux et de genêts sur fond de bruyère et de mousses invasives, rases étendues crevées de terriers à lapins qui, à la tombée du jour ou lors des montées de brume, ne se discriminent guère plus des terres mouvantes au grand péril des contrebandiers fourvoyés.

Aux aguets, sur la terrasse d'un ancien fortin de garde-côte désaffecté et converti longtemps en bergerie qu'un riche paysan lui avait loué à prix d'or au prétexte qu'il entretenait à ses frais et dépens le chemin cavalier y conduisant à travers ses champs d'artichauts, Marc Papillon attendit que le soleil se couche au ras de la pointe de Porznéjen dominée par l'impérieux menhir de Cam Louis dont l'ombre donnait l'heure d'un coup d'œil par beau temps. À peine la ligne d'horizon atteinte, le soleil, certes plus large qu'un pied d'homme, mettait moins d'une minute pour disparaître tandis qu'il calculait mentalement la foule des jours passés à attendre ce moment de grâce réitéré dans le brusque silence qui conduit à la nuit : des années sans autre espoir que cette rencontre entre la voûte du ciel et la courbe du temps.

Les oreilles d'une mule se profilèrent au bout de l'allée sableuse en bordure du marécage. À son habitude, la fille adoptive de son logeur apparut, un panier à anse calé entre ses cuisses, et se laissa glisser au sol d'un bond léger. Papillon l'accueillit avec une joie non feinte, une joie d'un instant inspirée d'une si lointaine peine. Il l'avait vue grandir par à-coups d'un mois l'autre, au hasard des chemins, sur les plages ou devant sa porte. Elle s'appelait Marguerite et ressemblait comme une sœur à sa Margotin, à son *Âmelette*, sa *mignarde Papillonnette* qui lui restait chevillée au cœur malgré des siècles de distance.

— Messire Papillon ! s'écria-t-elle. Voici un fromage frais et des œufs de la ferme, je les ai ramassés moi-même ce matin chez nos poules. Je vous apporte aussi des légumes du potager et quelques fruits de saison…

— Tout cela a l'air délicieux, ton panier vient tout droit du jardin d'Éden !

La jeune fille eut un rire d'eau vive.

— Par chance, ce n'est pas la saison des pommes ! dit-elle en déposant délicatement les victuailles au fond d'une hotte suspendue dans l'embrasure du seuil.

Les cheveux d'un roux sombre, elle avait une bouche d'enfant et ce même air d'éveil dans les yeux ; une semaille de taches de rousseur ambrait ses joues et son nez aux narines frémissantes. Elle aspira bruyamment l'air pour reprendre sa respiration.

— Messire Papillon…

— Pourquoi m'appeler ainsi ? s'amusa-t-il. Il n'y a plus de seigneurs ! N'as-tu pas entendu parler de la République ?

— Mais vous êtes un chevalier, comme Gauvain et Perceval ! s'excusa presque l'adolescente.

Lorsqu'elle repartit après lui avoir expliqué qu'elle savait lire le français grâce à une moniale de sa parentèle et qu'elle avait lu tous les livres disponibles à la bibliothèque de l'école catholique de Plouescat, il suivit des yeux le gentil trot de sa mule qui rapetissait dans la pénombre jusqu'à ressembler à une souris grise, songeant à l'époque révolue du vrai temps, celui où chaque coup portait, émoi, chagrin, blessure, trahison… Désormais plus rien ne l'affectait réellement, du moins lui fallait-il endurer vague après vague, de plus en plus désabusé, l'astreinte de l'effacement de toutes choses. Ce monde qui n'était plus le sien avait si vite changé depuis sa retraite en ses fiefs exigus du pays de Loire. Condamné au temps outrancier, à l'impitoyable durée, on ne peut, à l'usure, que se dépiauter jusqu'à l'os des fards et artifices, s'équarrir des faux-semblants et autres vanités, tandis que l'industrieuse fourmilière humaine s'élabore toujours plus étonnamment, comme si la chimère technique envahissante s'était donné pour fin la plus divine magie, ou la plus démoniaque, quand les contes invraisemblables d'Aristophane, Lucien de Samosate, Antoine Galland, Cyrano de Bergerac ou Johannes Kepler, feront si bien corps avec l'ingrate réalité qu'on les jurera véridiques. Mais il n'y avait ni locomotive ni montgolfières à Pont-Christ. Et les livres manquaient. Sans bagages, l'esprit libre, il aimait plus que tout voler des instants à la nuit, respirer longtemps les brumes piquantes de la mer, entendre mugir le vent quand la lune est au ciel.

Après un coup d'œil pensif sur les palus, Papillon retourna d'un pas traînant dans la chambre haute du fortin où, fenêtres ouvertes, des heures entières, il allait se confronter à l'abîme. À peu près rien n'était venu lui redonner l'espérance d'une issue : on l'avait démesurément oublié – conservateurs de bibliothèque, libraires, académiciens, étudiants, poètes, tous l'ignoraient, lui et son Livre. Le dernier exemplaire de la deuxième édition de 1598 qu'il avait pu se procurer dix ans plus tôt à force de courir les cabinets de lecture, relié en basane rouge avec fleurons d'angle, dos à nerfs apparents et cadres de filets d'or sur les plats, était tanné et racorni comme un vieux soulier. Quand il l'ouvrait à la chandelle, entre complies et laudes, pour s'assurer de sa mémoire, il s'épouvantait des vieilleries, mignardises, afféteries, fripes d'images qui lui sautaient au visage. Chemin faisant, la langue s'était simplifiée et décantée de ses tours et saveurs d'autrefois, comme si on avait rejeté tous les fromages goûtus et puants des terroirs pour ne garder dans l'assiette que l'insipide caillé d'Île-de-France, lui-même avait perdu l'usage fleuri qui était le sien en pays de Loire comme à la cour du Louvre, du temps où ses maîtres et ses pairs fricotaient le jars à satiété – en style de précieuse courtoisie comme en dire de « ramoneur de cheminées ou de cuisinier et marmiteux ». Rabelais et Ronsard se consommaient alors avec naturel et sans cuistrerie.

Oui, son Livre était d'un autre langage, vrai baragouin, magma d'idiomes. En plus d'une vie, il avait pu connaître l'inquisition des poètes courtisans à l'imitation de Malherbe mandés par le monarque pour corriger le moindre manquement au bien-dire des grammairiens légistes afin qu'il n'y eût qu'une parole immaculée au royaume. Avec, par franches exceptions, Racine, Pascal, les grandes orgues de l'odieux Bossuet, le génie épisodique de La Fontaine « jusqu'au sombre plaisir d'un cœur mélancolique ». Puis l'anémie qui avait changé le sang des poètes en eau de chou-rave s'était perpétuée et étendue tout un nouveau siècle en des prodiges de platitude allégorique. Papillon admit que ses découvertes se firent presque toujours avec retard et hasardeusement, au temps des Lumières et de la guillotine. Chateaubriand fut sans doute le premier après la Grande Terreur, dans son orgueil désenchanté, à rendre aux mots leur feu en accordant à chaque homme *un monde à part* « étranger aux lois et aux destinées générales des siècles ». Sauf au temps de Ronsard, jamais connut-il si grand débondage de justes réputations. Mais lui, Papillon, demeurait à l'écart, interdit de salut comme de renom.

Douée semblait-il de recueillement et d'émotion, la flamme de la chandelle jetait des ombres dansantes sur les murailles. Âme frémissante, es-tu libre ou soumise aux subtiles impulsions de l'éther ? Papillon n'était pas loin de s'identifier à l'elfe d'or en bout de mèche, certain malgré tout que la pensée agit sur le corps, qu'elle l'incite à durer comme Dieu insufflant son principe à l'univers. Il s'approcha d'une des fenêtres étroites et vit là-bas tourner la grande lanterne du phare de la baie de Morlaix, roue de lumière qu'un âne attelé manœuvrait. Au-dessus des millions de vagues, les millions d'étoiles lui rappelaient qu'il n'apprendrait plus rien, que sa mémoire tangible n'excédait pas l'an 1599. Sa malédiction était sans promesse : rien ni personne ne pouvait arrêter sa chute dans le temps ; il n'avait connu qu'amours faits d'adieux au retour des enfers. On ne regrette vraiment que ce qu'on a oublié. « Il est mort, le moineau de mon amie qu'elle aimait plus que ses yeux », lit-on toujours avec émotion, dans Catulle…

Papillon respira l'haleine des palus, cette odeur soufrée du pourrissement de myriades d'organismes qu'avivent et brassent les embruns. Il avait presque atteint l'ataraxie, l'absence de trouble des viscères, cœur inclus ; toutefois, surpris de n'avoir pas été rappelé à l'ordre par quelque huissier des enfers, sa dette lui semblait incommensurable. Face aux brouillards hantés du large où tremblaient des fanions, il s'efforçait de raviver les visages, ceux d'avant la fausse perpétuité qui l'écrouait à terre, mais ils flottaient si loin de tout rivage, voilés et fondus l'un en l'autre, l'air éperdu comme ces portraits fantomatiques produits par des instruments à capter l'esprit des vivants et des morts. Papillon ne s'effrayait plus guère des inventions volées aux forces agissantes de la nature – photographie, lanternes de peur, baquet de Messmer, machine à vapeur, pile voltaïque, moteur électrique, chemin de fer… Pourquoi s'inquiéter d'un rêve d'hiver, fumée d'un feu éteint ? Il n'accrochait qu'au souvenir de sa mémoire vive, bien conscient d'avoir été lui-même un jour écuyer avant d'être capitaine, puis vingt années en errantes campagnes sous la bannière des Guise, porté encore jeunet à Saintes, pour son baptême du feu, puis à Lancelote, à Corfou, bravant le naufrage et la peste, à Domfront et Saint-Lô plus tard, à Dormans en Champagne, Maran et Bruage, au Pays-Bas, en Dauphiné et en Guyenne, aussi tant en Gascogne d'où furent issus ses nobles aïeuls, enfin perclus, blessé et reblessé au combat, à la dernière bataille de Vimory, diminué dans la chair de son corps et la chair de son cœur, pleurant ses compagnons, ses frères en destinée tombés sous les coups des reîtres et lansquenets, Bussy d'Amboise, Bellegarde, Dominique de Vie, Babou de la Boulardière, et Doffignée le plus chéri, l'aimé meurtri par l'Assassine, par Thétis qui jeta ses enfants au feu, tous valeureux aguerris décimés sous ses yeux, pantelants dans un berceau de pourpre et qu'en ses Tombeaux il crut pouvoir ressusciter.

Là-bas, faux jusant gagné sur l'océan entre deux marées, les palus miroitaient par endroits sous la lune. Des ombres déambulaient dans l'embroussaillement du bas marais de l'arrière-dune où abondaient l'angélique sylvestre, l'herbe à la fièvre qui sauve des venins, la salicorne, avec en bordure des brandes les roseaux et de grandes laîches où niche toute une faune lacustre. Cette fermentation qui alimente les tourbières, entre amas de radicelles et de fibrilles, grouillement d'animalcules et, déliés de la flache, hélés vers on ne sait quelle délivrance, les crapauds et noctules, vipères, bécasseaux, sternes ou hérons de passage comme si, à l'abri des aulnes nains, des frênes et des yeuses, l'échelle du vivant se déployait des entrailles lagunaires jusqu'aux plus célestes épiphanies.

Papillon méditait sur ce « hiatus immense » entre la matière inerte et les corps vivifiés, ainsi qu'il avait pu l'entendre avec une stupeur abstraite à la lecture d'un ouvrage savant de Jean-Baptiste de Lamarck, mort dans l'indigence et jeté à la fosse commune d'un cimetière parisien, quand un cri soudain déchira le fond stertoreux du silence, ces gargouillis et chuchotis dénonçant l'informe gestation des terres gâtes.

Davantage gagné par le mystère des parages que par un quelconque attrait aventureux, il n'eut qu'à enfiler ses bottes et se barder d'une canne. La fraîcheur de la nuit lui rendit un peu de sa présence d'esprit. Papillon s'engagea sur un des chemins bordiers restaurés par les pêcheurs de goémon après chaque grande marée et qu'un granulat calcaire distinguait des trouées inondées et des tourbes mouvantes. Au clair de lune, les planes étendues piégées de trappes molles et de lacets parurent manifester une sorte d'intentionnalité élémentaire née d'un informe dessein fait de sourds blésements au revers du vent, de sons liquides dus à l'éclatement continu de poches de gaz, du borborygme d'expiration de multitudes de gorges noyées au secret des boues noires. Anoures et courtilières accentuaient de leurs antiennes ce monstrueux et unanime bruissement de déglutition, d'engendrement et d'agonie. Une chouette au vol bas semblait nager dans les sombres bleuités que les pipistrelles venaient brouillonner par endroits. De nouveau, un long râle ou un chant étranglé qui n'avait rien d'humain se réverbéra jusqu'à l'irréalité. Papillon s'aperçut qu'il s'était écarté à son insu du sentier pour une langue de terre qui s'enfonçait dans le marais roselier où nidifient les oiseaux lacustres, phragmites des joncs, bruants et rousseroles. Cerné par les sables, il chercha une issue au moyen de sa canne ; le souffle grossi du large sifflait dans les hautes herbes et les roseaux bruissaient d'un affolement d'ailes autour de lui. S'égarant plus encore dans ces zones hasardeuses, il comprit assez vite que la seule manière de s'en sortir était de rester d'aplomb, immobile comme le héron endormi sur une patte, et d'attendre l'aube ainsi, en espérant que la mer n'allait pas monter insolemment pour satisfaire au cycle des marées. Le hurlement qu'il avait cru entendre, sauvage et déchirant, s'était peu à peu modulé en une résonance variée d'appeaux, de trompes et de rhombes comme si une chasse barbare avait lieu à proximité, puis une voix de femme ou d'enfant parut se dégager de cette gangue sonore. Le chant des sirènes, songea-t-il, les filles de Calliope punies d'avoir abandonné Perséphone aux Enfers. Il se laissa bercer jusqu'aux premières lueurs du jour, abîmé dans les épopées homériques et la *Théogonie* ; avec la naissance du soleil, subitement à court d'évocations, il ressentit tristement l'immense duperie de ses références légendaires : sa poésie n'était qu'un fatras d'allusions gréco-latines rimées à hue et à dia. Dans les librairies et les cafés de Paris, sans l'aide d'aucun diable, il avait découvert d'autres voies, ainsi Hugo l'avait transporté. Il l'imaginait sur une île à interpeller les ombres comme Ulysse au pré de l'Asphodèle. Obscure éternité, vent et destinée : « Ô voyageur qui viens du côté de l'aurore. »

À ce moment précis, toujours figé au milieu des palus, tandis qu'une teinte mauve pourprée tirant sur le bleu repoussait les contreforts de la nuit, le souvenir de sa promesse le submergea. Mais on chantait encore, et ce n'était plus les sirènes aux corps d'oiseaux fourchus. Une voix cristalline et vibrante d'échos s'élevait quelque part :

*Je me levai par un matin*
*Que jour il n'était mie ;*
*Je m'en entrai dans nos jardins*
*Pour cueillir la soucie.*
*Dibe, dibe, doube, la la,*
*Passons mélancolie.*

Il vit alors surgir Marguerite à moins de cent toises, la jeune fille rousse au panier tout droit remontée de la mer. Portant capeline, elle allait d'un bon pas sur un chemin de coquillages, puis d'une cabriole, nullement effarouchée, se tourna avec une feinte surprise vers l'habitant du fortin transi au milieu de fondrières.

— Messire Papillon !

— Mais d'où sors-tu à cette heure, Marguerite ?

— De la pêche aux couteaux d'argent, j'en ai plein mon seau. Ils sortent du sable à la pleine lune…

## XXVIII

*Le navire du destin n'a qu'un seul port*
*et ce port funeste s'appelle l'inconnu.*

EURIPIDE
*Iphigénie*

On n'augmente pas une statue, qu'elle soit de Praxitèle ou de Rude. Un président de la République qui tient sa situation d'un oncle illustre n'accroîtra pas davantage ses suffrages en s'intronisant Empereur des Français. Chose faite en dépit d'une troisième révolution qui l'avait propulsé aux affaires et laissa sur sa faim le peuple porteur en juste cause de la hardiesse et de l'énergie du changement, il fallut bien à Badinguet, alias Napoléon III, par goût du pouvoir et déni du droit, instituer la censure, attacher des commissaires spéciaux à la surveillance des chemins de fer comme à la tutelle de l'opinion, faire de la préfecture de police une pépinière d'indicateurs et d'agents secrets au service de l'irréfragable Sûreté d'État. Par choix individuel, pour échapper à la déportation et à la réclusion, ou à la faveur d'une proscription d'office – la peine de mort au motif politique étant abrogée au bénéfice d'une *peine civilisée* –, l'exil massif des opposants de tous bords fut la conséquence de cette nouvelle trahison institutionnelle. En Amérique, dans les pays frontaliers, les îles anglo-saxonnes, à Londres et à Bruxelles, en Algérie ou à Cayenne, s'égaillèrent de gré ou de force les quarante-huitards, libertaires, autochtones réfractaires et réfugiés de l'internationale révolutionnaire.

Vingt ans plus tard, persécuté par toutes les polices de

l'Empire, Papillon se méfiait plus que du choléra videur de tripes des rares sollicitations mondaines, invitations de jalouses sociétés salonnières et de cafés littéraires désertés où se pavanaient quelques vieux muscadins de la bataille d'Hernani et d'antiques Merveilleuses au cou tordu, jadis coutumières du bal des victimes. Il évitait désormais d'aller récréer le beau monde comme si souvent à l'époque libertine, sempiternel baladin requérant un sérieux de condamné à l'estrapade tandis qu'il déclamait ses élégies devant une assistance étranglée de rire. Néanmoins peu enclin à l'exil qui l'eût détourné de sa quête de salut, il avait pris la route comme autrefois, du temps du théâtre d'ombres et de ses succinctes amours avec Melphebela. Trente-neuvième Saut Perdu en titre, son frison d'aspect un peu carrossier, mais au garrot large, à belle gorge en col de cygne, le portait par monts et vaux sans destination autre que les pistes et sentiers de la destinée. Mieux vaut longue errance en terre de briganderie que le bagne partout ailleurs. Aussi ne transitait-il guère en ville, préférant les heureuses bourgades où ses écus de doublure de surcot sonnaient sur le ton de référence du diapason à la table des auberges. Rien ne lui plaisait tant que longer les chemins de halage au pas circonspect de Saut Perdu en s'enivrant du paysage dédoublé dans le miroir liquide où les trembles et les saules s'abreuvaient à leur calme reflet, où l'azur assombri emportait les vaisseaux des nuages vers des immensités voilées d'algues et de tourbillons. Parfois un coche d'eau poussé à la perche suivait gaiement le cours, un noir chaland au mât encordé à deux chevaux de halage le remontait dans un silence de funérailles.

C'était un jour lumineux de printemps, quand tout ce qui chante, tinte et fleurit s'épanouit fortuitement au soleil alors que la veille une pluie froide obstinée éteignait les campagnes et, qu'à l'aube encore, un brouillard de craie montait, aveugle comme la pierre des champs et des rivières. Saut Perdu s'engagea entre deux rangées de peupliers qui bruissaient au vent de toutes leurs feuilles comme au plus fort d'une marée de vive eau dans la baie du

Kernic. De nouveau, un chant s'éleva à peine audible, distinct seulement par la mélodie – un refrain à la fois mélancolique et joyeux dans le frémissement d'un après-midi d'avril, était-ce cela la promesse des lendemains ? Mais on chante à tout propos chez les mortels, de contentement, d'ennui ou de désespérance. Papillon sentit la rude fatigue du voyage sur ses épaules, aussi pesante que l'armure des guerres de sa jeunesse. Une buée voila ses yeux un instant. Non loin, sur la même rive, une baraque flottante était amarrée d'où s'égrenèrent, brassées par le vent, les paroles d'un chœur de lavandières.

*Rossignolet sauvage, charmant rossignolet*
*Donne-moi des nouvelles de mon aimable ami*
*Oh ton amant ma belle il est bien loin d'ici*
*Ton amant est en Prusse il a passé frontière*
*Tu marcheras ma belle trente-six jours entiers*
*Assez tôt tu sauras que la guerre l'a tué*
*Rossignolet sauvage, charmant rossignolet*
*Tu chanteras pour lui et sa belle trépassée*

Étrangement le chant se perpétua mais, pas plus que sur le pont du bateau-lavoir, il ne vit quiconque à travers les claies et le plat-bord noircis par les intempéries. C'est à hauteur de cette épave retenue par des chaînes et des bâtis de fortune qu'il s'aperçut dans une virevolte que les roussins de la Préfecture étaient toujours à ses trousses. Pris en chasse en terrain découvert, mieux valait se fondre dans les murs ennemis. Il traversa au grand galop des forêts et des vignobles. Dans une bourgade de l'arrière côte de Dijon et de Beaune, cherchant refuge, il se glissa par le portail d'une forteresse désarmée et tomba de selle face à une figure de vieux grognard jailli d'une guérite qui lui lança au nez : « C'est pour une visite, citoyen ? Dans ce cas, faites vite, le musée ferme dans moins d'une heure ! », avant de lui indiquer le poteau d'attache pour sa monture et l'entrée du parc où se profilaient un bastion crénelé, des stèles et une masse noire informe sur un socle au milieu d'un sous-bois. Le gardien du lieu suivit Papillon qui ne demandait qu'à reprendre souffle. Il crut entendre que l'endroit était tout entier dédié à l'Empereur, « l'unique qui méritât ce nom », et que le mécène, un nommé Claude Noisot, était enterré debout, sabre au clair, en vis-à-vis de l'énorme sculpture à l'aspect d'aurochs renfrogné qui se découpait sur fond de muraille :

— Le fortin de l'île d'Elbe à l'identique ! grommela le vieil homme qui suivait son regard. C'est là que vécut l'Empereur...

Lorsque Papillon se rapprocha de l'aurochs qui se métamorphosait à vue d'œil en compacte allégorie de bronze, montrant une ample draperie pareille à quelque bannière de guerre affaissée d'où émergeait, au-dessus du rocher de l'exil qu'un aigle blessé semblait défendre, le buste glorieux couronné de laurier, le gardien s'écria avec solennité :

— *Napoléon s'éveillant à l'immortalité* ! Par François Rude...

Papillon hocha longtemps la tête pour ne pas rire au souvenir du mendiant de la colonne Vendôme, lequel entretenait au vin rouge sa somnolente mortalité.

Mais les statues vous ignorent ; on les brise sous les applaudissements pour en élever d'autres qui subiront le même sort. C'est ce que se disait Papillon reparti sur les routes après avoir gratifié son guide intempérant d'un germinal d'argent, faute de napoléon.

Il emprunta des pistes et des layons, voire des brisées de sangliers jusqu'aux approches de Dijon. Ses traqueurs avaient dû perdre sa trace. Les forces de l'ordre, un peu partout, étaient mobilisées pour casser les grèves. La troupe à l'occasion tirait à vue sur les récalcitrants, hommes, femmes et enfants, dans les bassins houillers, les métallurgies, au seuil des minoteries, des usines et des manufactures. C'était au printemps 1869. Comme d'autres font le coup de poing, Rochefort faisait l'article à la une du *Rappel* : « L'Empire continue à éteindre le paupérisme. Vingt-sept morts et quarante blessés, voilà encore quelques pauvres de moins. »

Aux abords de Dijon, la police impériale remplaçait les

employés d'octroi du grand naguère et mieux valait avoir l'accent bourguignon que d'applaudir à la loi de sûreté générale ou de porter des gilets à la Marat. Papillon franchit sans encombre ces avant-postes à la suite opportune d'un marchand de bousingots qui tirait après soi deux mules chargées de balluchons, lui-même ballot sur un âne, en déclamant au grand dam d'une paire de sergents de ville des périodes du *Manifeste des Enragés*, plus incompréhensible à d'aucun que l'Apocalypse de Jean :

— Au reste, s'ils l'ignorent, nous venons le leur apprendre. Le peuple veut la liberté et l'égalité, la République ou la mort ; et voilà précisément ce qui vous désespère, agioteurs, vils suppôts de la tyrannie !

Enfin dans la place, Papillon évita les quartiers bourgeois autour du Palais des Ducs et se fia à l'instinct de Saut Perdu jusqu'à trouver, pur hasard, une hostellerie à l'enseigne de la Fine Avoine. Une fois sa monture logée en bonne paille et lui-même sous un toit de chaume, c'est à pied qu'il alla arpenter les ruelles pour dégourdir ses vieux ressorts. Le goût désappris de la ville lui revint par les narines, graisse de chèvre et de saponaire, poissonnaille avariée, choses celées de musc et d'épices, chairs qui du vif au corrompu mêlent les fièvres d'amour aux suées d'agonie et la crèche au tombeau, parfums extraits de toutes les puanteurs, rose, ambre, santal et tubéreuse, mais tout cela filtré, comme anémié par l'usage des tuyauteries et de l'hygiène publique. Les bonnes gens ne baguenaudaient plus sur les ossuaires et les charniers. Au temps jadis, la rue fleurait fièrement le bât, l'eau pure amenant les pestes on se frottait d'ail et de poisons capiteux dessus les crasses animales et sous les cuirasses d'orfroi, de bure et d'organdi.

Alors que le jour déclinait, Papillon s'engagea nonchalamment rue de la Chouette, sans trop se formaliser des prunelles rieuses plantées sur sa personne. La coutume n'était plus aux duels et il avait remisé ses armes, hormis un pistolet de convenance trouvé dans un livre à secrets chez une marquise intempestive dont il avait oublié le nom. Un bel hôtel de notable à la façade ornée de mascarons, de guirlandes et de cariatides avec, en vis-à-vis, sous un fronton d'acanthes et de griffons en bas-relief, deux langoureuses renommées couchées à la romaine qui présentaient un noble et charmant débraillé. À quelques mètres de là, l'enseigne d'une librairie illustrée d'une presse à bras d'où s'échappe un papillon aux ailes couvertes d'écriture ne manqua pas de l'intriguer. Il poussa la porte du seuil, laquelle actionna un carillon, et fut d'entrée entre trois murailles d'ouvrages, la plupart reliés en plein cuir, vélin, maroquin ou croupe d'âne, le dos écussonné à l'or fin ; une porte entrouverte sur l'arrière-boutique laissait voir une presse typographique à un coup, les tables de casses pour caractères et interlignes et quantité de rayonnages où s'entassaient gabarits, pots d'encre, couvertures à relier et paquets d'épreuves. Un vieil homme chauve en blouse grise, portant d'épais lorgnons accourut en s'essuyant les mains dans un torchon maculé qui s'agitait comme une volaille fraîchement occise.

— Mille excuses, dit-il, me voilà seul au four et au moulin, c'est qu'à cette heure mon fils le Jacques et notre bougre de commis font le siège de la salle aux enchères, histoire de nous ramener une presse à rouleaux, y faut bien suivre son temps pour qu'y ne vous dépasse point…

Les mains appuyées sur le pommeau de sa canne dans l'attente que l'imprimeur-libraire eût épuisé un retard de babil, Papillon examina à loisir son crâne aux fortes protubérances coiffant un visage plat en demi-lune. Il n'entendait goutte aux théories de Johann Kasper Lavater déduisant le caractère aux traits et linéaments du visage et encore moins à celles de Jean-Joseph Gall qui prétendait associer les inclinaisons, vices et facultés aux bosses natives de la tête, comme si la surface de l'animal humain en disait plus que ses viscères. C'est à la guerre qu'on connaît son bonhomme ! Les balafres, brûlures et autres méchantes estampilles en apprennent davantage sur un tempérament que ces élucubrations de mages thraces. Cependant l'individu s'était tu et observait le nouveau venu avec une manifeste curiosité piquée d'effroi.

— Je parierai que vous êtes auteur, dit-il enfin. Que vous appartenez à l'espèce chimérique des poètes. Bigre de bougre ! Qu'attendez-vous de moi ?

Surpris par ce brusque changement de registre dans le ton et les termes, Papillon éluda ces pénibles supputations et fit sa demande en banal chaland.

— Je cherche justement un ouvrage de poésie et passant par-là, découvrant la richesse de votre fonds…

— Eh bien, jeune homme ? Dites, dites ! Mais sachez que je n'engrange rien ici de vos modernes ! Tous ces romantiques sont des foutriquets, *La Tristesse d'Olympio*, *Le Lac*, *La Mort du loup*, *Les Veillées des Antilles…* foutaises et gabegies ! À part quelques vers de Gérard de Nerval et de Jacques-Charles-Louis Clinchamps de Malfilâtre, à la rigueur ! Mais ne me demandez pas de vous emballer M. Charles Baudelaire dans du papier de soie, ou ces bouffissures du Parnasse, que dis-je, ces intumescences !

— Rien de tout cela, mon bon monsieur. Je cherche un ouvrage assez ancien, imprimé en 1597, et en version augmentée deux années plus tard, il s'agit des *Diverses Poésies* de Marc Papillon de Lasphrise… Mais on ne le trouve guère, peut-être en connaîtriez-vous une édition plus récente ?

— Vertubleu ! Vous allez dans la difficulté, mon ami ! Parlez-moi plutôt des *Diverses Poésies* de Vauquelin de La Fresnaye, des *Diverses Poésies* de Claude Binet, le biographe de Ronsard, ou encore celles de Siméon-Guillaume de La Roque que Malherbe estimait grandement. Écoutez-moi donc ceci tant qu'il m'en reste mémoire :

*Je suis le triste Oyseau de la nuit solitaire,*
*Qui fuis sa mesme espèce & la clairté du jour*

N'est-ce pas charmant ? Votre Papillon, comment dites-vous ? De Lafrite ou de Lafrisure, c'est bien la première fois qu'un client en a souci depuis que je touche aux livres !

Rentré à son auberge en chiquant une carotte de tabac, avec sous le bras une édition pirate de *L'Ensorcelée* d'un certain Barbey d'Aurevilly vendue à prix cassé par l'infortuné libraire qui imprimait, à l'entendre, « à ses ruines et périls », Papillon ouvrit distraitement l'ouvrage une fois ses bottes ôtées et brûla à le lire cinq chandelles de suif :

> *Qui ne sait le charme des landes ?… Il n'y a peut-être que les paysages maritimes, la mer et ses grèves, qui aient un caractère aussi expressif et qui vous émeuvent davantage. Elles sont comme les lambeaux, laissés sur le sol, d'une poésie primitive et sauvage que la main et la herse de l'homme ont déchirée. Haillons sacrés qui disparaîtront au premier jour sous le souffle de l'industrialisme moderne ; car notre époque, grossièrement matérialiste et utilitaire, a pour prétention de faire disparaître toute espèce de friche et de broussailles aussi bien du globe que de l'âme humaine.*

Rassasié par cette lecture abrasive dont le fin mot correspondait au point du jour, il rechaussa ses bottes, courut à l'écurie réveiller Saut Perdu et ne fut pas long à quitter la ville.

Les chemins de France sont clairs et sonnants comme le jour qui nous éclaire. Papillon lança au galop son frison, n'était-il pas maître écuyer du vent plus libre que les nuages ! Il traversa ainsi des lieues, à peine distrait par les sifflets des locomotives, l'orage qui gronde dans les lointains de brume, les jeunes filles rieuses autour des fontaines, les fanfares militaires au-devant des bataillons. Il vit dans les campagnes, par marées d'or, les soleils brûlés d'automne se tourner bravement vers le couchant. La foi du charbonnier ne vaut pas celle des tournesols ! Fallait-il qu'il galope ainsi jusqu'à la fin des temps ? Ses cheveux n'ont pas blanchi, à peine grisonné aux tempes. Tout lui est rien, il n'a plus d'émotion à part cette pointe au cœur. De ses vieux éperons de fer usés comme des galets, Papillon bat inutilement les flancs du noir destrier. On ne rattrape pas plus son ombre que le soleil. Trop loin est son double, trop loin la délivrance.

*Ô Lasphrise, où vas-tu ? Je m'en retourne au Même*
*Que faire ? Y voir l'amour, borne de mon destin*
*Reprendre à Dieu l'objet de mon désir*

## XXIX

# Notre-Dame brûle

*Tant je l'aimai, qu'en elle encor je vis :*
*Et tant la vis, que malgré moi, je l'aime.*
MAURICE SCÈVE

Vus des nuages, s'il se pouvait – dans la grisaille du zinc en feuille cher au baron Haussmann, des tuiles de bois racornies et des ardoises éternelles, des mille complications de cuivre et de plomb –, les toits de Paris maculés d'un plâtre de fientes et de chaux éteinte donneraient l'illusion de la canopée squameuse de quelque immense forêt pétrifiée que limitent, comme une barrière de coraux immergés, les verdoyantes lisières de Vincennes et de Boulogne, et plus au large, mer herbeuse crêtée de falaises, les bocages clairsemés d'Île-de-France. Par temps de guerre, avec leurs dédales de terrasses à pignons, faîtages, flèches et tourelles, poteries de cheminée, bardeaux bitumés, corniches et frontons, les toits de Paris ont toujours été un refuge singulier au jeu de chat perché, cependant plus propices aux équilibristes et funambules éveillés ou dormants, à rebours des égouts où tous les pourchassés réduits à merci affluent par effet de pente.

Fort instruit en escaliers de service, échelles de brique ou mâts de gouttière et rompu aux envols à tire-d'aile pour fuir les fourriers d'enfants, Petit-Drôle ne quittait guère ces hauteurs sinon l'hiver par temps de famine. On y trouvait assez d'auvents et de marquises pouilleuses où se blottir dans la société de la lune et des hulottes, à l'occasion, d'une domestique à la chandelle pleurant derrière sa vitre ou d'un ivrogne dans son réduit gueulant après les bombes prussiennes. En voisinage des moineaux et des chauves-souris, Petit-Drôle avait élu résidence dans un quartier mal bâti de l'est de Paris en aval des baraquements et des jardins ouvriers du vieux Belleville où la maréchaussée traquait par tradition le levain d'émeute et la graine de rébellion. À dix ans, pupille de l'indifférence né dans un tour d'abandon, on n'entend rien à la politique mais on sait presque tout de la violence, celle qui agite les catacombes et les rues, les terrains vagues, les galetas, tous lieux obscurs où les adultes d'âge ou de haine cherchent à tuer l'écho lointain des dures étoiles. Paris était soumis au siège des armées du roi de Prusse après l'éclair d'une guerre que l'état-major français déconfit lavera dans le sang des patriotes, de conserve avec l'occupant. Mais il neigeait du blanc chiffon et de la bile de colombe sur Paris investi de toutes parts, à Montrouge, Meudon, Saint-Cloud, au sud comme à l'est, dans les faubourgs du Pavé neuf, de Pomponne et de Malperthuis. La bourgeoisie partie en résidence d'hiver comptait bien sur Adolphe Thiers et les orléanistes pour remettre de l'ordre intra-muros une fois tues les batteries de canons allemandes.

Un vieux plaid de récupération sur le dos, Petit-Drôle courait d'un toit à l'autre par des passerelles et des encorbellements qu'un bond raccordait. De son point de vue, quand la nuit tombait, les explosions avaient un air sinistre de fête nationale. Ça tombait par vagues en même temps que la neige, pour l'heure du côté de Passy et des Invalides. C'était si beau la neige qui voletait, presque noire dans ce feu d'artifice. Un froid polaire figeait les cristaux en glace. Des stalactites ornaient les gouttières et les larmiers s'engorgeaient de gel. Petit-Drôle évitait de descendre à la rue par les voies habituelles ; même les accès pour ramoneurs ou couvreurs zingueurs, bloqués par des embâcles de glace lui étaient inaccessibles. Et se glisser entre les fenêtres à garde-fou ou les lucarnes de demoiselle et la cornière de ciment soutenant les chéneaux nappés de la dernière neige, multipliait les occasions de chute.

Au niveau des combles d'un immeuble de rapport aménagés en chambres de bonne, il s'était trouvé par chance un abri, une niche de chouette ou d'angelot, une sorte de terrasson tapissé de mousse, de brindilles et de plumes à même la charpente que le couvert de zinc décroché d'un avant-toit coiffait à demi entre deux chiens-assis et la crête des cheminées ; en rabattant sur lui un pan de la feuille métallique, le vent mordant perdit ses incisives et il put voir par un coin les habitants du quartier organisés en milice s'agiter à l'angle de la rue et du boulevard de Ménilmontant. Il y avait des disputes autour d'un amas de futailles, de grilles de fonte et de planches ; certains jugeaient ces retranchements inutiles depuis qu'Henri Rochefort, président de la commission des barricades, avait fait placarder quelques mois plus tôt un avis contre les initiatives privées au nom du gouvernement de la défense nationale. Distrait par ces criailleries, Petit-Drôle oublia sa faim et se laissa glisser dans le sommeil. Ces secondes d'endormissement étaient pour lui le meilleur de la vie, la neige s'échauffait en étoupe à canon, tout fulminait un instant et, soudain arraché de sa nuit par l'hameçon d'un rêve, il jaillissait hors du monde comme une grande flamme que la joie consume. Une musique l'éveilla dans l'obscurité, un chant étranglé quelque part. D'épaisses brumes submergeaient Paris par-dessus un linceul de neige. À force de chercher des yeux un repère dans cette poix à l'odeur d'incendie, il distingua un nimbe de phosphorescence sur les contours en perspective des toitures, puis une lueur plus franche à proximité, du côté des faîtières. Transi et affamé, n'y tenant plus, il se faufila jusqu'à la première embrasure par l'étroit parapet.

De l'autre côté des vitres ornementées de fleurs de gel, dans sa guérite en soupente, la cheminée flamboyait en permanence et c'était un prodige de la technique que Papillon ne s'expliquait pas davantage que l'énergie hydraulique ou le fardier à vapeur. Fort circonspect à chaque fois qu'il plaçait une bûche au milieu des braises, son attention se mobilisait sur les accessoires. La plaque de fonte noircie qui présentait en bas-relief une allégorie de l'Amour conseillé par la Prudence, les chenets de laiton et le bac à cendres devaient recéler un système d'allumage et de combustion qu'aucune mécanique apparente ne laissait accroire. L'invention humaine dépassait tout ce qu'il avait pu connaître en son temps. Il n'avait d'ailleurs nulle compétence pour faire le partage entre industrie et diableries. Le fait est qu'un rondin de hêtre ou de chêne lui durait toute une nuit dans cet âtre. Et d'où lui venaient ce pain et ce broc de lait posés au coin d'une console ? À leur côté, chose dépenaillée à force de maniement, traînait un livre de poèmes qu'il ouvrait sans cesse au hasard, bouleversé et furieux d'y trouver tant d'accords divins et d'odieuses discordances :

*Le Démon, dans ma chambre haute,*
*Ce matin est venu me voir…*

Un crissement répété le sortit d'une profonde rêverie évocatoire ; on tambourinait du bout des ongles sur les carreaux. Le manque d'exercice équivalant aux pires débours physiques, Papillon se redressa avec ces mêmes douleurs lombaires que lui avaient si souvent infligées au retour les rudes batailles équestres caparaçonnées. Il fit trois pas vers la fenêtre et d'un coup l'ouvrit, brisant les scellés du gel. Un flot d'air froid chargé de neige balaya la mansarde ; l'âtre aussitôt reprit haleine à pleines flammes tandis que les pages des *Fleurs du mal* se déployèrent en éventail.

— Encore toi, Petit-Drôle ! ronchonna-t-il en rabaissant la crémone. Tu devrais être changé en gargouille par ce temps ! Sûr que tu crèves de faim, comme tout le monde. Veux-tu que je te trempe un quignon de pain dans du bon lait ? Rien de meilleur, à part la mort ! Installe-toi donc un moment au lieu de gratter la lunette du diable. Je ne vais pas te ronger les os comme font les bonnes gens dans la ville, tout y passe, les rats, les pigeons, les chevaux… Rien de tel que la famine pour ouvrir l'appétit.

L'esprit épars, Papillon se radoucit et partagea sa pitance avec le visiteur. À quelle étrangeté à soi faut-il accéder pour devenir aimable ! Plus seul que jamais dans Paris assiégé, il avait pris la mesure des décollements de la réalité qui l'empêchaient de s'immerger dans la vie ordinaire. À tout moment et de manière plus saillante avec les années, un trouble d'espèce indéfinissable l'agitait. Une fois rassasié, Petit-Drôle demanda à sortir. Il s'enfuit d'un bond à peine la fenêtre entrouverte. La brume était tombée. Malgré un froid mordant, Papillon ne referma pas aussitôt : des fanaux éclairaient une charrette attelée à deux rosses au carrefour. Un entassement de sacs de drap bringuebalait entre les ridelles. Des ouvriers portant des képis de la garde nationale ramassaient les cadavres que signalaient des croix de bois rudimentaires plantées dans la neige. Veuve ou mère endeuillée, une femme suivait le convoi cahotant à distance ; un long ululement secouait ses épaules. Un peu en contrebas, sur un balcon courant de l'immeuble en vis-à-vis, quelqu'un levait la tête et les bras vers lui, une silhouette filiforme dans la posture du chasseur visant une perdrix. Qu'avait à craindre un locataire de l'invisible ? Paisiblement, alors qu'une teinture d'aube crevait l'épaisse nuit, il retourna contempler le rondin qui, tel le phénix aux neuf âges de corbeau, battait des ailes de feu rouge sang. Une puissante déflagration à proximité le fit tout juste ciller, rêvassant aux canons de sabord d'antan qui souvent explosaient en emportant la tête de l'artilleur. D'autres suivirent dans un grondement d'orage.

Les Prussiens dès lors ne cessèrent plus de pilonner Paris. Les milices armées de la garde tentèrent en vain de forcer le siège. À bout de ressources, le peuple pris au piège oscillait entre un affolement rageur qui rassemblait des foules derrière les barricades, sur les parvis de l'hôtel de ville ou de la cathédrale, et la consternation du désespoir. Les événements s'accélérèrent après le sacre en grande pompe du roi de Prusse proclamé empereur des Allemands dans les ors de la galerie des glaces du château de Versailles. Plongé dans une langueur sans pareille, Papillon avait perdu le goût de respirer, il ne mangeait ni ne pouvait boire et s'abandonnait à sa fascination morose, tel Midas exaucé qui, ayant fait le vœu de changer en or tout ce qu'il pût toucher, dépérissait une corne d'abondance à portée de main. Petit-Drôle, lassé de quémander, ne grattait plus à sa fenêtre, laissant place aux volées de moineaux. On avait descendu de l'immeuble deux cadavres à quelques jours d'intervalle, l'un d'eux, à la corpulence de cétacé, dut être extrait de chez lui par la fenêtre, avec des cordes de déménageurs. Après la variole qu'on accusait d'être cause de la défaite militaire, le choléra achevait de démoraliser les reclus. À la fin janvier, le jour de la reddition de Paris qui suivit l'armistice signée entre Bismarck et les capitulards du gouvernement de défense nationale, après cinq mois de bombardements aveugles et de vaine résistance sustentée au pain de paille moisie, un vif sentiment de trahison serra les cœurs et noua les ventres. Le ministre aux Affaires étrangères, parapheur de la défaite, exigea le désarmement des milices populaires. Un mois plus tard, Adolphe Thiers et une majorité monarchiste étaient au pouvoir et des détachements de l'armée allemande défilaient au pas de parade sur les Champs-Élysées. À ces provocations s'en ajoutèrent d'autres : l'état-major des vaincus reçut l'ordre de s'emparer des réserves d'artillerie de la garde nationale entreposées sur la butte Montmartre et ses environs. Accourues de toutes parts, les femmes de Paris s'y opposèrent avec quelques gardes. Il suffit d'un coup de feu pour soulever un peuple affamé et surchargé de dettes auquel on a diligemment ôté tout recours.

Aux premières heures de l'insurrection, un soir de la mi-mars, le capitaine Lasphrise amaigri, les tempes rafraîchies par une longue fièvre enfin tombée, s'était décidé à quitter sa soupente de Ménilmontant, un peu vacillant sur ses jambes, mais cette fois bien conscient de sa relative invulnérabilité : n'avait-il pas survécu dans les frimas des mois durant, à peu près sans nourriture et dans la plus entière solitude, hormis la visite casuelle d'un chat de gouttière ?

Puisque la mort se détournait de lui avec tant de morgue et

d'inélégance, il irait tranquillement au-devant d'elle. Était-il si malaisé de lui arracher sa sinistre défroque ? Il l'avait tant vue à l'œuvre sur les champs de bataille, dans les cités ravagées par la peste noire, au pied des potences et des échafauds, et l'idée souvent lui était venue qu'elle pût être dévoilée, vieille femme au long nez bleu, jeune vierge éviscérée toute revêtue de blanc, ange aux huit paires d'ailes nichant au paradis, faux christ armé d'une aigle à trois roues d'or sur son destrier de conquête, squelette battant les flancs d'une haridelle drapée des fournaises de l'enfer…

Une odeur de printemps et de poudre à canon flottait sur Paris. Sans plus de hâte, il descendit à pied jusqu'au parvis de Notre-Dame, à la fois ému et effrayé de revoir la foule des visages, cette hydre des rues aux têtes une à une tranchées, les faces grimaçantes des mille et un jours qui semblent à certains moments se superposer en un masque tranquille souriant derrière les multitudes. Il se souvint, longeant d'un pas tranquille l'Hôtel-Dieu, ne pas avoir connu son père, noble Gascon et vrai bourgeois. Son géniteur était passé dans sa vie en météore, comme ces visages qui ne tarderaient pas à s'éteindre dans la gloire du couchant. Ce sceau lointain inscrit dans sa chair avait-il plus de sens et de réalité que le regard de vague connivence d'un passant inconnu croisé au hasard des rues ?

Pour l'heure, la foule éparse déambulait par grappes et pelotes qui ne cessaient de se défaire et se rembobiner au gré des palabres. Il connaissait bien ce climat de fête ou de sacre qui transfigure l'ordinaire turbulence des foules. Au chahut s'ajoutait un enivrement, presque une extase. Des groupes lançaient des slogans hérités des trois révolutions, d'autres ovationnaient Delescluze, Louise Michel ou Garibaldi en réponse à l'invocation d'un meneur. Tous huaient le nom de Thiers, le gnome à la houppe enfui à Versailles avec ses auxiliaires en déloyauté dès l'initial sursaut de révolte. On braillait en chœur *La Marseillaise* ou *Le Chant du départ* en marchant et courant au milieu des drapeaux et des bannières des comités de quartiers, tous bientôt rassemblés en cortèges pour une harangue improvisée d'un bout à l'autre de la ville. Jamais il n'avait vu le peuple de Paris en telle joie, femmes et hommes pareillement étreints, avec ce fond de gravité qui laisse deviner les brisants d'un haut péril.

Sur le pont au Double encombré de recrues de la garde et d'ouvrières brandissant des drapeaux rouges, Papillon remarqua avec une déplaisante impression de familiarité la silhouette et le profil d'un homme d'aspect étique qui vint à le dépasser d'un pas résolu. Il suivit presque malgré lui l'individu, comme aimanté, le long de la rue du quai de la Tournelle, et le vit s'introduire avec une curieuse précipitation à l'intérieur de l'hôtel de Miramion, du nom d'une riche dévote qu'un libertin présomptueux et endetté, cousin de Madame de Sévigné, enleva une nuit à l'italienne, et qui en réponse à l'outrage mit toute sa fortune au service de Vincent de Paul. Un temps affecté à des ateliers d'armes après la sécularisation des biens de l'Église, l'hôtel accueillait désormais la Pharmacie centrale des hospices. C'était par une fin de journée revigorante, certes encore fraîche au salut de l'hiver. L'allumeur de réverbères, malgré la liesse générale, était au rendez-vous des étoiles. Papillon hésita à entrer dans l'édifice d'où émanaient des effluences de liqueur d'ammoniac, de vert-de-gris carbonisé, de graisse de porc engorgée d'essences florales, de venins édulcorés dans divers macérats glycérinés, d'indéfinissables mais prégnantes putréfactions raffinées à base d'acide saccharique, de racines tropicales inconnues et autres drogues végétales. Irrésolu sur le perron face à ce rempart d'odeurs, il ne put s'empêcher de fourrager le gouffre de sa mémoire, vague cosmos où tout était à la fois fondu et folioté, surgissant et enseveli sous des strates d'oubli, comme les cités gardiennes sept fois rebâties. Il avait l'âge des patriarches et s'étonnait des monarques de l'instant, papillon lune ou paon du jour. Un poudroiement de sensations défuntes montait à ses narines, bouleversantes comme l'exécution rituelle du Craqueur turquoise, rare papillon portant, dit-on, les mânes de cet idiot de Ferdinand Maximilien de Habsbourg-Lorraine, l'impérial imago du Second Empire du Mexique. Tout se mêlait dans son esprit, les piérides d'altitude et celles du navet, l'argus bleu, la chenille de Grand porte-queue et l'Azuré de la sanguisorbe. Il se rappela ainsi qu'en juillet 1608, étant parti en pays occitan, une pluie d'élytres pourpres l'avait ensanglanté dans un cimetière de la région d'Aix où, de passage, il s'était complu à honorer les ossements d'un poète inestimable dont il ne connaissait qu'un distique fautif :

*Tu voues au visage les muets chagrins*
*que nulle âme ne sauve en l'immortel matin*

À cette seconde précisément, alors que le profil entrevu sur le pont au Double réveillait en lui le souvenir d'un esbroufeur de bimbeloterie, maigre olibrius à face de belette, une femme surgit sur le seuil, là même où Timor Inferni venait de disparaître quelques instants plus tôt, une sœur converse pleine de grâce, laquelle réveilla en lui cette disposition quasi virale au plus infime tropisme. Le goût délicat qu'avait cette personne pour certaine alchimie de poudres à fard et d'essences florales, évoquant de très loin les eaux parfumées de la reine de Hongrie, suffit à infléchir sa destination. Négligeant le démon sans doute chu des tours de Notre-Dame, Papillon suivit la sœur hospitalière vêtue des trois suaires de Jésus et, par-dessus le linceul noir de la Vierge, d'un ample manteau de chœur à capuchon taillé dans une livrée de pénitence.

Repassant par le pont au Double, la nuit était entière, ni torches, fanons ou becs de gaz, seulement un croissant de lune accroché à la flèche de la cathédrale et les girandoles montant sur les eaux ténébreuses. Les foules tout à l'heure empressées et tonnantes s'étaient dissoutes comme l'écume en bout de grève. Les quais étaient déserts. Il crut voir une ombre se faufiler entre les amas de pierre de taille du chantier de l'Hôtel-Dieu en reconstruction, du côté de la rue d'Arcole. À sa suite, il s'enfonça dans un dédale d'échafaudages, de hangars et de palans. Rien ne ressemble plus au décor augural des rêves que ces chantiers de travaux publics inhabités. Cependant il ne rêvait pas. Les cheminements illusoires du sommeil devenus pour lui impraticables laissaient champ libre aux dérives, dans la nuit démesurée, des choses mortes de la mémoire. Mais rien de plus ardent en lui que l'évocation de sa passion déçue avec l'intangible sainte dont témoignent les cendres encore chaudes de ses *Amours de Théophile*. À peine entrevues, les flammes d'un incendie se ravivèrent plus hautes encore du fond du souvenir. C'était un soir de printemps, sur l'île de la Cité, le bûcher de l'hôpital de la Maison-Dieu dépassait les tours de Notre-Dame, faux jour illuminant d'une joie grimaçante les saints et les démons de pierre tandis que les corps reclus des indigents grésillaient sous les décombres.

Papillon trébuche parmi les basses constructions du chantier. Une vive odeur de soufre et d'amande amère l'a saisi au milieu d'une futaie de troncs écorcés en attente sur des fondations. Il vacille et tombe à la renverse, la tête contre des plâtras, presque heureux d'éprouver cette perte de conscience ; n'était-il pas humain en dépit du sort, créature de chair et d'illusions ? La nuit de l'incendie, pris de court, il s'était mis à distance du brasier, courant et se débattant à la suite d'une foule poussée de mauvais gré par le chariot de la panique. Parvenu sur le pont d'Arcole, il s'était agrippé à la rambarde de fer en se rappelant l'innocuité du destin pour lui seul, tandis que les asilaires rescapés commençaient d'affluer, certains roussis ou à demi carbonisés, bizarrement guidés par l'efflloraison de cornettes des bénédictines. On se détourne de l'épouvante en perdant connaissance ou en s'abîmant dans le spectacle d'eaux vives. Il se rappelle avoir été vite distrait par des cris de femmes alarmées de la pagaille au-dessus d'elles. Entre le pont d'Arcole et le pont Notre-Dame, les douze barges accolées du bateau-lessive de l'Arche Marion virent alors s'échapper des filles des rues sans logis et nombre de lavandières attardées, certaines chargées de paniers de linge propre ou sale.

Elles filaient à toutes jambes vers un escalier de pierre comme si le diable était à leur trousse. Une épaisse fumée se rabattait sur la Seine. Les premières à soupçonner la nature du péril mais n'osant imaginer l'hôpital changé en rôtissoire s'étaient récriées avec aplomb : « C'est Notre-Dame ! Notre-Dame est en feu ! Les Juifs ont mis le feu ! » D'autres, mal convaincues, avaient couvert leurs voix « C'est les parpaillots ! Ils ont brûlé Notre-Dame… »

Mais la lune s'est levée. Papillon se dégage avec peine d'entre les gravats de plâtre qui luisent comme des ossements. Par quel tour de passe-passe un impossible amour a-t-il pu se substituer au dernier valet de Belzébuth ? Dans son état, une seule chose l'explique : rien de la réalité ne subsiste vraiment, le passé ne se détache plus clairement du présent et s'égare à la moindre distraction dans les culs de basse fosse de la mémoire. Il lui semblerait même, malgré son incurable insomnie, ses veilles d'étoile ou de volcan, qu'il n'ait pas entièrement perdu la faculté de rêver, d'ouvrir l'armoire des morts et d'errer d'un temps à l'autre comme un immortel ivre. Mais où est-elle sa Nouvelle Inconnue ? Tout l'en approche et l'en éloigne avec la lune pour seule lanterne.

## XXX

## La chorale d'immortalité

*Mon épée est mon Livre.*
CAPITAINE LASPHRISE

À l'âge où l'avenir est sans remède, on trouve toujours des motifs d'espérer. Prélats de la finance, généralissimes et autres potentats, les vieillards inaptes au combat adorent fomenter des belligérances, penchés en corolle de chrysanthèmes autour des plans d'état-major, se rengorgeant sous leurs lambris de menaces et de bravades, et jurant fidélité aux allégories de la Victoire dressées sur les charniers d'anciens chaos. D'autant plus sûre est la guerre qu'elle s'ourdit d'incertitude périlleuse, de ces glorieuses rêveries que l'alliance des nations, cette subdivision des barbaries, accomplira jusqu'au terme des sacs et ravages. Armées des bésicles du sentiment national, les Puissances s'électrisent dans leurs territoires, dans leurs corps géographiques tour à tour violeurs, invasifs, cajoleurs, branlants, mutilés. Pourquoi faut-il que la violence tranche, sans fin, et que la mort opère au-delà de toute attente ? Voir faucher les blés verts à l'infini est une délectation de vieux chardon. Vingt à trente millions de cadavres, autant d'éclopés, serait-ce cela *l'hygiène du monde* ?

Il pleuvait depuis des jours avec parfois, au crépuscule, un bel arc-en-ciel entre les platanes massifs en forme de candélabres. Le lieutenant Dandini, la manche gauche de son veston relevée sur l'épaulette par une épingle, un cache-œil noir en travers du visage, quitta son point de vue, ou plutôt d'amère songerie, guérite de salon à trois fenêtres et tabatières donnant sur le parc de la pension Maupertuis, et se rapprocha de la cheminée. Trois pen sionnaires assis sur des fauteuils de style composite à accotoirs à manchette et pieds en cuisse-de-grenouille, considéraient le jeu des flammes avec cet air de pénétration qu'une profonde distraction inspire.

Le manchot amusé par cet état d'hypnose que semblait entretenir la dansante main de feu crut bon de rompre le charme.

— Dans les tranchées, il y en avait comme vous qui fumaient leur pipe, le regard vide, devant les bouquets d'étincelles. Ils pensaient à leurs petites femmes ou aux copains dégommés la veille. Au début, on fusillait à tour de bras les recrues qui préféraient aller s'abriter un peu à l'arrière, juste à quelques dizaines de mètres du front, histoire d'encourager ces braves petits à retrouver le goût de la discipline…

Personne ne réagit autour de l'âtre. La guerre était loin et on laissait les anciens combattants qui n'avaient pas été balayés par la grippe espagnole extravaguer tout leur soûl. La mort faisait partie du paysage. Assis à l'angle de la cheminée, le capitaine Lasphrise observait la lente décrue du jour qui noyait d'une lumière plus vive les fenêtres du salon tout en laissant l'ombre se creuser à l'intérieur où, par contraste, la flambée éclairait d'un halo palpitant les visages des convives : outre le lieutenant Dandini demeuré en retrait, sa manche vide repliée comme une aile de freux sur l'épaule, un vieil artiste peintre, aîné des résidents de la pension Maupertuis, toujours affublé d'une jaquette noire à longues basques et d'un chapeau feutre à la chouanne qui, selon l'angle, masquait ou accusait une face osseuse aux traits mongoloïdes, ainsi qu'une très belle femme aux yeux incolores et à la charpente cartilagineuse sous de vastes atours ; en même temps que ses lèvres épaisses, cette dernière remuait curieusement les longs doigts de ses deux mains comme une araignée tricoteuse maillant sa toile à l'endroit et à l'envers. Papillon ressentit jusqu'au malaise le prélude avant-coureur d'un de ces sursauts d'éveil en cascade qui vous expulsent des faux-semblants d'une sommeilleuse réalité, au prix d'un affolement cardiaque peut-être fatal ou d'une de ces sanglantes exsudations que seules provoquent les chemises préparées au savon arsenical. La gorge nouée, il interrogea l'instant d'un regard périphérique. Depuis quand voisinait-il avec ces gens, dans un pareil endroit ? Comme s'il l'avait deviné, l'artiste peintre renversa la tête de côté de sorte à dégager un œil d'oiseau des bords de son chapeau. Toujours à son tricot invisible, la femme sans regard eut un étrange sourire comme on en prête aux noyées ou aux sirènes.

— Aux colonies, sur tous les fronts, reprit dans un soliloque évasif le lieutenant Dandini, c'est partout pareil. Pas d'autre choix. On en massacre un tiers pour laisser l'espace vital aux tueurs et à ceux qui restent. C'est Machiavel qui nous a enseigné ça : « Caresser les hommes ou bien les occire. » Demandez donc à cet excellent général Gallieni, il a mis à mort un tiers des Malgaches avant de leur ouvrir des écoles ! C'est ce qu'on appelle un administrateur capable ! Moi, pauvre sous-officier, je fais partie du lot. Une bombe m'a arraché le bras, il aurait fallu la jambe en prime pour faire une juste moyenne…

Personne n'écoutait le manchot, hormis Papillon qui l'observait de très loin, avec ce fond d'apitoiement que l'on éprouve pour la détresse animale, alouette prise à la glu ou carpe hameçonnée. Tant de batailles, d'intrigues et de rêves avaient fini par altérer en lui toute illusion. Voués aux limbes, les Antiques ne parlaient que de songes, vaguant et divaguant lorsqu'ils perdaient l'esprit. Lui ne rêvait pas davantage et ne pouvait jurer de rien : sans plis ni déchirures, l'étoffe du temps était cousue de chutes et de rapiéçages surfilée de changeantes broderies, vrai patchwork où les vieux motifs s'entremêlaient d'autres jusqu'alors inconnus, pattes d'ours, vol d'oies, manteau de Joseph, arcanes d'or, vitrine sale, averse de grêle, trou d'obus, galoches du bonheur, rat funèbre, mouchoir aux trois gouttes de sang, bulles de savon… Privé de cette angoisse constitutive qui attache les mortels à leur ombre,

Papillon était né posthume ; il avait perdu depuis des lustres cette saine distraction entre mémoire et réalité, anges et démons. Les choses pour lui avaient commencé par la fin était-ce toujours ainsi ? Prêt de rendre l'âme, il avait mis celle-ci aux enchères ; mais quel était l'enjeu véritable ? Il avait vu s'effacer comme buée ses contemporains jeunes et vieux, tant d'amis chers et d'amours impérissables. Le monde humain pour lui était une serre à papillons ; les plus belles parures ocellées d'un jour ou d'une nuit voletaient autour de ses mains vides et de son visage. Il s'était parfois pris au jeu tragique des femmes et des hommes, négligeant son état pour complaire au leur ; pendant la semaine sanglante au joli mai de la Commune, il s'en souvenait, moins d'un demi-siècle avant la Grande Guerre, comme à rebours, allait se répéter l'horreur et l'épouvante de la Saint-Barthélemy, damnation des Guise et du roi sonnée au glas de Saint-Germain-l'Auxerrois. C'était hier au vu des astres. Dans Paris assailli par l'armée régulière de Versailles qui, par toutes ses portes, allaient massacrant des cents et des mille à la mitrailleuse, au canon, à la baïonnette. Il y avait de cela une bonne moitié de siècle qui ne l'avait pas rendu plus vieux. En position place Voltaire, l'artillerie des Versaillais avaient pilonné les Buttes-Chaumont et les hauteurs de Belleville, couvrant ainsi l'avancée de leur infanterie. Malgré une folle résistance, les barricades cédèrent l'une après l'autre. La déroute héroïque des gardes nationaux à court de munitions était jonchée de cadavres en posture de combat. La pluie souvent accompagne les désastres comme pour laver le sang. À la fin du jour, les survivants s'étaient embusqués derrière les murailles du Père-Lachaise. C'est au canon que les lignards rassemblés pour l'assaut final ouvrirent les portails. La nuit tombait. À la Villette, aux Tuileries, les incendies empourpraient les cieux assombris. Papillon se souvenait des caveaux assiégés, des fédérés mitraillés tombant par grappes sur les pierres tombales. Jamais cimetière ne fut plus arrosé de sang frais. On fusilla même les statues rebelles et le ventre d'une mère qui déployait le drapeau rouge. Jamais comme en ce jour noir de mai, il ne se sera surpris à honnir ce à quoi il avait pu croire en paladin suranné portant crédit aux vieilleries de parentèle : toutes ces croix et allégories entre l'alpha et l'oméga, ces promesses d'archanges, ces amphores d'âme et ces agneaux de salut. Tandis que résonnaient les armes, errant un pistolet à barillet au poing au milieu du cruel désordre qui allait s'achever çà et là en exécutions sommaires, il s'était figé, hagard, peut-être bouleversé, dans une allée annexe du labyrinthe où s'entassaient les mausolées des généraux, consuls et autres dignitaires du Premier Empire : devant lui, entre une pleureuse d'albâtre sanglotant contre une stèle de marbre noir et la statue d'un hussard chargeant sabre au clair l'éternel ennemi, la tombe fourvoyée de Juliette Millet se révéla d'emblée à lui par un bas-relief ovale en biscuit de porcelaine enchâssé dans un cadre d'étain. Le portrait était d'une si troublante ressemblance, comme avivée par les ombres de suie et les corrosions, qu'il n'eut pas le réflexe d'en vérifier aussitôt le nom sur la stèle par secret effroi d'y découvrir aussi les chiffres épiphaniques de l'état civil. C'est avec la distraction des condamnés qu'il avait lu cette épitaphe anonyme au goût de l'époque :

*Née de la nuit vivante mais si pâle*
*si pâle que la mort et plus vite la nuit*
*l'habitèrent d'un rêve*

Papillon l'avait rencontrée par hasard dans le salon reconstitué de la Récamier, au couvent de l'Abbaye-aux-Bois, rue de Sèvres, où les chanoinesses de Saint-Augustin rapatriées louaient tout un étage aux dames de cour. Là moins qu'ailleurs, la Dame au Renom ne s'était présentée. Ni Lamartine, Sainte-Beuve ou Chateaubriand n'eurent pour son Livre un germe d'attention, mais il devint une fable pour les mirliflores. Religieuse en rupture de vœux après s'être infiltrée à l'étage par amour des beaux vers, Juliette était morte en 1832, à l'âge de vingt-quatre ans, quelques semaines après leur dernier rendez-vous. Il savait ses poumons fragiles et plus encore son cœur exalté.

Les combats n'avaient pas cessé autour de lui. Un projectile vint siffler à ses oreilles. On tirait des salves à proximité. Parfois montait un chant d'une gorge éraillée ou le cri de ralliement de ceux qu'on assassine. Jusqu'à la nuit, les Versaillais s'étaient acharnés à réduire les derniers foyers de résistance. Il en avait abattu deux ou trois courant sur lui baïonnette au canon sans même interrompre d'amères évocations remontant au plus lointain passé : cette Juliette défroquée, plus extatique qu'une sainte du Bernin, lui avait si puissamment rappelé son vain penchant pour la prude Renée Le Poulchre dont il assiégea le cloître et qu'il n'aurait possédée de sa vie qu'en vaines rimes. Tout l'escadron volant de la reine-mère lancé pour dérober les cœurs n'eut sur lui plus d'effet que l'allure et l'esprit de l'abbesse. Tandis que la tuerie battait tambour, sous l'éclat mêlé des balles et de l'averse, le brusque rappel d'une si juvénile mortelle avait suspendu le cours des astres, ne laissant que la pluie ruisseler sur son visage et les tombeaux. Les larmes du ciel n'ont pas d'heure en un monde désert.

Une même eau tombe des nuages depuis le commencement des temps. Entre les grands arbres du parc enténébré de la pension Maupertuis, il pleuvait de plus belle, si fort que les fenêtres de la guérite crépitaient comme sous un vent de sable.

— Et vous ! lança par défi le lieutenant Dandini à l'assistance tétanisée. Qu'avez-vous fait pendant que nous mourrions chaque jour par dizaines de mille, éviscérés, amputés, la gueule arrachée ?

— Que voudriez-vous que fasse une pauvre héritière sans ressources ? murmura la tricoteuse aux prunelles crayeuses. C'est notre sort, à nous, femmes, de voir passer les guerres et d'aller fleurir les tombes...

L'artiste peintre déploya une silhouette d'échassier puis ôta son couvre-chef pour saluer, découvrant un crâne de forme oblongue qui fumait un peu comme un obus prêt à déflagrer. Il se retira sans un mot vers quelque obscur vestibule. Les autres pensionnaires l'imitèrent bientôt en grand silence. Personne n'avait songé à activer les lampes à incandescence. Dernier à quitter les lieux, Papillon tâtonna les murs du corridor et buta sur des marches avant de s'agripper à une rampe d'escalier.

Ancien hôtel particulier réaménagé en immeuble de rapport à l'orée du bois de Vincennes et pour finir repris dans l'immédiat après-guerre par une riche courtière endeuillée, la pension Maupertuis avait tous les attributs de la maison de retraite ou de repos, voire de l'ermitage, sans que le moindre souci de rentabilité parût dans son fonctionnement. D'origine strasbourgeoise, l'ex-maquerelle soupçonnée iniquement d'arrangement avec l'ennemi s'était reconvertie en logeuse pour échapper aux surcroîts d'enquête et d'imputation. Servie par une jeune annamite extraite de sa condition de sirène en bocal, elle occupait un simple studio au premier étage et gérait l'affaire en toute libéralité, laissant ses hôtes attitrés ou occasionnels aller et venir selon leur usage et cohabiter à leur fantaisie. Bâtie au temps du Directoire, la sombre demeure aux intérieurs plutôt austères avait été rénovée en faux gothique par un élève neurasthénique de Viollet-Le-Duc, ce qui affectait l'ensemble d'une aura funèbre propre à éloigner démarcheurs et autres intrus. Papillon appréciait la présence immédiate du bois, de l'autre côté d'une route pavée. En grande partie investie par le trafic d'un terrain d'aviation et l'infanterie qui s'exerçait à la défaite autour de ses cantonnements du château de Vincennes, on y retrouvait un calme pastoral à la nuit tombée. Canne en main, riche d'un porte-clefs muni d'un outil de crocheteur, Papillon distrayait ses insomnies en s'y rendant passé minuit, quand la société versait dans l'irréalité viscérale des rêves. Renards, hiboux et chauves-souris ne s'inquiétaient pas plus du visiteur inconsolé que d'un banc de brouillard après la pluie ou de la lune peignée et dépeignée au gré des nues. Les arbres lui donnaient l'impression d'écarter leurs branches sur son passage par secrète intelligence. Depuis son enfance buissonnière, bois et forêts bruissaient pour lui de mille échos et chuchotements. Au fil rapide des ans, tant sa solitude l'éloignait du genre humain, il avait senti croître en lui une sorte de connivence avec le monde végétal, en particulier avec les arbres multiséculaires. Comme eux, mais libre d'aller et venir, il vivait par ses racines et la force du vent. Image déployée de la cervelle mêlant les sens et les sèves à la pensée de l'univers, un labyrinthe de branchages, brindilles et ramures, occupait l'espace par-dessus tronc ou torse. Il avait pu lire avec attention quelques pages des continuateurs de Darwin mais son esprit construit sur d'autres charpentes n'appréhendait des nouvelles théories que de vagues relations de similitude. Ainsi, déjà présent en Éden, l'arbre ne descendait-il pas du divin, quand l'homme, déchu des frayères des hauts bassins, s'enfonçait en vile lamproie dans les abysses du mal ?

De retour de sa flânerie, Papillon ne s'étonna pas des lueurs aux fenêtres du peintre, toujours illuminées à cette heure. Au moment de traverser, laissant derrière lui la ténébreuse respiration du bois, il vit surgir une vieille automobile, du modèle des taxis de la Marne. Le véhicule s'aligna en pétaradant sur le trottoir d'en face. Alors qu'il le contournait pour accéder à son hôtel, une femme de belle stature toute ceinte de tulle et de tartalane en sortit et parut saisie d'étonnement. Le geste spontané qu'elle eut pour dissimuler le bas de son visage ne fit que révéler un regard inoubliable.

— Andrômeda ! se récria Papillon. Comment est-ce possible ?

L'apparition laissa flotter un sourire parmi ses voiles et courut s'engouffrer dans l'automobile. Troublé au plus haut point, avec dans la gorge cette saveur métallique qui trahit les pires émotions, il poursuivit sa marche nocturne entre les quatre murs de sa chambre. Quand la mort s'impatiente et, tel l'arc-en-ciel que le paon traîne après lui, déploie en éventail une averse de coïncidences imperceptibles aux vivants, il y a tout à craindre. « Holà mon Livre, holà ! » protesta Papillon une main sur le cœur. Demain serait-il sans pardon ? Si lui ne comptait pour rien, puisqu'il avait vendu l'âme, son Livre portait garantie du salut, le seul qui eût pu lui convenir, son Livre était l'âme qui désormais lui manquait. Son Livre l'attachait par un fin cheveu à l'humaine infortune comme à *l'Astre d'alme beauté*. Seul le retenait encore du néant le fragile fil d'amour lié par merveille ou tristesse aux choses de la vie. Mais son raccord à l'instant présent s'était petit à petit relâché, il avait pâli comme une aquarelle laissée à la lumière du jour. Et sa brève existence du grand jadis, lorsqu'il craignait les caprices du temps, lui semblait un jardin tropical de saveurs, d'effroi et de vérité, en comparaison de la morne froidure d'aujourd'hui. Survivre ainsi, c'était revivre indéfiniment les pires deuils. Tout autant, sa *Plaincte* pour le trépas de Damoiselle Geneviève de Papillon, très chère sœur qu'il avait follement voulu garder vive en ses vers, le condamne après trois siècles de bénédicité et de chasse aux sorcières :

*Heureux ceux-là qui n'aiment rien,*
*Ils ne sont sujets aux traverses,*
*Aux ennuis, aux peines diverses*
*Que souffrent ceux qui aiment bien.*
*Ils n'appréhendent la douleur,*
*Qui nous vient d'aimer à toute heure*
*Ils se rient de ce qu'on pleure,*
*Le malheur ne leur est malheur.*
*Ceux-là regardent de même œil*
*Les noces et les funérailles,*
*Dessus leur vernis, dans leurs entrailles*
*Ils ne logent le triste deuil.*
*Leurs cœurs ne sont d'Amours glacés,*
*Les pleurs ne baignent leurs visages,*
*Perdissent-ils tout leur lignage,*
*Ils chantent pour les trépassés.*

Soudainement saisi d'une terreur vitrifiante d'animal à sang froid, il enfila ses bottes pour se précipiter hors de sa chambre et monter des escaliers, traverser des mezzanines, longer à tâtons des couloirs inconnus. Un rai de lumière l'arrêta après maint détour. Il poussa une porte et, dans la clarté de plusieurs lampes à huile fuligineuses qui saturaient l'atmosphère, découvrit un portrait en pied grandeur nature calé sur un lourd chevalet d'atelier à manivelle. La toile aux contours inachevés dominés par un ciel peint à l'outremer laissa Papillon figé sur le seuil. Il arrive qu'une image trompeuse foudroie dans l'ivresse d'un instant. Par une énigme de conscience, plusieurs minutes s'écoulèrent sans qu'il pût détacher ses yeux de l'illusion. C'était elle, peinte dans sa violente présence de chair, c'était Andrômeda qu'il venait de croiser au sortir du bois. Curieusement, dans son saisissement, il jugea impossible qu'elle fût ainsi présente et disparue. Son portrait se dressait devant lui plus réel que le foliotage disparaissant de la mémoire, depuis cette rencontre nocturne près d'une église perdue aux confins de ses errances où l'avait attiré un arioso miraculeux jailli très pur des flux musicaux du grand orgue. Lorsqu'il parvint à détourner le regard de la toile, sa surprise fut moindre de voir le corps sans vie de l'artiste peintre, pantin filiforme déjeté sur un canapé, la tête renversée, les membres épars, lequel grimaçait horriblement, le gosier à découvert et les orbites comme excoriées par l'éclatement de capillaires.

L'antienne d'un merle bientôt annonça l'aube. Papillon considéra tour à tour le portrait vivant et le cadavre. Il a perdu son corps mortel, songea-t-il. Impossible d'aimer sans risque de tout perdre. Tous les oiseaux du bois de Vincennes chantaient maintenant de concert, chorale d'immortalité en ce nouveau jour inconsolable pareil à tous les matins de la Création.

## XXXI

## La Nouvelle Inconnue

> *J'ai tant rêvé de toi, tant marché, parlé, couché avec ton fantôme qu'il ne me reste plus peut-être, et pourtant, qu'à être fantôme parmi les fantômes et plus ombre cent fois que l'ombre qui se promène et se promènera allégrement sur le cadran solaire de ta vie.*
>
> ROBERT DESNOS
> *À la mystérieuse*

Jusqu'au dernier moment, on se prépare à la guerre sans trop y croire, un peu comme le moribond s'aheurte au trépas, dans une sorte de distraction farouche que les semblants d'agitation rassureraient presque par leur aspect ludique. Des ouvriers municipaux coiffaient les réverbères de sinistres abat-jour métalliques. D'autres bardaient de sacs de sable et de planches les assises des tours de Notre-Dame. Affiché sur les murs de la ville et diffusé par Radio Tour Eiffel et la presse quotidienne, un communiqué de la préfecture de police avisait la population de munir les fenêtres, portails, vitrines et autres ouvertures de tous les bâtiments civils et commerciaux, y compris lucarnes, vasistas et soupiraux, de systèmes amovibles d'obturation interceptant toute lumière.

Pendant ce temps-là rue Vivienne, dans la grande cour de la Bibliothèque nationale incluant l'hôtel Mazarin, les acclimatés ordinaires, étudiants, chercheurs ou simples postulants à l'érudition, assistaient d'un œil contrarié à la noria de camions que des déménageurs nonchalants désemplissaient de leurs cargaisons de caisses vides et de cordes. Pris d'assaut sous l'immense rostre de lumière en forme de tête d'asperge du vestibule, les archivistes, chartriers et autres assesseurs encore en fonction s'employaient à décourager avec un zeste d'alacrité les plus exigeants qui aspiraient à se pencher avec gants blancs et lorgnons sur quelque parchemin ou incunable, élément indivisible des trésors de l'Église ou du mécénat royal, manuscrit d'auteur ou imprimé rarissime : tout cela devait être mis à l'abri en de lointains châteaux. D'ailleurs, écoutez le bruit sourd des maillets : un peu partout, dans les salles des médailles et des estampes et même dans les vestiaires, des brutes illettrées clouaient les couvercles comme de vulgaires cercueils.

— N'êtes-vous pas déjà venu il y a peu pour la même demande ? fit mine de s'étonner un préposé aux requêtes courantes, colosse souffreteux qui branlait du chef derrière son comptoir.

— Avant-hier même ! répondit le visiteur d'un ton revêche qui proscrivait toute riposte. Vous savez à souhait que je fréquente assidûment votre librairie...

Le préposé esquissa un sourire de complaisance teinté d'ironie qui dessina deux chétives fossettes dans ses joues creuses.

— La bibliothèque Richelieu est bien sûr ouverte au public cultivé, monsieur. Mais souffrant de migraine ophtalmique et ne lisant guère en dehors des titres et références, cela me serait profitable d'apprendre quel est ce Marc Papillon de Lasphrise.

C'était devenu entre eux une coutume. Malgré la limitation des secteurs d'accès augurant une imminente fermeture de la bibliothèque et de ses succursales, le colosse efflanqué prit plaisir à satisfaire l'insolite personnage qui, au gré de ses visites, lui avait raconté d'invraisemblables hâbleries touchant à l'historique des lieux. Ainsi des tristes fantaisies d'Armand-Charles de La Porte de La Meilleraye, un descendant du duc de Mayenne ombrageux et bigot qui fut contraint de renier son nom et ses armes afin d'épouser la nièce du cardinal de Mazarin, seule condition pour hériter en prime de sa fortune, de son palais de la rue Vivienne et de ses collections d'art qu'il s'appliquera incontinent à corriger, castrant les statues d'Adonis ou d'Hercule à l'aide d'un petit marteau et lacérant à la pointe de l'épée les nymphes et les déesses des peintures vénitiennes…

— Une bonne nouvelle ! s'était écrié un matin le préposé.

Ce dernier, excluant d'oiseuses déductions fantasmagoriques, avait conclu à une recherche généalogique erronée sur un pseudonyme, mais se refusant de décevoir un maniaque de la pire espèce et finalement satisfait d'avoir malgré tout à disposition ce phénomène inclassable pour distraire son extrême solitude, il était peu à peu entré dans son jeu.

— Oui, monsieur Papillon, votre ancêtre n'est pas si oublié, ou alors il serait en passe d'être redécouvert après un bien long purgatoire. J'ai rassemblé une série d'indices qui sont à votre disposition dans la salle Labrouste. Demandez donc le lot de prospection 666 au grouillot de service du côté des cariatides…

En fait de reconnaissance, la corbeille était surtout riche en mentions et notules de bas de page dans divers florilèges et anthologies concernant Ronsard, la Pléiade, les félibres tourangeaux ainsi qu'un récent ouvrage consacré au poète porte-queue Amadis Jamyn, tour à tour secrétaire des rois Charles IX et Henri III, puis de Ronsard, où il se voyait complimenté d'une ridicule annotation. Mais cet Amadis mal gaulé échappait parfois à l'ornière courtisane :

*Tremblans ainsi qu'on voit menu trembler*
*La feuille pâle en la cime d'un Tremble*

Attablé presque seul sous les neuf coupoles, envolée stellaire de méduses géantes en style néo-byzantin du Second Empire, Papillon consulta plus longuement, c'est-à-dire lut et relut, un article du Mercure de France titré *Un grand poète inconnu*, d'un certain M. Coulon dans le numéro d'été de l'an 1932 ; il fut par ailleurs passablement surpris de découvrir une édition succincte de ses vers imprimée à Turin en 1870, intitulée *Les gaillardes poésies du capitaine Lasphrise*. Mais tout cela ne le sauverait pas de l'oubli, ombre portée de la mémoire comparable aux kilomètres de rayonnage de cette bibliothèque dont l'essentiel était voué aux cryptogames et aux termites dans le secret d'alcôve des réserves. En levant le front sur les alignements d'innombrables dos de reliures qui couraient en enfilade le long des parquets anglais et des passerelles étagées sous les fresques paysagères des voûtes, Papillon fut saisi d'un vertige qui prit la forme tournoyante des immenses coupoles ivoirines sur fond rouge des plafonds d'où une lumière diaphane se répandait en ocelles d'or – arcades de verre ornées de frises en céramique – dansant sur de fines colonnes de fonte comme les assiettes chinoises du jongleur. En s'efforçant de rétablir une certaine stabilité gyroscopique dans le temps et l'espace, il croisa le regard du grouillot, immuable aspirant à d'éminentes fonctions qui, à trois coudées, attendait de récupérer sa corbeille.

— C'est bientôt l'heure de la fermeture, dit ce dernier en mastiquant bien ses mots.

Un tic nerveux agitait ses pupilles en forme de coléoptère crache-sang dans une face recuite, couleur de vieux os. Toujours assis, Papillon poussa vers lui les documents consultés du bout des doigts sans le quitter des yeux. Lié à son état vertigineux, un sentiment de déjà-vu l'envahit, sorte de décollement de la réalité qui lui faisait appréhender toutes choses dans un prisme pivotant avec une fausse lenteur nauséeuse, comme ces hélices d'aéroplane que la vitesse de rotation semble rendre presque immobiles. La face narquoise de Timor Inferni s'était superposée par à-coups à celle de l'employé à la façon d'une image filmique qui tarde à se stabiliser. Mieux préparé que ses contemporains provisoires, Papillon avait suivi sur les grandes distances les innovations de la technique, lesquelles s'inséraient de manière si intrusive dans la vie quotidienne que l'entendement s'en trouvait du tout au tout bouleversé : les gens des villes avaient perdu ce qu'on appelle *le sens des réalités*. Les tables tournantes, le téléphone, la photographie et le cinématographe avaient réduit leur présence à une espèce d'artifice ou d'ombre mentale. Bientôt, si les folles machines de guerre le permettaient, des spectres présomptueux remplaceraient les vivants... Papillon en était là de ses réflexions lorsqu'une main vigoureuse lui fit admettre que la pensée équivalait chez lui à une forme de sommeil paradoxal. On rêve à marée haute quand la cervelle est immergée. En ces instants noyés, anges et démons se disputent l'Intelligence qui ne manque d'y asseoir son équilibre. Pressés d'en finir, les veilleurs de nuit poussèrent l'attardé dehors avec tact et autorité.

Papillon n'avait pas perdu ses habitudes. À défaut de tavernes et de caboulots, il fit la tournée des bars et des brasseries au carreau des Halles, sur les grands boulevards et dans les cabarets de Montmartre. À l'écoute de la *vox populi* qui s'amusait des nouvelles en pastichant l'Ecclésiaste ou Machiavel, il but du vin rouge en quantité, convaincu que la voix de Dieu resterait à jamais inaudible. S'il mesurait encore les jours grâce à l'alternance des nuits, Papillon avait perdu tout sens de la durée et pouvait rester figé des heures devant son verre ou au pied d'un arbre, comme ces grands lézards marins qui se réchauffent au soleil sur les rochers des îles Galápagos. Avec l'invasion de la Pologne et la déclaration de guerre, les événements prirent un tour funeste. La bibliothèque Richelieu vidée de ses trésors avait fermé ses portes. Une drôle de paix déliquescente précéda l'énorme tragédie mondiale qui se perpétuera de défaite en abdication jusqu'à l'effacement des valeurs de simple humanité. Hagard dans Paris déserté, Papillon vit à nouveau défiler les Prussiens, mais en masse et autrement mieux équipés. Des légions d'automates brandissaient des étendards, éructaient, dressaient le bras. Les polices française et allemande traquaient diverses catégories de la population. De faux papiers permettaient parfois de se soustraire aux assignations, voire d'échapper aux rafles et à l'internement.

Lui-même suspect de falsification d'identité, Papillon s'était résolu sans états d'âme à une vie plus ou moins clandestine, de pension bourgeoise en hôtel borgne, mimant volontiers le sommeil sous les ponts ou sur les bancs des parcs et des jardins publics, quitte à se rendre aux bains-douches municipaux avec les sans-logis encore libres de leurs gestes. Il avait depuis longtemps délaissé, avec l'épée et le gorgerin d'acier, ses larges cols blancs tuyautés et le chapeau empanaché de plumes, mais il ne regrettait vraiment que son beau destrier, l'éternel Saut Perdu d'erratique lignage. C'est sans déplaisir qu'il s'était vu bannir des derniers salons littéraires où il avait connu tant de glorieux déboires et d'invisibles triomphes. Croisé chez quelque marquise, par un après-midi d'orage qu'une épinette récréait, l'odieux Boileau-Despréaux avait lâché à son intention deux vers sans emphase, les seuls inoubliables :

*Sans cesse poursuivant ces fugitives fées,*
*On voit sous les lauriers haleter les Orphées*

Avenue de Friedland, aux luxurieux dîners dits des Macchabées de la comtesse Potocka, la plus romantique en diable des Circé qui au siècle précédent tenaient salon, une fraternité de pourceaux plumitifs s'était juré conventuellement de *mourir d'amour pour elle*. Peu enclin à ces calembredaines, Papillon avait manqué se battre en duel avec Robert de Montesquiou entre autres prétendants à la petite mort. Pas davantage dans les cafés de la rue Fontaine ou de Saint-Germain-des-Prés que chez les salonnières d'antan, on n'eut pour lui d'égards. Il lui vint tardivement à l'esprit, la détestation du style étant la règle, qu'il n'est point de reconnaissance possible entre versificateurs qui respirent au même instant un même air. Les poètes en réunion qu'un public de bastringue suffit à exalter mais qui restent de marbre devant l'hommage de leurs pairs, ne songent qu'à déclamer leurs macaronées et à se faire applaudir, sourds à celui que l'amour seul retient parmi les vivants. Lui n'était d'aucun temps ni d'aucune chapelle. Pour gagner les cœurs, son Livre n'avait aucunement besoin du capitaine Lasphrise, vague champion sorti de nulle part à la cloche de bois. On dit des morts qu'il faut les laisser partir en paix sans l'amarre du deuil et des regrets accrochée à leur souvenir : il avait si longtemps été comme l'un d'eux, spectre crispé aux inconstants lendemains de l'immortalité dans la perdition du Salut.

Sans autres bagages qu'un cartable d'écolier en carton bouilli contenant quelques effets et son cher vieux recueil dépenaillé comme une momie de chat égyptienne jetée à la voierie, Papillon changeait plus souvent de lit que de chemise. Dans Paris occupé, vivre consistait à s'acclimater mine de rien au malheur, à vendre son honneur à la petite semaine ou à déjouer périlleusement le sort. Le maréchal Pétain à peine investi à la présidence avait décrété l'abrogation de la naturalisation des Français d'adoption de « race juive ». Deux ans plus tard, ses thuriféraires applaudissaient les déportations en masse ; certains, connus pour leur talent d'auteur, réclamèrent avec succès « que l'on n'oublie pas les enfants ». Placé à la tête de la Bibliothèque nationale par le maréchal, le fidèle Bernard Faÿ, ancien professeur au Collège de France, grand ami des arts et fervent de la coopération avec l'occupant allemand, dénonçait d'emblée comme non française, monstruosité judéo-maçonnique, la devise de 1789, « liberté, égalité, fraternité », et n'eut de cesse d'avoir fiché tous les israélites et frères Trois-Points des administrations, en sycophante de l'état civil. La République était l'ennemie à dénoncer et à détruire. Outre les loges saccagées et leurs archives pillées, les arrestations arbitraires en zones nord et sud suivies de déportation et d'assassinats, exactions diligemment effectuées grâce aux loyaux services du nouveau conservateur nommé chef du Service des sociétés secrètes, on jetait au pilon partout sur le territoire, des bibliothèques entières furent ainsi détruites ou confisquées. « Là où l'on brûle les livres, on finit par brûler des hommes », augurait le poète Heinrich Heine. Qui eût pu imaginer que l'on anéantirait conjointement par millions les écrits et les humains, les poèmes et les petits enfants ?

Ignorant tout cela, Papillon s'était présenté sans défiance à l'accueil de la bibliothèque Richelieu dès sa réouverture. La foultitude de nouveaux agents de service, plutôt insolents et suspicieux, et les panneaux d'une exposition infamante touchant la franc-maçonnerie le mirent néanmoins sur ses gardes. Devant lui, une femme de son âge – de l'âge qu'il avait cette fameuse nuit de l'automne 1599 – les bras nus croisés sur un sac à main de cuir rouge à bandoulière, son épaisse chevelure d'un blond vénitien rassemblée en un bulbe d'or mat sur sa nuque, se renseignait sur la disponibilité d'un certain auteur auprès d'un nano-sapiens recruté dans la milice.

— Vous dites ? Guilhèm de Sallusti deu Bartàs ? s'étonna dans une grimace le préposé. Un étranger, encore un juif ?

Papillon qui avait suivi l'échange, s'esclaffa :

— Un fier Gascon que ce Du Bartas, et un franc poète ! Je l'ai longtemps fréquenté…

*Que ne fais-tu profit, ô frénétique France,*
*Des signes dont le ciel t'appelle à repentance ?*
*Peux-tu voir d'un œil sec ce feu prodigieux,*
*Qui nous rend chaque soir effroyables les cieux…*

Alertés par ces éclats de voix et l'air de détresse du préposé, deux gestapistes de service en civil sortirent de leur guet somnolent et s'avancèrent, les poings dans les poches de leurs gabardines. La dame aux cheveux fauves, devinant le péril, saisit le coude de Papillon qui, sur le coup d'un charme, se laissa conduire après un adieu précipité aux protagonistes.

— Décampons vite de là ! lui souffla-t-elle, le visage illuminé d'un grand sourire à l'adresse des deux factionnaires, lesquels haussèrent paresseusement les épaules.

Une fois dehors, elle lâcha son coude et lui s'empara de sa main. Le vent d'automne s'était levé avec le soir. Ils cheminèrent longtemps en silence ainsi, inconnu l'un à l'autre, sans s'interroger sur le mystère des rencontres. Au-delà des ruelles et des passages couverts aux vitrines closes, certaines par arrêté préfectoral, ils ralentirent le pas sur les grands boulevards dépeuplés où des bandes d'enfants s'adonnaient aux jeux inventifs de la misère tandis que vaquaient çà et là quelques couples luxueux en quête d'un cabaret et des permissionnaires en uniforme de la Wehrmacht. Les feuilles détachées des platanes volaient très haut comme pour atteindre au-dessus des arbres une fugace liberté. Les nuits hasardeuses des villes ne sont jamais plus entières qu'en temps de guerre.

Plus tard, Papillon se souviendra avoir erré longtemps avec une dame échevelée dans les rues obscures. Annoncée par des bruits de bottes et de ferraille, une patrouille allemande, ici et là, les avait contraints à rebrousser chemin. Passé l'heure du couvre-feu, ils se dérobèrent aux contrôles dans les ténèbres griffées d'étincellements que le brouillard compliquait de fausses murailles. À la fin, acculés dans une impasse, ils furent un instant sans réaction. Un faisceau de torche électrique creusait de phosphorescences l'épais brouillard. Des cris avaient fusé : « *Halt! Hände hoch!* » L'inconnue s'était pressée contre lui ; elle l'embrassait contre un mur pour donner le change. Quelque chose de brutal déchira le corps même de la nuit. Papillon avait ressenti dans tout l'être un grand choc indolore, une sorte d'éblouissement. « Adieu, adieu ! » s'était mise à bredouiller la jeune femme, ses lèvres écrasées contre les siennes. La mort est un rêve instantané qui peut durer une vie.

Mais tout passe. La paix revenue, pourquoi s'étonner d'un pareil amour ? Angelia l'accompagne, la Dame au Renom est de tous les chemins. Chargée de mission, elle enquête sur l'intrication récurrente entre holocaustes et autodafés : pour chaque livre brûlé, on tue une femme, un homme ou un enfant. Ainsi, dit-elle, si rien ne change, la terre disparaîtra avec le livre enroulé du ciel. Il y eut bien d'autres conflagrations en répliques sismiques, des attentats monstrueux, des invasions et des profanations ; les catastrophes spontanées s'étaient multipliées. Sujets aux mêmes réflexes, Papillon et la belle inconnue se perdirent en fugitifs d'un désastre énigmatique comme s'ils avaient tout oublié et déambulaient parmi les vestiges d'une bibliothèque incendiée. Il suffisait d'y souffler pour que les cendres se soulèvent en neige et qu'un livre immaculé apparaisse et tourne ses pages inexplicablement.

## XXXII

## Rien n'est sous le vague Cerveau

La lumière d'octobre, rougeoyante à la gorge des frondaisons, filtrait des grands arbres penchés sur les ruines des pentes. Papillon avait longue mémoire de cette colline du Mont-aux-Vignes sur laquelle un bourgeois de jadis avait fait bâtir une maison de plaisance, et désormais établie en nécropole sur les hauteurs de la ville. L'univers n'est qu'un torticolis d'invertébré, songea-t-il en remontant une allée pavée de ce grand pâturage aux squelettes.

Peu avant l'heure de la fermeture, il entendit des appels inquiets, comme après un enfant. Un petit vieux s'affairait autour d'une modeste tombe coincée entre deux sombres chapelles de style néo-gothique. Tassé par l'âge, trébuchant à pas menus, l'homme tournait un profil d'iguane vers les anfractuosités.

— Caramel ! s'écriait-il avec un accent désolé. Reviens par ici, crénom ! Où t'es-tu donc encore fourré ?

Mais pour quel motif le bonhomme rappelait-il son chat qu'il venait assurément d'abandonner comme il est d'usage dans les parcs et cimetières ? Le panier d'osier posé sur la pierre tombale, couvercle rabattu, expliquait assez la scène. Aurait-il des remords ? Curieux du plus infime incident quand un cataclysme eût pu le laisser dans une irrémissible torpeur, Papillon salua le plus ingénument possible le vieillard affolé qui s'inquiétait d'un chat. Il expérimentait en toute occasion l'effet bizarre que ne manquait pas de provoquer son passage, *cette manière flegmatique qu'il avait de disposer de lui-même.* On ne pouvait oublier sa démarche à la lenteur un peu irréelle ni cette extravagante attention qu'il portait à la moindre palpitation de l'instant, coup de vent dans les feuilles, clameur d'oiseaux, vague écho de la ville derrière ces hauts murs. Manière de distraction phénoménale, cette vigilance aiguë comme retournée sur elle-même était à la mesure de son entière disponibilité.

— Votre matou est dans la chapelle, dit Papillon en enrayant sa course. Là, celle de gauche, familles Requin et Ourbak…

— Ah merci, merci à vous ! dit le vieillard tout à son effarement.

Dressé sur l'autel, les griffes de ses pattes tendues à hauteur du vitrail brisé d'un oculus, l'animal – un énorme chat noir au poil ras, à la queue électrique – épiait deux corneilles huppées, espèce mutante du cimetière. Juchées sur des croix, celles-ci narguaient l'intrus à travers les tessons de verre colorés.

Le vieil homme foula des paquets de feuilles mortes et parvint tant bien que mal à s'en saisir. Revenu à son panier, il rabattit le couvercle sur la bête indocile sans perdre des yeux le passant qui avait considérablement ralenti son allure comme si la distance se rétractait dans la durée par on ne sait quel sortilège.

— C'est la tombe d'Ida, mon épouse, déclara le vieillard pour s'excuser ou se justifier. Je l'ai enterrée voilà sept ans à ce jour, vous comprenez…

Papillon lut distraitement les noms, dates de naissance et de décès sur la stèle, une fois de plus consterné de la brièveté des existences ordinaires. Le veuf décati, visiblement à bout de forces, avait saisi la poignée d'osier mais demeurait tout infléchi sur la pierre tombale, comme épuisé à l'idée d'avoir à soulever le panier où rauquait le captif en crochant ses griffes aux pousses de jonc tressées.

— Vous comprenez, dit-il encore, je viens ici presque tous les jours. C'est pour habituer Caramel, pour l'acclimater en quelque sorte. J'ai promis à mon épouse de ne pas le laisser fiche à la rue, ou pire, à la fourrière. Il n'y a pas d'orphelinat pour les chats. Ainsi, comme je n'en ai plus pour bien longtemps, il restera tranquillement près d'Ida en attendant que je la rejoigne, histoire de quelques jours. Les chats ne sont pas malheureux au Père-Lachaise. Et puis nous serons là…

Distrait par ses propres digressions, le retraité parut oublier son interlocuteur. Il eut un sursaut d'effroi soudain et s'en fut sans un regard, boitillant sur les pavés ronds.

La pénombre des grands arbres s'était accusée malgré les lances d'or du couchant. Papillon considéra la silhouette claudicante tandis que tintait la cloche annonçant la clôture des portes. Une épaule déboitée, le vieillard s'éloignait avec une relative précipitation. C'est ainsi : les humains en fin de parcours s'astreignent à rassembler les images de leur vie, un chat, des photos souvenirs, un tas de bricoles sentimentales, dans l'espoir de se défendre du néant ou d'agrémenter leur trépas au même titre que Khéops et autres rois d'Égypte.

Papillon, lui, n'avait aucune hâte, ou plutôt nulle impatience. Les portails d'acier du Père-Lachaise s'étaient refermés sur la nuit statuaire sans qu'il s'en souciât une demi-seconde ; cela avait dû lui arriver à l'occasion, certain soir d'ambre et de perle, alors qu'il errait, oublieux des heures par les allées obscures, dans la paix cérémonieuse des mausolées. Les cimetières sont des décors de fable où les mortels rêvent d'orgasmes éternels. Et lui, repu de solitude, ne savait trop à quelle songerie de stuc ou de brume raccorder sa langueur.

Guidé par la pleine lune, Papillon fit maint détour dans les quartiers historiques, saluant au passage ce bon La Fontaine en reliquat de fable, Vivant Denon, croisé un soir à Ferney chez celui qu'il appelait « le singe estropié », ou sa chère Félicité de Genlis si interminablement jeune de sa gaieté. Respirant les profondes senteurs automnales, il alla s'asseoir sur un banc du parc en belvédère qui surplombe la ville, entre la chapelle de la colline et, en contrebas, dédié aux ombres de l'ombre, le monument aux morts avec sa procession de nudités lascives déployée en défense d'un ossuaire marmoréen qu'un cèdre aux immenses ailes d'ange noir abrite. À quoi bon un tel édifice au milieu des caveaux ? Il eût mieux fallu y célébrer les vivants par simple effet de contraste. Mais quelle énigme, cette pointilleuse, maniaque et totale guerre du temps ! *Une génération s'en va, une autre vient, et la terre subsiste toujours.*

Papillon ouvrit grand les yeux. De ce point de vue, à cette heure, face à la perspective des faîtages et des clochetons que la tour Montparnasse bornait au loin, il se distrayait pareillement à compter les lumières de Paris ou bien, juste sous son nez, ces théories de moucherons qui voletaient par-dessus les clérodendrons en fleur, les treilles miniatures des callicarpes et les buis mal taillés. Rien jamais ne dure que la forme des nuits. Plus naïves que des dessins d'enfant, les constellations scintillaient hors de portée. Et les parfums d'arrière-saison montant des cryptes donnaient la poignante sensation de souvenirs oubliés. Papillon sourit amèrement à l'évocation du chat Caramel ; l'humble obstination du veuf pour l'acclimater à sa prochaine demeure était somme toute aussi chargée de frénésie déliquescente qu'un drame shakespearien. À chacun son territoire sensible. Probable que la musaraigne filant sous un rayon de lune à travers la plate-bande était toute pénétrée du petit monde qui l'espérait à l'abri d'une motte de terre. La moindre bestiole palpitait du sang vif de l'instant tandis que, plus impassible que les gisants de pierre ou de bronze, il couvait l'œuf stérile de la solitude sur un banc de cimetière, à une distance infinie de toute vraie présence, comme saisi dans les hautes glaces du silence.

À cette seconde, très précisément, une puissante déflagration secoua l'endroit et des gravats roulèrent un peu partout autour de lui tandis qu'une épaisse fumée envahit les parterres. Papillon se retourna vivement mais, assourdi et aveuglé, il dut patienter pour en distinguer la cause. S'agissait-il de l'explosion d'une conduite de gaz ou de la chute d'un planétoïde ? Quand l'âcre nuée retomba, il aperçut une béance dans le portail de l'énorme mausolée d'Adolphe Thiers aligné sur celui de la chapelle. Les débris jonchaient la pelouse et les allées. S'en prenait-on maintenant aux morts ? Car il ne pouvait s'agir que d'un attentat, un dynamitage en bonne et due forme contre les cendres du massacreur des communards, gnome à la houppe plus faraud qu'un pou du diable. L'inscription gravée sur le fronton n'avait pas souffert : *Patriam dilexit – Veritatem coluit.* Papillon gardait en mémoire le million de Parisiens venus aux funérailles du « libérateur du territoire », laissant la postérité seule juge de ses barbaries. Il n'eût pas fallu attendre un autre Adolphe pour rendre ce prénom immettable !

Cependant les gardiens du cimetière n'allaient pas manquer d'accourir. Il aperçut la palpitation de gyrophares, rue de la Roquette ; des sirènes de police s'élevaient déjà des quartiers bas. Aussi burlesque que lui parût cette effraction de terrorisme chez les trépassés, Papillon songea à s'éloigner des lieux. Il ne fait pas bon s'attarder dans un cimetière après la fermeture, singulièrement quand une bombe anniversaire explose avec juste un siècle de retard.

Dans les locaux de la police judiciaire du quai d'Orsay, à la direction du renseignement de la Préfecture, le fonctionnaire affecté à l'affaire du plasticage du mausolée d'Adolphe Thiers notifia au témoin sa garde à vue immédiate.

— Il n'y a pas flagrance mais c'est tout comme, dit-il. À part un nécrophile récidiviste à l'autre bout du cimetière, on n'a intercepté que vous cette nuit.

L'officier de police, un grand rouquin blafard aux narines époumonées qui manipulait un briquet en forme de chalumeau, s'était attendu à ce que l'individu en question réclamât la présence de son avocat, comme il est légitime, après une bonne heure de dénégations quant à sa présence réelle sur les lieux du délit.

— Y étiez-vous ou n'y étiez-vous pas ? répéta-t-il une fois encore au cours de l'entretien confidentiel. C'est bien devant le monument Bartholomé, en bas des escaliers, que les vigiles vous ont surpris ?

Le fonctionnaire observait son vis-à-vis avec un malaise accru. En fait, plus spectateur que témoin, l'individu ne lui semblait pas véritablement présent, au sens admis de l'expression. Tout en lui portait à caution, son allure générale, sa manière de s'exprimer, son âge indéfini, sa physionomie insituable du point de vue anthropométrique.

— Après avoir égaré vos papiers d'identité, selon vos propres déclarations, vous vous êtes montré incapable de décliner votre état civil. Souffrez-vous d'une pathologie induisant cette propice amnésie, une maladie neurologique ? Ce n'est pas Alzheimer tout de même, à votre âge ! Peut-être un traumatisme crânien, l'absorption de certains produits ? Bon, inutile d'insister davantage …

On le conduisit menotté et sous bonne escorte dans une cellule du département spécial. Au détour d'un couloir fortement éclairé au tube fluorescent, une stupéfiante jeune femme à la crinière léonine qu'encadraient deux policières ne lui laissa pas le loisir de la dévisager tant son regard invasif dans la lumière d'aucun rêve annihilait tout examen. Une fois celle-ci passée, toujours sous le choc, Papillon conclut que son extrême beauté devait être la cause première du vertige qui l'avait saisi, les yeux de l'inconnue happant son attention au point d'en perdre la mémoire, ce que les psychologues appellent assez drôlement *l'effet de récence.*

Une fois confiné dans une cellule de rétention, il se dit en expert du phénomène que la beauté, ce triomphe de l'anonymat, échappait à tout ancrage mental, à court comme à long terme. Spectrale gorgone à travers le voile charnel des créatures et l'écume des générations, la beauté annihilait en lui jusqu'au souvenir de sa mère. Était-il concevable qu'elle fût à la fois même et autre ? Espérant à chaque aventure étreindre la Nouvelle Inconnue, seule grâce, fleur de l'instant qu'engendre l'esprit de la matière, il lui avait donné quantité de noms transitoires, tels que Noémie la Tourangelle, Renée Le Poulchre, la comtesse Julie de Marmorito, ou encore Zinaïda Hippius, figures renouvelées de sa désillusion. Un détail flagrant l'avait pourtant accroché *tout à l'heure,* au détour du couloir : la gardée à vue de passage avait cette rousseur de flamme d'Azralone, naïade jaillissante d'un bain d'or à la physionomie botticellienne qu'on peut admirer tout son soûl, sous certain angle, au moyen d'un solide télescope électronique, au cœur d'une nébuleuse enveloppante de la constellation d'Orion. Une *hallucination vraie* de plus, voulut-il conjecturer. C'était ainsi : des mondes fugitifs interféraient au gré des fluctuations de son activité cérébrale.

Papillon eut un sourire très las et s'allongea sur la banquette de bois rivée au sol. Ici ou là, rien ne le pressait jamais, fors l'hypothèse du Salut. Probablement eût-il été aussi placide sous un déluge de feu ou dans la baignoire de tortionnaires. Dormir est une position d'attente qui convient aux vivants comme aux morts. Mais pour lui, vraie malédiction, il n'existait aucune différence de statut entre le rêve et le monde réel. Du moins rien de pondérable. Depuis le temps que les images surgissaient en lui ou hors de lui du fond de quelque centrifugeuse intersidérale, son cortex visuel puisait indifféremment à fleur de rétines ou dans les profondeurs du tronc cérébral. Ce qui signifiait, pour parler simple, qu'il n'aurait su dire à quel registre appartenaient ses états mentaux : songe, éveil, sommeil paradoxal ou désordre hallucinatoire.

Papillon avait pris de longue date une certaine distance avec l'ensemble des conjonctures que le commun des mortels appelle *réalité.* Ce qui n'interdisait nullement la curiosité, voire l'empathie ou même l'inimitié. On ne saurait changer un cœur humain, malgré les pièges à poulpe des chagrins d'amour. Ainsi attendait-il placidement l'intervention du hasard, son conseiller en toute chose, par ailleurs avocat de haut style et expert en destinées. Les motifs de sa garde à vue lui échappaient avec le recul. Trop d'événements sans queue ni tête étaient venus brouiller les saines relations de causalité. En attirant son attention la veille au Père-Lachaise, la comtesse Julie Radicati de Marmorito, troisième fille de Clara et Maurice Schumann et dont Brahms fut éperdument amoureux, s'était imposée à lui aux dépens du reste du monde.

Jamais si exquise perfection n'avait été élevée à ces altitudes de spiritualité. La beauté n'a nul besoin d'explication, ce qui explique amplement son mystère. La mort de l'ineffable Julie dans le Piémont à l'âge de vingt-sept ans aurait dû être en soi une apocalypse. Il l'avait aimée et désirée en vain et au détriment de toute raison. Qui imaginerait les mouvements intimes qui l'agitèrent en découvrant son portrait de céramique sur une stèle ornée de l'avenue des Atlantes ? N'avait-elle pas été inhumée à Turin ? On remarque à l'occasion, sans trop s'y attarder, que certains défunts ont plusieurs sépultures en des lieux divers. Cette rencontre fortuite n'avait d'ailleurs aucune relation de continuité avec le chat Caramel ou le dynamitage du mausolée d'Adolphe Thiers au prétexte du centenaire de la Commune.

Papillon émit un profond soupir et se redressa pour observer l'araignée ingénue qui s'était mise à tisser sa toile entre deux barreaux de la porte. Il aimait bien les araignées. Ça l'amusait de penser que sur la planète, toutes espèces confondues, elles pouvaient avaler deux fois plus de substance carnée que l'humanité entière, cela pour une biomasse largement supérieure. Il se souvenait tout particulièrement de l'une d'elles, lors d'un pénible séjour en maison d'arrêt, une grosse tégénaire noire qu'il avait apprivoisée au son d'une sorte de musette afin de distraire son ennui – tout comme eût fait un certain Pellisson, obscur académicien embastillé pour cause de fidélité jusqu'en sa disgrâce au surintendant des finances Nicolas Fouquet. Immortel Pellisson !

*Vous ne battez que ma prison,*
*Rudes vents, terribles orages...*

Mais l'histoire ancienne finit en radotages. Son araignée à lui, qu'un compagnon de cellule avait baptisé Jawohl, n'attendait fichtre rien, pas même une mouche. Elle ne répondait qu'à sa musette et se fût mise au garde-à-vous droit sur ses huit pattes s'il avait pu l'instruire des usages militaires.

Papillon en était là de son indécidable rêverie quand l'officier de police qui l'avait tant importuné vint le sortir de sa geôle. L'homme aux narines grelottantes prit un drôle d'air, à la fois hautain et penaud, en lui ouvrant le passage.

— Votre avocat nous a fourni tous les alibis, mobiles, assurances, cautions, certificats médicaux. Entre nous, vous auriez pu me confier vos petits problèmes de déficit d'attention. Heureusement que dans la maison, nous savons faire la distinction entre une personnalité un tantinet sujette aux états crépusculaires et un vulgaire terroriste…

## XXXIII

*Truth is the cry of all, but the game of few.*

GEORGE BERKELEY

Après son transfert dans un quartier spécial d'un grand hôpital parisien d'où il avait pu s'évader grâce à l'entremise de l'un ou l'autre de ses conseils, d'ailleurs interchangeables, Papillon s'expliquait mal sa présence dans cette clinique privée, maison d'un repos qu'on eût dit éternel, non loin d'Amboise à en croire miss Comœdia, son infirmière attitrée. Par ironie ou dérision, il déclara au docteur Pfuit, vieil échalas à binocles et long nez de singe à trompe penché sur sa poitrine, que les battements de son cœur ne répondaient guère à la durée ordinaire : il avait un pouls de papillon, programmé pour s'arrêter d'une minute à l'autre.

— Le pouls d'un papillon ! s'esclaffa le médecin en rangeant ses ustensiles dans une trousse de vieux cuir, tensiomètre Pachon à oscillation, stéthoscope à double pavillon et embout auriculaire d'ivoire et marteau à réflexes Babinski à manche dévissable.

— Vous ne sauriez si bien dire ! soupira le capitaine Lasphrise, la nuque enfoncée dans un édredon de plumes.

— Pour être franc, en toute une vie, reprit le docteur Pfuit, pas davantage que celui d'un papillon, je n'ai tâté le pouls d'un immortel dont le rythme cardiaque devrait marquer, à mon sens, des intermittences considérables ! À ce sujet, croyez-vous que la perception que nous avons de la durée ait un rapport avec notre longévité ? Calculée s'il se pouvait à l'horloge élastique du sentiment intime, la minute d'un lépidoptère équivaudrait très approximativement à une année de la vie de Mathusalem…

Une méchante vessie à glace remplie d'eau chaude sur le crâne, Papillon fut saisi d'une quinte de toux à s'arracher la bile avant de reprendre assise, la face dégoulinante d'une sueur de plomb.

— Je parlais seulement de ma lassitude, gémit-il. Pouvez-vous un instant en prendre la mesure ? Imaginez trois ou quatre siècles de bronchite chronique, autant de diverses pestes et désagréments. Considérée dans ces proportions, la moindre migraine tient de la damnation. Ainsi, mes heures et mes nuits de tourment mises bout à bout, j'aurai souffert en continu vingt ans de pituite, trente ou quarante de goutte, presque autant de rages de dent…

— Allons monsieur Papillon… Marc Papillon, c'est bien ça ?

— Capitaine Lasphrise, ne vous déplaise !

— Soit, capitaine ! Mais soyons sérieux, cette arithmétique d'hypocondriaque, une fois écarté les psychoses instrumentales ou les divers troubles du spectre d'alcoolisation post-natale, entre autres conjectures étiologiques, m'autorise tout de même à diagnostiquer une petite bouffée délirante. Rien d'étonnant avec cette fièvre de cheval. Laissez-moi néanmoins vous rassurer sur votre constitution : vous n'avez guère plus de la cinquantaine, en « comptant les années de nourrice », comme dans la chanson ! Et votre cœur bat avec la précision proverbiale de l'horloge de l'Opéra de Dresde. Ceci dit, je dois l'admettre, vous souffrez d'une bien curieuse forme d'hypermnésie…

La tête rejetée en arrière, les yeux presque à hauteur des narines, le docteur Pfuit considéra son récent pensionnaire avec une envie de meurtre tempérée par sa propension naturelle à la mansuétude. Charles Durmontier, éminent psychiatre et administrateur de la résidence des Ormeaux (par ailleurs grand collectionneur de lépidoptères), avait accepté d'accueillir cet étrange patient sur les instances de la baronne Aude Busherel d'Aimiante, et cela en dépit de l'absence totale de renseignements sur sa personne. Durmontier ne pouvait évidemment rien refuser à sa principale leveuse d'hypothèques. N'avait-elle pas confié à ses soins son vieux père et plusieurs membres de sa famille ? Un de ses jardiniers avait recueilli le prétendu capitaine par une nuit de déluge, deux semaines plus tôt, errant sur une route nationale en tenue de carnaval. Soupe au lait, prolixe en remarques désobligeantes, l'individu ne manquait pas de repartie. Il donnait l'impression d'avoir au bout de la langue une encyclopédie incompréhensible, caduque, d'un autre monde. Le fait est que, s'il mélangeait tout, il n'oubliait rien, les dates et les événements, ses leçons d'écolier, les moindres péripéties de son enfance. Sa mémoire phénoménale, saturée de références historiques et de souvenirs personnels, semblait avoir implosé comme un tube cathodique en surchauffe ou un bathyscaphe outrepassant l'étiage d'immersion maximale. Tout se mêlait et s'amalgamait de sa propre biographie, d'ailleurs parfaitement invérifiable, et des mille histoires qui lui traversaient l'esprit. On eût dit que cet humanoïde, à force de remuer des abysses d'évocations, avait défoncé les soubassements corrompus de sa mémoire et était tombé tête la première dans les pièges sidéraux du temps.

— Vous me prenez donc pour un pitre, un esbroufeur, docteur Pfuit ?

— Pas du tout, capitaine, je vous crois sincère…

— Alors pour un fou ! Ne m'aurait-on pas cloîtré dans quelque asile d'aliénés ?

— Une respectable maison de repos ! corrigea le médecin, son antique mallette en cuir marron au bout du bras. Nous n'avons pas de vocation aliéniste. La résidence des Ormeaux accueille des gens très bien, certes un peu dépressifs ou légèrement sujets à la distraction…

Soudain pris de hâte, le docteur Pfuit salua et sortit en courant d'air, laissant la porte claquer derrière lui. Recroquevillé sur son lit de fer, Papillon en parut considérablement soulagé. Personne, du moins aucun mortel, n'aurait pu changer son état. La fréquentation évanescente de ses prétendus contemporains l'épuisait sur la durée, à peu près autant, si l'on pouvait imaginer un pareil enfer, qu'une braillarde récréation de cour d'école à l'échelle du monde qui n'en finirait pas. Fallait-il être infiniment las de soi et des autres, comme l'ogre de Perrault sommeillant sur le long chemin inutile où chaque enjambée vaut sept lieues. Une fatigue monumentale dominait vite toute autre sensation, un désœuvrement plus massif que la paresse d'un dieu querelleur. Ainsi, que faisait-il à cette heure derrière ces murs ? À peu près remis de l'incident de la route nationale où il fut recueilli à demi noyé, s'escrimant follement sous les mille pointes d'une trombe, Papillon allait quitter le lit quand son infirmière survint munie d'un plateau de seringues, d'ampoules et de dragées pharmaceutiques.

— Comment se porte notre héros ce matin ? dit-elle avec enjouement. Veut-il bien se coucher sur le ventre pour la petite piqûre ? On va changer de fesse ce matin…

Pris d'un spasme, Papillon ne fut pas long à inverser les rôles. Jupes relevées sur une double éminence laiteuse d'une belle consistance de flanc pâtissier, miss Comœdia, gémissante, grondait son paladin. Ce qu'il accomplissait-là n'était-il pas expressément contraire à la santé, justement définie par l'écologue René Dubos comme cet « état physique et mental, relativement exempt de gênes et de souffrances et permettant à l'individu de fonctionner aussi longtemps que possible dans le milieu où le hasard ou le choix l'ont placé » ?

— Toutefois ne cessez pas de bouillonner d'ardeur ! rugit miss Comœdia. Pas avant l'issue naturelle ! Vous risqueriez un foyer d'ischémie dans la région cervicale.

Dûment seringué au gras du dos une heure plus tard, mais heureusement rafraîchi et délassé, Papillon près d'entrer en méditation, la paupière sépulcrale, réfléchissait sur les moyens de se soustraire à sa déplorable condition tout en observant les belles hanches de la jeune femme appliquée aux menues besognes de l'espèce dite soignante. Miss Comœdia releva le store et ouvrit la fenêtre au soleil d'octobre.

— Un peu d'air ! dit-elle. *Mehr Licht !* De la lumière !

— Le plus beau soleil m'attriste à travers des barreaux.

— Il suffit de regarder entre, monsieur Lasphrise. Allons, reposez-vous, la vie est si courte ! Votre santé exige de l'économie, de la tempérance !

## XXXIV

*Tout est magie, ou rien.*

NOVALIS

Au sommet de la tour Saint-Jacques, sur la plateforme coiffée de méchantes gargouilles et de la statuaire des évangélistes, avec en proue le saint éponyme dressé sur une pointe de diamant, Papillon a ses habitudes, certaines nuits claires. Adossé contre un pilastre à frise gothique, la fraîcheur ou la pluie ne l'affecte pas davantage que la contemplation prolongée des effigies des Quatre Vivants. Si haut perché, il évite seulement les tempêtes et les orages. Océan pétrifié en léger contrebas, Paris autour de lui prend du soir au matin toutes les nuances de l'éphémère. La tour Saint-Jacques se dresse comme un phare aveugle sur ces remous géométriques occasionnellement bouleversé par les guerres ou les urbanistes.

Cet observatoire laissait le champ libre à sa rêverie insondable sous l'ombre de son animal fétiche, lion ailé taillé dans la pierre, emblème du cœur et des passions. C'était un luxe de vagabond, une faveur octroyée par le démon. N'était-il pas légitime qu'il pût se réfugier sur un perchoir discret quand il n'en pouvait plus d'errer dans la ville, non pas pour sommeiller, mais pour être enfin seul avec sa solitude ? Un noctambule irrévocable finit par ne rencontrer que ses pareils, des couche-tard qui semblent tenir la lune au bout d'un fil, des suicidaires empêchés, des mange-matin tétaniques. Et puis ce n'était pas si simple, veillait-il vraiment sans discontinuer entre enivrement et lassitude ? Ne laissait-il pas plutôt les trêves du sommeil paradoxal miner sa prétendue vigilance ? Le désordre de ses états d'âme était tel, depuis si longtemps, que ce qu'il tenait pour la rude et extravagante réalité eût pu très bien n'avoir d'autre motif qu'une activité anormale du système nerveux parasympathique. Ou alors, pareils aux volatiles migrants vers un autre continent ou aux mammifères marins soufflant à pleins poumons dans la quiétude des abysses, ses hémisphères cérébraux laissaient-ils alterner veille et sommeil, de sorte qu'une moitié de lui en est à douter quand l'autre le serait à croire. Ni Calderón, ni même Shakespeare que maint cuistre voulut déposséder de son œuvre au prétexte d'un défaut de naissance, encore moins les philosophes, alchimistes, cabalistes ou zoroastriens ne le consolaient de son incertitude. Dieu pourrait aussi bien être le principe de toute chose qu'une régurgitation du néant dans l'œsophage d'un petit tailleur juif cisaillant à tour de bras l'étoffe des songes.

À cette minute de la nuit, au sommet de l'ancien clocher de l'église Saint-Jacques-de-la-Boucherie vendue au prix de la pierre à l'époque troublée du Directoire, Papillon contemplait les galaxies dormantes des confins urbains et, plus proches, les boucles de la Seine en forme de double ellipse, symbole de l'infini. Le ruban d'eau scintillait entre une cathédrale et un pylône géant. Il se souvint du désespéré du pont au Change, un certain Micha Rostislav, Slovène d'origine ukrainienne, soi-disant romancier, avec qui il avait bu du vin blanc après minuit la veille ou l'avant-veille. L'homme lui avait raconté sa passion charnelle pour les eaux vives, fleuves et rivières. Comment agripper l'eau qui s'esbigne ? Sans motif, un vers d'Agrippa d'Aubigné, son ennemi et son maître, lui traversa l'esprit :

*Le lieu de mon repos est une chambre peinte.*

Il se remémora pareillement la délicate jeune femme à tignasse de grand fauve et aux yeux de syncope croisée dans les couloirs de la préfecture de police. La reverrait-il jamais ? Pour lui, sans fin, l'écume des rencontres s'évanouissait dans les ressacs du souvenir. Les événements, impondérable dispersion d'ombelles, ne faisaient que survoler le rocher de sa mémoire ancré comme un aérolithe dans un siècle de grâce et de fureur. C'est ainsi : une distraction de décapité s'attache à la répétition des gestes ordinaires. Il lui était arrivé de faire l'amour une deuxième et troisième fois avec la même femme sans du tout la reconnaître, à distance de plusieurs décennies. Cette personne il est vrai ne lui en gardait pas rancune, plutôt flattée ou simplement divertie d'être sa conquête renouvelée.

Les gyrophares de voitures de police défilèrent en pointillé rue de Rivoli, en direction de la place de la Concorde. Papillon s'accouda au parapet de la tour. Ses paupières battirent sur un tourbillon d'images. Il crut voir ou revoir, comme à rebours des siècles, des flambeaux d'émeutiers parcourir vivement cette rue dite alors des Écrivains. Devrait-on pour autant nier l'existence de la matière ou des choses hors de l'esprit comme le préconisait ce bon évêque anglican qui n'était assuré que de Dieu dans l'ordre puissant du monde ?

L'aube va poindre d'un coin du ciel ; au-dessus des cités brumeuses, les grands rouages sidéraux déplacent hâtivement les décors du pathétique castelet humain. Parcouru de frissons, Papillon s'efforce de bâiller comme pour mimer la fatigue au sortir d'une nuit peuplée de chimères. Bulle des profondeurs, l'une d'elles affleure d'un coup à sa conscience et prend vite crédit sur ses sens. D'ailleurs il n'est plus seul : une ombre l'a rejoint, jaillissante entre les gargouilles.

— Il faut excuser mon retard, dit-elle en déployant sa physionomie intermittente de geyser. Je n'ai qu'une question, toujours la même. Où en es-tu de ta renommée ?

— Ne te moque pas de moi, mon sort est assez cruel. Je paie une erreur de jugement pour un autre, car c'est un autre qui accepta de troquer son salut contre une fausse éternité.

— On n'arrive pas à la gloire sans fatigue, dit un proverbe

italien. Tu es, au reste… ce que tu es. *Empile sur ton crâne des perruques à mille marteaux, tu n'en resteras pas moins ce que tu es !*

Papillon observa son interlocuteur avec une brusque défiance. Trop grand, trop maigre, mi-vautour mi-loup, l'air louche d'un voisin de palier qu'on rencontre aux antipodes, il semblait s'amuser sans vergogne de son effarement.

— Depuis le temps, marmonna Papillon par manière d'aparté, mon cœur s'est tari, je n'ai plus goût à rien. Quelqu'un l'a dit : « Tant vaine gloire au-delà du tombeau. » Il ne s'agit pas seulement de fatigue, mais d'érosion, le sable du temps use même le sablier. Mes poèmes et mes combats n'ont plus grande signification. L'usure m'a réduit à l'os. Je n'ai pas même de regrets. Je ne déplore rien de ma vraie vie d'autrefois…

— Rien, en es-tu si certain ? Tes chers amis, tes maîtresses, tes compagnons d'armes ou de plumes, tes sœurs, les dames de ta jeunesse…

— Poussières d'oubli ! se récria Papillon. La mort les a gommés jusque dans la tombe. Et l'ange de la jeunesse a perdu toutes ses plumes.

En disant ces mots, un petit minois lui apparut à travers les vapeurs de l'aube, tout blond, souriant comme un saule au vent clair du matin, tête jolie de fillette pareille à tous les commencements. N'était-ce pas Marguerite, sa fleur d'innocence née sans sacrements loin d'Amboise ? Papillon se tourna vers la Seine pour suivre des yeux un vol bas de corneilles. Une larme de mercure coula sur sa joue par le canal des cicatrices.

— J'avais une enfant naturelle, déclare-t-il face au vide. La sainte nature m'avait donné une enfant sur le tard. C'est à elle que je pense quelquefois. Ombre de mon ombre, as-tu déjà imaginé ce qu'un père ressent ? Non, bien sûr, pas plus qu'un cadavre accouchant d'un millier d'asticots n'éprouve pour eux de tendresse particulière. Personne ne peut comprendre ce qui me bouleverse à cette seconde. Le reflet du reflet d'un scintillement enfoui sous les décombres des vies communes, voilà tout ce qui me reste d'un peu vivant. Quelle plus belle consolation sur terre ou dans les cieux qu'un franc rire de jeune fille au moment du départ ?

## XXXV

## Les nuages seuls demeurent

*Que nul de moi ne s'émerveille :*
*J'aime qui jamais me verra,*
*D'autre amour en mon cœur il n'y a*
*Sauf d'une dame jamais vue.*

JAUFRE RUDEL

*Chevalier ne demeure auprès d'un grand chemin.* Passé certaine frontière, s'étendent à l'infini les palus de l'oubli et du rêve que l'on situe dans l'avenir. Il se souvient : tout enfant, malgré les porcs qu'on saigne et les volailles décapitées, il ne croyait pas à la mort, elle n'existait pas. La nuit, la nuit l'accueillait dans son fruit. Un mercredi, sa sœur Geneviève l'avait conduit à l'église de Nazelles. C'était le jour des Cendres ; bourgeois, besogneux et meurt-de-faim venaient y recevoir la croix tracée sur le front avec les cendres bénites pour rappeler les fins dernières : Poussière, tu retourneras à toi-même ! Son père, le seigneur de Lasphrise, un homme pétri de certitudes, venait d'être inhumé. Le beau fruit de la nuit s'altéra en cauchemars. Entre tous les événements tragiques alors, pendaisons sur les parapets du château d'Amboise, massacres de familles huguenotes, peste noire venue de Paris, cette évocation reste seule à vif. C'est que la mémoire à bout de ressources se délite et se perd en nuées tourbillonnantes. Le passé à la fin se détache et nul n'attend plus les lendemains. Délivré du sentiment qui l'ancrait, le présent lui-même verse dans la fiction.

La Dame au Renom avait été au rendez-vous. Papillon la rencontra dans une cabane à voûte clavée de berger ou de garde-chasse bâtie dans un sous-bois avec les pierres tombales d'un cimetière protestant dont l'enclave était toujours apparente en bordure de clairière. Les stèles tournées vers l'intérieur de l'édifice se donnaient à lire comme dans un columbarium. Il s'y était réfugié quelques années après la mort d'Angelia pour échapper aux contrôles et brimades devenus monnaie courante. Couché sur un lit de paille, nuit après nuit, il fut d'abord étonné de l'immense fraîcheur de son repos, comme au sortir d'une fièvre comateuse, puis il eut la sensation de plus en plus nette de s'extraire d'un espace forclos de résonances et d'échos. Diverses relations lui revinrent à l'esprit par éclairs sans qu'il pût en saisir la nature. Il comprit qu'un songe l'avait visité. Les prosélytes des premiers siècles, selon les rites d'incubation, se couchaient à l'abri des nécropoles afin de recevoir des prophéties et des oracles dans leur sommeil. En laissant errer son regard sur les épitaphes, Papillon glissa dans une étrange somnolence peuplée d'images anciennes. Le rêve en lui se régénérait grâce à ces inscriptions.

Angelia habitait un pavillon en forme de belvédère à la proue d'une île minuscule sinistrée dans un goulet d'étranglement de la Marne. Toute en longueur, des peupliers en guise de mâts, semblable à quelque vaisseau immobile malmené par les flots torrentueux, l'île d'Amour était aux trois quarts submergée lors des crues de saison ; les rochers et les pierres du périmètre de contrefort arrachés avec le terreau du rivage devaient être rétablis au plus tôt sous peine de délitement général. À la décrue, la mosaïque pavant les murs et l'espèce de bassin glauque anciennement à usage de piscine du rez-de-jardin, eût demandé un patient nettoyage, mais les inondations réitérées lassèrent et les lieux furent abandonnés à une prolifération de cryptogames et d'algues bleues ou brunes. Un escalier extérieur menait à l'étage qui, en surplomb du déluge, pareil au château arrière d'une frégate, réservait un confort inattendu avec sa triple baie à fort vitrage, sa bibliothèque et ses alcôves chauffées au feu de bois car, tout autant qu'à bord d'un chaland, il est impérieux de se garder de la fonge dévorante et des infiltrations sur une îlette en eau douce. En toute saison, Angelia chantait dans son jardin qui s'étendait entre le premier et le deuxième peuplier, laissant coquelicots, ronces et chardons envahir l'étrave de terre endiguée sous l'ombre frémissante du troisième peuplier. Elle chantait aux fleurs eût-on dit, cosmos, lobélias, roses et pourpiers l'été, daphnés, chrysanthèmes ou camélias l'hiver ; sa voix avait d'étranges pulsations, comme une voilure battante en milieu de mer :

*La Belle Amour se recrée*
*Sur l'air, sur l'eau, sur le vent...*

Assis auprès d'elle entre deux massifs colorés ou la considérant à la dérobée depuis la baie vitrée de l'étage, Papillon s'émerveillait d'éprouver un sentiment humain tendre et charnel aux lisières de son effacement. Cette île de naufrage devint pour lui une sorte d'Éden transitoire à l'écart d'un monde soumis à toutes les violences. Seuls visiteurs, les hérons, oies sauvages, martinets et autres peuplades du vent aimaient y séjourner au gré des migrations. L'immense chevelure d'or sombre d'Angelia flamboyait parmi les fleurs. Toujours à rire et à chanter, elle s'amusait à le surprendre par son esprit d'à-propos qu'étayait une prodigieuse culture. Le monde avait changé. Toute l'activité sociale, industrielle, culturelle, scientifique, qu'elle fût édifiante ou séditieuse, était désormais affaire de télégestion et de robotique. Depuis que le principal objectif planétaire visait à neutraliser la mort, les Comourants, comme se désignaient eux-mêmes les terriens par dérision ou cynisme, s'étaient engouffrés sans retour dans l'ère du simulacre : on décédait toujours de maladie, d'accident, voire de vieillesse, mais la cryogénie, le coma assisté ou la mise sous batterie atomique des cervelles et systèmes nerveux prélevés, participaient d'une religion de la survie à laquelle s'attachait toute une économie de gérance de l'épargne, l'assurance sur l'éternité rendant odieuse l'époque des crématoriums et des concessions dites à perpétuité. Passionnée de futurologie, Angelia se perdait en spéculations.

— Imagine une molécule intelligente qui répondrait au vieux système de Boole et serait programmée pour se reproduire indéfiniment, de sorte à accroître de manière exponentielle son potentiel cognitif par un réseau d'interconnexions instantanées, qu'en résulterait-il une fois tous les algorithmes imaginables intégrés, si la chose était concevable ? Une masse grise invasive, sorte de mérule s'insinuant partout. Omnisciente, elle prendrait toutes les formes imaginables et, comme le dieu Protée, aurait la faculté de se présenter sous l'apparence du désir de chacun. Ainsi, sans que tu t'en doutes un instant, je pourrais être ta mérule, la forme dévastatrice reconstituée au miroir de tes convoitises…

Papillon, qui n'entendait rien à ces parenthèses, contemplait sa Nouvelle Inconnue, persuadé de vivre ses plus beaux jours, ses plus précieuses minutes sous l'ample mâture arbustive.

— Bien sûr, ajouta Angelia, le visage penché, il manquera toujours l'algorithme de l'amour, la communication intuitive, se perdre l'un dans l'autre…

À quarante et quelques années, douce et radieuse, elle gardait pour lui un entier mystère. Entre les lointaines années de l'Occupation et le jour présent, des mutations ou des brèches temporelles avaient mis à mal l'engrenage des souvenirs. Qu'avait-il fait, qu'était-il devenu, hormis aimer à la folie une femme de son âge dans un jour sans fin, oubliant son Livre et tous les leurres de la renommée ? Elle lui avoua une nuit, hors de propos, en fixant un reflet de lune dans l'eau sombre : « Je ne rêve que d'un corps délivré du temps. »

Un canot à moteur permettait de franchir les tourbillons du goulet, entre l'îlot et la rive habitée. Papillon allait seul aux provisions d'âme, rapportant à l'occasion des victuailles. S'arracher à Angelia lui valait des suées d'angoisse, des tremblements et autres symptômes de manque. Il se souvenait à peine de son passé de poète-soldat, au point qu'il doutait même avoir été un mortel ferraillant et rimant en telle ou telle époque. Dans une église, à Saint-Maur-des-Fossés, ville des miracles où les guinguettes affichaient au menu du chameau et de l'éléphant durant la Commune, une musique d'orgue l'attira. C'était deux jours avant la Madeleine, on y célébrait les Heures de la Vierge. Des cierges de cire ruisselaient de larmes autour de l'autel. Mais trop loin était son double ; la foi l'avait quitté. Le long de la rivière, l'idée le traversa qu'il devait être réduit à un tas d'esquilles depuis des lustres. Feux follets errant sur des terres gâtes, les morts libérés des causes n'ont-ils pas accès à tous les temps futurs ? Les fantômes ne vivent que de passion immuable et d'ombre fraîche. Il faut avoir vécu quelques siècles pour croire en l'amour perdu, l'amour qui nous retient comme l'infinie mémoire. Il se souvenait des foudres de guerre foudroyés, des courtisanes de l'au-delà, divines cuisinières ou empoisonneuses, des chasseurs d'oiseaux qui, fusil en joue et cœur en berne, visaient au ciel le beau froissement d'air d'un instant ailé. Tout n'était-il que flagorneries du néant ?

Soudain pris de panique, Papillon courut jusqu'au ponton d'amarrage. Il craignait de la perdre, qu'Angelia se soit évanouie ou noyée. Il suffoquait de terreur contrariée. Le diable est en chacun et l'on bute à chaque pas sur la pensée de Dieu. La nuit était tombée si brusquement, jetant sur la Marne sa poussière d'astres. Un crapaud accoucheur au chant étranglé s'était tapi dans la cale du canot. D'autres lui répondirent dans les affouillements. Il y avait dans ce cri unanime une sorte de questionnement originel. La constance des étoiles étonne le crapaud.

À peine débarqué, Papillon chercha Angelia d'un bout à l'autre de l'île, à l'étage de la villa et dans le rez-de-jardin insalubre, de nouveau assailli par l'évidence d'une tragédie qui cette nuit même ou une autre fois, demain ou dans cent ans, adviendrait fatalement. Il la chercha toute la nuit, fourragea les paquets d'algues brunes ou bleues dans les eaux stagnantes du bassin, cria son nom à la pointe stabilisée du javeau, face à l'ouverture en estuaire de l'affluent. Au point du jour, désemparé, il s'affala au pied d'un peuplier et, rompu de fatigue, sourit tristement de ses espérances du temps où le temps lui était octroyé. Tous les chemins de fleurs mènent au soleil des morts. Avec Angelia, il s'était remis innocemment à l'école de la durée, ou plutôt de la simple présence, faite de tous les minuscules interstices d'attente, tierces superflues et jointures vides sur la partition flottante des heures. Et il s'était perdu en elle : devenu son ombre, il lui avait accordé toute la lumière. Malgré l'usure des cent vies, une existence neuve lui semblait permise comme s'il avait été oublié des maléfices. Mais Angelia un jour, penchée sur un miroir, s'était effrayée de lui. Il comprit aussitôt son trouble, jura qu'elle se trompait, qu'il paraissait bien plus âgé, la face couturée, tavelée, rassise par l'adversité. D'une beauté irradiante, sans le moindre artifice, elle n'avait pas changé d'un cil, tant il voyait d'esprit igné en sa figure et d'essor charnel partout ailleurs. Les mois et les années passant, il finit par se rendre à l'évidence : les signes du déclin, plus moraux que physiques, s'accentuaient insensiblement en elle, et cela de son propre fait. Dès lors, il n'eut plus qu'une hantise : vieillir en mesure avec Angelia pour lui plaire et la distraire des miroirs. Jamais encore il ne s'était grimé à pareilles fins, cultivant ses rides et cicatrices, la grisaille de son cuir chevelu et abusant jusqu'à la caricature d'une physionomie égrotante acquise anciennement sur les champs de bataille et dans les caboulots.

À trop contrefaire le barbon de théâtre, longue barbe et grand manteau, il perdit sa belle ardeur et replongea dans son Livre comme s'il décachetait un testament de momie :

*Tel ores s'esjouist, qui chetif ne scait pas*
*Que la mort quand et quand luy talonne les pas,*
*Et qu'en marchant il va dessous l'ombreuse tombe ;*

Faire semblant de dépérir et d'agoniser par compassion pour la mortelle tant aimée ne pouvait aboutir qu'à sa disparition. Longtemps, des années peut-être, il ne voulut y croire et continua d'assister Angelia sur l'île aux peupliers, sans cesse allant du jardin en fleur au belvédère, avec au cœur l'effroi d'un rêve d'abandon.

Un matin, il remplit un sac à dos d'objets inutiles et quitta les lieux à jamais. Un fleuve de plâtre liquide ou de chaux vive emportait très haut les statues changeantes des nues, titans et cyclopes, avec cette lenteur immatérielle qui laisse penser à l'éternité. Elle était déjà loin, la Dame au Renom. Papillon avait tout oublié de ses batailles et de ses conquêtes comme du passé le plus récent. À quelle étrangeté à soi faut-il accéder pour lâcher prise et devenir pareil aux vagues de la mer, à la neige vermeille de l'aube ou au bruissement des feuilles dans la lumière du soir. Suspendue à l'instant, l'éternité elle-même se résorbe dans l'ultime battement d'ailes d'un Paon du jour, de l'Azuré bleu céleste ou d'une simple piéride. Adieu, adieu ! Rien n'a jamais cessé. Il faut faire un pont d'or au papillon blanc. Bientôt, il s'effacera avec la buée du dernier souvenir. Et l'univers tout entier refleurira aux lèvres mourantes.

# ÉPILOGUE

# I

D'un brusque haut-le-corps, Micha Rostislav s'arrache au spectacle de la dispersion ténébreuse des flots. Tout aurait-il déjà été écrit, ressassé, mille fois contrefait ? Depuis la disparition d'Angelia, il n'a plus personne avec qui partager ses affabulations. Un romancier à court d'inspiration, délaissé, l'âme tarie, a-t-il d'autre choix que se jeter dans la Seine ? Ses carnets pourtant sont remplis d'histoires, de sujets virtuels, celui de l'homme qui apprend une langue dans l'isolement (prison, asile, etc.) et croit qu'il s'agit d'une autre. Il apprend le roumain par exemple et s'imagine parler l'italien. Celui de l'enfant-statue (comme il y a des enfants-loups) : tout petit il s'était mis sous la protection d'une statue antique de Junon ou de Vénus. Ou de ce jeune garçon isolé qui veille sa mère morte, la maquille et la berce, quelqu'un, un vieil homme aveugle, entre et comprend. Ma mère, il faut la soigner, implore le gamin. « La Mort l'a prise, lui répond le vieil homme. Ce n'est plus ta mère, c'est un cadavre, la Mort ne te la rendra jamais. » Celle du robot dont le programme algorithmique génère sa propre évolution (se suicidera-t-il après avoir découvert qu'il n'a pas d'âme ?). Ou encore l'histoire de l'acteur raté qui jouerait le rôle des absents ; des doublures de troisième zone seraient chargés, contre salaire, de remplacer les défunts, les disparus, chez des particuliers qui surmontent mal leur deuil, ou auprès d'organisations militaires, mafieuses ou politiques afin de donner le change (le sosie du président). On ne sait plus lire, les livres sont comme les partitions de musique, accessibles aux seuls spécialistes : des lecteurs s'en chargent (des comédiens, les écrivains étant hors jeu). Le cinéaste malade qui rédige son dernier scénario sachant qu'il n'aura pas le temps de le mettre en scène. L'histoire aussi d'un traducteur génial qui fait un chef-d'œuvre d'un texte mineur dans une langue que personne ou presque n'entend et ne saurait traduire. Et l'homme qu'on oublie, qu'on ne cesse d'oublier au point qu'il devient comme Crusoé sur l'île du monde. L'histoire de jumeaux qui détestent leur image et qui se défigurent l'un l'autre pour ne plus se ressembler. Celle du dieu grec auquel plus personne ne croit depuis des millénaires et réduit en conséquence à faire le modèle vivant dans les académies de dessin. Un autre sujet depuis peu le tourmente : un rescapé d'une guerre intime qui ne peut plus aimer, il mourra lorsqu'il pourra aimer à nouveau. Tout lui est rien, il erre en spectre du souvenir, privé d'émotion à part cette douleur…

La pleine lune tombe en eau sur le macadam. Comment peut-il pleuvoir à verse sans le moindre nuage ? De l'autre côté du pont, la place du Châtelet paraît davantage inondée par les quatre sphinx cracheurs de sa fontaine. Mais l'écho d'un pas résonne sourdement, comme sur les planches quand l'acteur attendu vient occuper l'avant-scène.

Micha Rostislav se retourne en chancelant sur une silhouette trapue aux allures de lansquenet qui remonte le pont déserté. Vêtue d'un ample chapeau, les manches bouffantes, on verrait presque une rapière battre à sa hanche. L'individu marche droit sur lui et l'interpelle d'une voix tranquille.

— Vous n'alliez tout de même pas vous jeter à l'eau ?

Micha, déconcerté, lui renvoie sa question.

— Et vous, m'estourbir en sabreur des traboules ?

— Je venais à votre secours en gentilhomme. Vous étiez là, penché, comme si…

À quelques pas, Micha remarque les cicatrices blanchâtres sur cette large face posée sur un jabot de dentelles.

— Mais d'où sortez-vous donc ? d'un théâtre ? du musée Grévin ?

Amadoué, presque flatté, l'homme au chapeau se découvre d'un geste ample, pose un pied devant l'autre et accomplit un rapide fléchissement du buste.

— Permettez que je me présente, Marc Papillon de Lasphrise. Avez-vous déjà entendu parler de moi ?

Micha s'efforce de ne pas sourire. Ce nom à faveurs tinte faiblement dans son souvenir, d'autant que le personnage semble tout droit échappé d'une maison de fous. Que faire quand un aliéné surgi de nulle part vous prend à partie sur un pont désert, à minuit ? Il s'agit présentement de négocier une issue convenable à l'aventure.

— Papillon de Lasphrise ! s'exclame-t-il enfin. Bien évidemment : le capitaine Lasphrise et sa muse soldarde…

L'apparition, comblée d'aise, pivote sur ses talons et indique vaguement une direction du côté de la Conciergerie.

— Je reviens à pied de la rive sud de la Loire et suis bien rompu…

— Vous voulez dire de la Seine ?

— Non, de mon pays, près d'Amboise. Impossible de trouver un cheval.

Micha ravale un fou rire, tout à fait guéri de son accès de spleen. Il a une certaine expérience des rencontres insolites. Les extravagants, les fugitifs et les vagabonds s'attachent avec une prédilection tout à la fois irréfléchie et pugnace aux noctambules désœuvrés dans son genre qui refusent de garder la chambre. Il ne se passe guère de nuit sans qu'un personnage d'aucun roman surgisse en pure fiction quelque part, au coin d'un zinc ou sur un pont. Mais celui-là outrepasse les bornes de l'invraisemblance avec son air compressé de géant nain, sa face couturée aux yeux de bête rousse, sanglier d'Érymanthe ou plutôt *Twrch trwyth*, le phacochère gallois des légendes au nom imprononçable, à juger de sa grande pâleur et de la boucle d'oreille en forme de bec-d'âne sous de longs poils drus mieux peignés qu'un peigne.

Peu avant l'aurore, enfin rentré à demeure après avoir vidé

une bouteille de chablis grand cru dans une brasserie sans heure de l'île de la Cité, bouteille dont son mystérieux vis-à-vis s'était acquitté princièrement d'une pièce d'or d'un demi-louis, Micha jette un coup d'œil suspicieux dans le miroir en pied du vestibule ; un instant, vacillant, il croit voir ce gentilhomme improbable lui sourire de toutes ses balafres en lieu et place de sa personne. Trop de vin et de vodka noient la cervelle, y provoquant maints courts-circuits à la longue irréparables. Ce n'est pas encore la confusion mentale ou le délirium, mais comme *une hallucination naissante*. Sa tournée de saint buveur a commencé chez Roublev, célèbre collectionneur d'art issu d'une dynastie de hauts fonctionnaires russes dont l'ultime eut la bonne idée d'immigrer, à l'époque des Grandes Purges, esquivant ainsi l'homicide ou la déportation. Roublev était par ailleurs un grand amateur de vodka et de documents confidentiels. Ce soir-là, à son habitude une fois sa cour d'invités éclaircie, il évoqua son oncle Tupolev Ivonesku, un modèle de loyauté réflexe arrêté pour déviationnisme droitier et déporté à vie avec les traîtres et les paresseux. « Et quand on ne trouvait pas l'ombre d'une charge contre toi, s'est-il alors esclaffé, ils te fusillaient pour complicité morale ! » En asséchant sa bouteille de Starka 1947, Roublev s'en est allé à sangloter à chaudes larmes dans sa chambre, signal usuel du décollage pour les convives attardés.

Un insomniaque mis à la porte d'un dîner bien arrosé n'a plus que les rues de Paris pour rêver de sommeil éternel. Micha s'y connaît bien en détours. Le drame pour lui réside dans sa fascination, véritable hypnose, pour les rouleaux de ténèbres étoilées sous l'un ou l'autre des trente-sept ponts et passerelles de la capitale. Voilà le seul spectacle à hauteur de sa noire espérance, toutes les nuits ou presque, après les cocktails et les réceptions. Qui oserait prétendre qu'un peu d'insomnie permet d'apprécier le sommeil ? En quittant l'appartement somptueux du collectionneur d'art et de vieux papiers de la place des Vosges, Micha s'est naturellement dirigé vers les quais, passant du pont Marie au pont au Double, puis du Pont-Neuf au pont au Change. Sa passion pour ces ouvrages du génie civil remontait à un épisode qui eût pu être tragique, pendant la guerre de Slovénie. Vagabondant le long d'une rivière torrentueuse proche de la frontière à la tombée du jour, il s'était trouvé pris entre des tirs croisés. Les troupes yougoslaves s'affrontaient aux forces de la défense territoriale. Le seul dégagement pour échapper aux projectiles sifflant de toute part, était un arbre, un peuplier tremble tombé d'une rive à l'autre en travers du cours d'eau. Ses racines à demi arrachées d'une terre meuble lors d'une récente tempête, il conservait toute sa frondaison, ample, d'un vert clair ocré, infléchie par masses palpitantes vers les eaux écumeuses. Quitte d'une balle perdue, Micha n'avait pas hésité à gagner en quelques bonds, d'une course rapide d'écureuil, cet abri au milieu des feuilles. Les mugissements des chars d'assaut qui basculaient sur les obstacles et ce cliquètement continu des chenilles de blindés le cernaient des pires menaces. Balles et obus n'avaient pas cessé de zébrer l'air dans un crépitement d'enfer, cependant il était indemne et tout ce feuillage palpitant, qu'irradiait une lumière de vitrail, l'enveloppait d'une sorte de grâce. La nuit s'était étendue sur ces fracas, immense dôme de cristal avec la lune pour clef de voûte. Plusieurs projectiles de gros calibre fusèrent encore au-dessus de l'arbre couché. Sans trop réfléchir, par instinct de survie, il avait pu s'arrimer de son mieux aux branchages sous le tronc et s'était abandonné à la contemplation des flots assombris parcourus des lueurs d'une lune pleine et des éclairs en pointillé de la mitraille. Que ces instants pussent être les derniers de sa vie l'avait d'abord tétanisé, puis il s'était alangui à recevoir l'haleine de ces eaux frémissantes dont le murmure finit par recouvrir les tumultes des combats. On peut s'endormir paisiblement de terreur et ne plus jamais se réveiller.

Micha gardait de l'aventure des symptômes persistants tels qu'une hypervigilance et quelques petits épisodes dissociatifs. Une amnésie partielle aussi, liée à ce qu'on appelle doctement un trouble de stress post-traumatique. Comment avait bien pu s'achever cette nuit de guerre ? Les événements pour lui n'ont pas de fin et les ponts l'aimantent plus que jamais les nuits d'ivresse. Les ponts de Paris n'ont certes rien de comparable avec un arbre abattu entre deux rives ; mais quand on s'y penche assez longtemps, après minuit, les reflets galactiques et l'onde fluviale aux senteurs organiques où s'entrelacent incessamment visages et figures de nudité, semblent affluer d'une même source.

Enfin chez lui, Micha Rostislav se précipita aux toilettes pour vomir des flots d'alcool avec la cervelle en sus comme liquéfiée par la pensée d'Angelia. Dessoûlé, il nettoya méticuleusement la cuvette étoilée de giclures évoquant la lumière déchiquetée d'un sous-bois, se rinça le visage au lavabo et alla fumer dans son bureau une cigarette à l'arsenic, butane et polonium, entre une multitude d'autres substances nocives. La vie est un lent suicide, présuma-t-il en considérant les boucles de fumée pareilles au lent déploiement d'une chevelure vivante, celle d'Angelia évanouie au ciel du dieu Agni. Son regard s'arrêta à ce moment sur le râble d'un des milliers de livres rangés sur trois cloisons entre cintres moulurés et plinthes. Avant de s'en saisir, il fut traversé par l'idée saugrenue du facteur de nocuité de sa bibliothèque. L'ouvrage en question, un vieil in-folio décati ouvert par le milieu sans vouloir en connaître le titre, il en lut à haute voix la première phrase en haut de page : « Notre Monde a été vraisemblablement engendré sous la forme de ver ou de chenille : il atteint à présent la condition de chrysalide : la dernière révolution lui fera revêtir celle de papillon. » Peu importe l'idiot ! songea-t-il en déposant le livre, ravi par ce petit exercice de divination. Si le hasard existait et qu'une bombe explosât sous la table à cette seconde, serait-il tout à fait improbable que les lettres et les mots déchiquetés forment ensemble en retombant un chef-d'œuvre inspiré ou quelque dictionnaire en langue finno-ougrienne ?

## II

Outre son attrait morbide pour les ponts de minuit, Micha Rostislav avait gardé de l'épisode de la guerre d'indépendance de Slovénie la sensation pénible que tout était révolu, accompli depuis une éternité et que, noyé, mitraillé, vidé de son sang, il n'avait lui-même d'existence que sur un plan d'illusion, dans un monde d'impasses tournantes, une fausse réalité sans autre issue que ses contes et récits fiévreusement rédigés pour échapper aux assauts d'un cauchemar qu'une consommation abusive d'opioïdes ne faisait que perpétuer. Écrire des fictions lui était plus que jamais une activité de qui-vive salvateur, comme les plans d'évasion renouvelés d'un otage. Il soupçonnait que le sens des choses, sa révélation différée, affleurait comme une moire en tout lieu et à chaque instant, une sorte de diaprure exsudée de l'abîme à quoi nous sommes promis depuis la nuit des temps. Tout lui était rébus animés, hiéroglyphes, codes secrets pour atteindre à la vérité – un chant, un tableau, une sculpture au milieu d'une place publique, la rencontre à minuit d'un fou travesti sur un pont. N'étions-nous pas tous, pains recuits de sommeil, cloîtrés dans un tombeau d'Égypte aux chambres imagées des fresques mouvantes de la mémoire, à la lueur de torches inconsolables ?

Sans avoir rien publié encore de décisif, Micha avait l'ambition singulièrement ingénue d'éclairer d'un jour neuf ce mystère sur quoi philosophes, scientifiques ou théologiens se cassaient les dents depuis que la conscience malheureuse s'était invitée au banquet des immortels. Les connaissances acquises avaient à ses yeux un méchant aspect lacunaire, un peu comme le magasin aux accessoires d'un gigantesque théâtre d'ombres. Il y avait forcément une autre voie, flagrante, invisible ou même tout à fait burlesque pour accéder à l'envers du décor ! La vérité pouvait très bien n'être qu'une sinistre affaire d'humoristes, l'humour n'étant drôle que si personne ne rit. Ainsi le roman, son roman en gésine, serait une aventure inouïe de la pensée, l'adaptation la plus vaste et intense des phénomènes vécus, une expérimentation périlleuse de tout l'être face à son néant. Sciences et philosophies demandaient trop de labeur et d'ennui à son sens, les théories en tous genres consistant en des sortes de modèles avantageux s'excluant l'un l'autre, ce qu'on appelle des systèmes. Un roman total tel qu'il l'imaginait ne pourrait que bousculer cette rhétorique de l'exténuation par une traversée des apparences sur un plan inédit, assurément infaillible et peut-être sans retour. Il lui fallait mener à terme un dessein auquel il avait longtemps réfléchi, non sans frémir d'effroi : devenir, non pas le protagoniste comme il est de mode, mais l'acteur du roman dans son processus d'élaboration même, *son âme* si l'on veut, le fantôme dans la machinerie narrative. Par cette espèce de sorcellerie évocatoire dont parle si bien Baudelaire. Il s'agirait, en somme, de rédiger un récit qui se mêlât à la vie par un jeu réciproque de coïncidences ou de hasards dirigés. Les événements, à la fois, s'incarneraient au moment d'être écrits tout en s'écrivant à l'instant d'être vécus.

Micha avait chargé d'une bille d'opium sa pipe de vieil ivoire chemisée en racine de bruyère et assez semblable à une flûte douce. Il pouvait être une heure. Fumer était le meilleur palliatif à l'insomnie. Au moins rêverait-il du cœur jamais atteint des apparences sans avoir à chercher le sommeil. Dans le grenier aménagé en atelier où il demeurait rue des Lions-Saint-Paul, ses plans et fiches étalées sur une table d'architecte, il lut une énième fois l'étrange plaidoyer de ce maître de conférence à l'université d'Angers relatant l'aventure peu crédible qui avait conclu sa relation purement exégétique avec les mânes du capitaine Lasphrise. Après une dizaine d'années consacrées au personnage, Julien Paul Marie avait présenté brillamment sa thèse, mais il dut être placé le soir même en maison de repos médicalisée. Sa communication rédigée pour sa défense lors d'une longue convalescence et adressée avec aplomb à la hiérarchie universitaire, laquelle s'en empara narquoisement et en fit des gorges chaudes, Micha l'avait obtenue d'un habitué des remises d'ordres de mérite ministériels et des parties fines « avec coke, filles et champagne », par ailleurs président d'université et auteur d'une œuvre poétique assommante fort prisée de ses pairs. Le recteur Laurent Fox-Duguais avait bien ri lorsque Micha lui avait narré les péripéties du pont au Change et du demi-louis seigneurial payé pour une bonne bouteille de chablis. « C'est un fou par identification à une figure historique comme il y en a tant. Les asiles regorgent de Jésus-Christ ou de Napoléon sous camisole chimique. Votre original semblait fixé sur l'époque Renaissance. Mais pourquoi a-t-il endossé le rôle de cet obscur rimailleur du temps des trois Henri ? Il aurait pu choisir Ronsard, du Bellay, Montaigne, ou mieux encore, le frère Clément, Ravaillac ! D'ordinaire, les délirants toujours prêts à trucider leurs contradicteurs s'identifient davantage aux régicides qu'aux plumitifs. » Le recteur Fox-Duguais s'était souvenu de ce Julien Paul Marie ; amusé qu'il eût pu s'agir de l'énergumène costumé du pont au Change que Micha venait de lui décrire, il épilogua sur les cas de dédoublement par imprégnation mentale excessive, tel ce pauvre Alonso Quijano, chevalier des Lions ou de la Triste Figure.

Étendu sur son sofa à la turque, Micha aspira longuement les vapeurs d'opium. Devait-il se rendre en Touraine pour s'assurer qu'il n'y avait pas d'autres fous dans l'histoire ? S'il avait bien trouvé un portrait d'époque du capitaine Lasphrise, somme toute assez ressemblant avec le personnage du pont au Change, aucune photographie de l'universitaire ne s'affichait sur Internet. Le nom de Julien Paul Marie y était associé à divers commentaires sur la tentative d'enlèvement du jeune roi François II au château d'Amboise fomentée par les huguenots pour le soustraire à la tutelle des Guise. Après avoir dérangé une foule d'homonymes consignés dans les annuaires informatiques, il ne fut pas trop compliqué d'obtenir une adresse postale, l'exacte par extraordinaire, et de rédiger en bonne et due forme une lettre au sujet du registre paroissial, voire du « registre d'état des âmes », afférant aux dates et lieux du décès de Marc Papillon de Lasphrise. Tapée sur un vieil engin mécanographique, la longue missive qu'il reçut en réponse à sa demande dès le surlendemain était signée Julien Paul Marie, professeur honoraire des universités, et n'avait ni en-tête ni formules de politesse, comme si cet exégète obnubilé, en réaction quasi spontanée à sa sollicitation, y poursuivait un soliloque tout à la fois savant et intime sans grand souci du réceptionnaire. Ça commençait bizarrement par la conjuration d'Amboise pour s'achever sur l'allégation fulminante de sa santé mentale. En la relisant, Micha imagina son auteur coiffé d'une écumoire infundibuliforme à quatre pieds :

*Lettre à M. Micha Rostislav*

« Inutile de s'étendre sur la conjuration d'Amboise ! Il ne s'agit pas ici d'Histoire de France racontée aux écoliers mais d'une rencontre tout à fait actuelle et pour le moins extraordinaire. Un esprit cartésien peut s'amuser et même se réjouir des plus extravagantes fantaisies tant que celles-ci restent cantonnées dans les domaines des belles-lettres, de la métaphysique qui consiste à faire tenir debout un sac vide, ou de la théologie, mais c'est sacrément autre chose que de se trouver soi-même confronté un jour au subit désordre des causes et des effets, ce qu'on appelle avec dédain *l'irrationnel.* Aussi ai-je cru un moment être ma propre dupe ; l'ingestion par mégarde de substances prohibées, un dérèglement de la thyroïde, ou encore un accès de délire provoqué par ce que certains médecins appellent mon trouble bipolaire, auraient très bien pu me mettre dans un pareil état de stupeur et d'égarement.

Je ne me doutais pas devant quels gouffres de déraison mes recherches sur la poésie baroque de la Renaissance allaient me projeter corps et âme. Il serait infructueux d'épiloguer sur mon état mental. Je ne suis pas fou, n'importe qui l'admettra aisément. Ni addictions ni idées de référence ne m'affectent. En congé depuis moins d'une année après un épisode dépressif, je ne souffre plus d'hallucination, mot décliné du latin *allucinari*, tromper ou se tromper. Un *allucita* désignant le moucheron qui s'enflamme à la lumière. Le professeur Albert Malhusem du centre hospitalier de Saint-Gemmes-sur-Loire m'a suivi tout ce temps avec beaucoup d'humanité et une rare conscience professionnelle, sans jamais m'affubler de noms d'oiseau. Grâce à lui, j'ai peu à peu recouvré l'essentiel de mes facultés, même s'il n'est pas question pour moi de retourner avant longtemps au campus Belle-Beille. D'ailleurs, j'ai pu réintégrer mon appartement non loin de la place Molière, entre le quai Ligny et la rue Plantagenet ; de mes hautes fenêtres, on voit la Maine qui, en fin de cours, s'écoule à bon étiage sous le pont de Verdun après les inondations de septembre. Tôt absorbée par la Loire, du côté de l'île Saint-Aubin et des basses vallées, cette brève et puissante rivière n'aurait, dit-on, ni source ni véritable identité, simple portion de la Mayenne en terre angevine depuis Château-Gontier. Un peu comme moi, Julien Paul Marie, né orphelin et prêt à me retirer du monde sans avoir traversé de grandes distances, sinon dans la chronique et l'étude. Il me paraît à vrai dire bien vain d'avoir vécu cent ans et accompli sept ou huit circumnavigations pour éprouver les secrets ultimes de la destinée.

L'histoire dont j'aurai été le médiateur et l'infortuné jouet ne ressemble à rien de ce que l'expérience ordinaire offre à la curiosité publique. Il y est question d'un hobereau né près d'Amboise il y a un peu moins de cinq siècles, poète libertin et bretteur invétéré qui se faisait appeler le capitaine Lasphrise, en gage d'un fief tourangeau de la vallée de Vaubrault, plus anciennement Vauberault, que certains hagiographes situeraient dans la périphérie du village de Nazelles où l'on trouve un maigre château, rue Tue-la-Soif, après la rue Pisseuse. J'ai souvent dormi dans cette grosse bâtisse seigneuriale, aujourd'hui aménagée en gîte rural, avec une prédilection pour la chambre dite Vielé-Griffin, du nom d'un poète symboliste originaire de Virginie qui vécut là longtemps et y accueillit Stéphane Mallarmé entre autres fréquentations de plume.

Vous le comprendrez sans mal, le susnommé Marc Papillon de Lasphrise aura été l'affaire de ma vie de chercheur et d'amoureux des Lettres, à tel point que j'en ai perdu ce qui persistait en moi d'ambition égoïste. À force de m'être consacré à cette indolente postérité, je ne sais plus à qui ou à quoi me raccrocher, hormis la fiction d'un état civil transparent, lequel fait de ma personne un Angevin intra-muros, né Julien Paul Marie, selon l'usage des trois prénoms (avec privilège du dernier comme patronyme par défaut), puisque ma mère n'a pas laissé d'enveloppe scellée sur ma véritable identité après son accouchement sous X. Mais paix à l'âme de Papillon ! J'ose espérer que la postérité tant convoitée de son vivant lui sera enfin accordée, plus de quatre siècles après sa mort officieuse, grâce à la masse de mes travaux où fut brûlée tant d'énergie vitale et qui susciteront, j'en suis intimement convaincu, l'intérêt renouvelé de l'université et du public lettré. Je veux croire que l'amour absolu qu'il appelait au même titre que la gloire littéraire, le capitaine Lasphrise en savourera à jamais le modèle cosmologique, palpitant comme un *hot big bang,* dans les bras de sa Nouvelle Inconnue :

*Puisses-tu donc, beau poil, bel œil, et belle main,*
*Lier, brûler, blesser, mon cœur, mon corps, mon sein,*
*De cordelles, d'ardeurs, de plaies amiables.*

Qui disait que l'oubli est une grâce ? Toute cette histoire échappe à l'entendement et je ne sais trop par quel biais l'éclairer. Comme si j'étais sommé d'expliquer le principe d'incertitude de Heisenberg en pleine attaque cérébrale ! Ainsi donc, une forme d'extravagance burlesque sera brutalement entrée dans ma vie un 13 juin, il y a tout juste un an, le jour de ma soutenance. On comprendra que cette coïncidence ne cesse de m'interpeller. Je n'ai pas grand-chose d'autre à ajouter, sinon que vous pouvez avoir accès à certains de mes travaux sur l'intranet de l'université dans l'onglet « dépôt électronique des thèses ». Ainsi pourriez-vous juger de mes qualités d'esprit critique et gnoséologique. Non, monsieur, je ne suis pas fou, mes procédures d'investigation ont toujours été scrupuleusement pertinentes. »

Julien Paul Marie
*Maître de conférence à l'université d'Angers*

III

Micha plia avec soin les sept feuillets dactylographiés, tous foliotés à la plume en chiffres romains. L'esprit disponible pour la première fois depuis la séparation incompréhensible avec la très mystérieuse Angelia, partie s'exiler et mourir sur une île inconnue, il s'installa à sa table de travail, son ordinateur branché devant lui. C'était encore fragile, davantage de l'ordre du bricolage que de l'inspiration. Toutefois, grâce à ce malheureux Marie Julien Paul ou Paul Julien Marie, assurément l'un des rares exégètes vivants de Marc Papillon de Lasphrise en France et dans le monde, il était persuadé tenir enfin son sujet, comme on tient un chat démoniaque par une queue de poêle à frire, en dépit de quelques zones d'ombre que l'usage de l'opium éclaire *à la dérobée* et *par en dessous*. Avec la thèse de l'orphelin, lue et annotée dans ses alinéas historiques autant qu'hypothétiques, il en savait suffisamment sur sa chimère qu'une fantaisie des circonstances lui avait permis de rencontrer *in vivo*, sur le pont au Change, à minuit tapant. Un fou en cache souvent un autre. Et que tirer d'une conjonction simultanée de délires autour d'un poète oublié depuis deux bonnes paires de siècles ? Un roman, que diable ! La plupart des sujets de roman surgissent ainsi, d'un hasard redoublé en coïncidence, d'une simple opportunité : il fallait saisir à la volée la houppette du Kairos, dieu de l'instant opportun, comme un pompon de carrousel. Le principe majeur étant de prendre au sérieux l'impensable, quasiment *au pied de la lettre*, et de le magnétiser d'un fort quotient de crédibilité ou du moins de vraisemblance.

Micha réfléchit à la dérision de sa vie depuis la disparition d'Angelia, volatilisée du jour au lendemain, sans autre motif plausible qu'un profond désamour. C'est de soi-même que l'on doit faire le deuil, de sa mélancolie. Aussi n'avait-il plus d'autre issue qu'écrire, à la vie à la mort. Que serait pour lui *la Nouvelle inconnue* ? Toute la nuit, pour une fois à distance des ponts de noyade, il s'efforça de mettre en activité réciproque des bouts d'histoire absurdes. Quand, soudain, avec le point du jour éclairant ses verrières, il s'écria :

— Damnation !

Et garda longtemps le sourire aux lèvres. C'était l'évidence : la damnation blanche ! Éloigner l'homme de Dieu en le rendant immortel. Depuis Wiedmann, Marlowe, Lessing, Chamisso, Goethe, Lenau, Mann, Pouchkine, Boulgakov, Lubicz-Milosz, Valéry, Pessoa, y avait-il un sujet plus exaltant ? Son deuil serait un livre.

Mais un doute s'insinua en lui au souvenir du manuscrit d'un détenu mort en prison intitulé *Le Mystère de la rose violente* et distraitement conservé dans un tiroir de son bureau, une sorte de polar sans queue ni tête traversé de fulgurances de style hors de propos. Un codétenu le lui avait adressé par un mystérieux canal, pensant qu'il pourrait lui trouver un éditeur. Une phrase de la lettre accompagnatrice ne cessait de le turlupiner avec une vague sensation de remords, de parole non tenue, alors qu'il n'avait fait qu'ouvrir un paquet postal sans promesse ni dette particulières : « Prenez soin de ce manuscrit comme d'une personne désespérée venue vous demander secours… » Ne serait-ce pas un phénomène identique qui le tourmentait cette fois encore à cause d'un dérèglement de sa constitution morale lié, il s'en doutait, au faux suicide, par malchance réussi, d'un camarade de classe auquel il avait refusé un service anodin ?

Micha haussa les épaules et ralluma sa pipe de bruyère. Il y avait du slave chez ce Papillon, un fond de résolution fantasque et de vaillance écervelée, de ferveur juvénile aussi, jusque dans sa vocation militaire. Quant à sa poésie, on en gardera quelques voluptueux morceaux en langage soudard, des prodiges de glossolalie sardanapalesque et plus singulièrement deux ou trois lamentations viriles hautement désemparées, une fois le goût français dépêtré d'un fétichisme de l'ego confit d'ennui et enfin relevé à l'échelle des Rimbaud, Ducasse, Anna Akhmatova, Ossip Mandelstam ou encore Emily Dickinson. Ce fier capitaine avait au moins le sens de l'amitié et de la belle Amour. Le destin de ses frères d'armes tombés à ses côtés fut le prétexte à quelques-uns de ses plus beaux vers. Ainsi de cette *Complaincte sur la mort de Loys Doffignée, Escuyer, mon intime compagnon, sieur de Ronchoy, qui fust tué malencontreusement en Brouäge…*

Admirable thrène, méconnu jusqu'en ces jours, et qu'il faudrait relire à voix forte et tout ouïe en travers des siècles :

*Ha ! quel grand coup du Ciel reçoy-je estrangement*
*En est-il un, ô Dieux, qui soit si vehement ?*

On ne peut continuer plus avant sans fondre, en l'écoutant, si tendre, ensanglanté :

*Mon très-cher compagnon, très franc, très secourable*
*Qui m'aimoit plus que luy, et que j'aimoy aussi*
*Mille fois plus que moy desolement transy*
*Hélas ! depuis sept ans sans aucune querelle*
*Nous vivions doucement d'une Amour mutuelle*
*Soit de loing, soit de pres, il estoit un moy-mesme*
*Soit de loing, soit de près, j'estoy aussi luy-mesme,*
*C'estoit un passe-frère, hà, chétif suis-je pas*
*Au mont infortuné par ce triste trespas ?*

Micha poursuivit bouche close sa lecture et, vers le milieu, s'arrêta sur une injonction qu'il marmonna pensivement :

*Dieux, que je puisse donc vivre éternellement,*
*Pour de siècle en siècle estre en infiny tourment ;*
*Non, non, je ne veux plus recevoir aucune aise,*
*Non, je ne veux point, non, que ma fureur s'appaise ;*
*Accourez donc à moy tristes avant-coureurs*
*Presages douloureux messagez mes douleurs...*

Invoquer ainsi les dieux, pour un franc papiste, n'était-ce pas commander au diable ? Certes il ne devait guère, comme d'usage alors au saut du lit, faire trois fois le signe de croix en grâce à la Sainte Trinité, dire bien souvent ses complies ou chanter les Heures de la Vierge, mais vieux quadragénaire perclus et lassé, il s'était volontiers promis à la résurrection d'entre les morts avec Marguerite, sa fille de hasard, et plus assurément à la postérité littéraire. La seconde édition de ses œuvres venait alors de paraître à ses frais chez Jean Gesselin, libraire à Paris, ornée de son portrait, bel homme sanguin à large face, gravé par Thomas de Leu, en cette ultime année du siècle. Et puis il y eut cette sommation aux Puissances, juste avant sa mystérieuse disparition :

*Démon témoin de mon jurement*
*Au risque d'en perdre âme et sang*
*Une plume à ma veine trempée*
*Scelle un contrat d'immoralité*
*Tant que gloire enfin me soit donnée*
*Jamais irai-je en l'ombreux tombeau*

Dès lors, on perd trace du capitaine : ni acte testamentaire ni sépulture ou pierre tombale, pas la moindre inscription évocatoire. Papillon disparaît corps et biens, volatilisé aux dernières semaines de l'an 1599. Micha se retrempait en rêvasseries. La mécanique du roman s'élaborait sans trop d'efforts par divers recoupements, emboîtements propices, ajustages heureux et déploiements opportuns. Il avait en tout cas trouvé la clé de voûte ou de nacelle : *la quête d'immortalité.* Le pacte avec Méphisto où l'un de ses clercs devint imparable. Souffrant, pas très loin de rendre l'âme ou le souffle, Marc Papillon de Lasphrise en attente éperdue de reconnaissance (comme le sont la plupart des poètes) avait invoqué les démons et les dieux. Fort exaspéré, l'un de ceux-là, digne comte des limbes du dessous, lui était apparu dans un nuage de soufre pour accomplir son vœu. Un traité de la Renaissance, le *Pseudomonarchia daemonum,* le représentait sous l'aspect d'un grand cervidé, la queue toujours en flamme, inventant à l'envi diverses tromperies. Un triangle magique seul pouvait lui rendre son apparence terrible d'ange noir à la voix de tonnerre et tout nimbé d'éclairs à la tête de vingt-six légions infernales. Le comte Furfur, puisqu'il s'agit de lui, possédait aussi l'aimable vertu de rendre amoureux hommes et femmes à sa guise. En vérité, ce légat de l'enfer n'avait rien de bien effrayant lorsqu'il apparaissait en gazouilleur chafouin, l'air d'un commis de bibliothèque, d'une souris blanche ou d'un garçon d'écurie épris de poésie :

— Tant que l'edelweiss de l'impérissable gloire ne te sera pas acquis, tu pérégrineras sur cette terre dans la perpétuité de ton dernier âge pour le meilleur et pour le pire…

Satisfait de son ivresse, Micha avait noté la repartie du comte sur un petit carnet tiré de sa poche revolver. Le roman était maintenant sur ses étais et n'attendait plus que d'être largué comme un beau navire aux grands vents de l'imaginaire. Songeur, il se dit qu'André Gide, en bon calviniste, avait bien raison : « Point de véritable œuvre d'art où n'entre la collaboration du Démon. » La vie n'en était-elle pas une, elle aussi, d'œuvre d'art, parmi quantité d'autres ? D'un certain point de vue, la fiction dominait le monde, et tout ce qui devait arriver de plus déroutant et burlesque était déjà accompli de toute éternité, en évidente conséquence de la loi du pire.

Toutefois Micha Rostislav allait pouvoir enfin se mettre à l'œuvre, oublier les flots ténébreux de l'angoisse sous les ponts de Paris, et rendre vie à ce Papillon le temps suspendu d'un battement d'ailes.

# BIBLIOGRAPHIE

*C'est un plaisir de voir le grand bal de la France.*
*On marche gravement puis on s'arrête un peu…*

MARC PAPILLON DE LASPHRISE

La plupart des citations en italique sont extraites des *Diverses Poésies* de Papillon, à côté de chansons populaires anonymes et de quelques ajouts versifiés de l'auteur.

Les titres des chapitres de la Première Époque ainsi que ceux des chapitres XVII et XXXII de la Seconde Époque sont également de Papillon de Lasphrise.


Marc Papillon de Lasphrise, *Diverses Poésies*, édition critique avec introduction et notes par Nerina Clerici Balmas, Droz, Genève, 1988.

Margo Manuella Callaghan, *Les Amours de Théophile : l'amour passionné de Noémie*, Droz, Genève, 1979.

*Énigmes*, recueil d'extraits illustré de photographies de Philippe Faivre, Absalon, 2008.

*Les Énigmes licencieuses*, recueil illustré de collages de Claude Ballaré, Finitude, 2008.

LA COUVERTURE DE

*L'Invention du diable*

A ÉTÉ CRÉÉE PAR DAVID PEARSON

ET IMPRIMÉE SUR OLIN ROUGH

EXTRA BLANC PAR NORMANDIE ROTO

IMPRESSION S.A.S. À LONRAI.

LA COMPOSITION,

EN GARAMOND ET MRS EAVES,

ET LA FABRICATION DE CE LIVRE

ONT ÉTÉ ASSURÉES PAR LES

ATELIERS GRAPHIQUES

DE L'ARDOISIÈRE

À BÈGLES.

IL A ÉTÉ REPRODUIT SUR LAC 2000

ET ACHEVÉ D'IMPRIMER EN FRANCE PAR NORMANDIE ROTO

IMPRESSION S.A.S. À LONRAI

LE DIX-HUIT MAI DEUX MILLE VINGT-DEUX

POUR LE COMPTE DES ÉDITIONS ZULMA,

À VEULES-LES-ROSES.

979-10-387-0138-0

N° D'ÉDITION : 0138

DÉPÔT LÉGAL : AOÛT 2022

NUMÉRO

D'IMPRIMEUR

2202229

IMPRIMÉ EN FRANCE